KB206576

선량한
시민

제9회
세계문학상
우수상

선량한 시민

김서진 장편소설

나무옆의자

:: 차례

선량한 시민

그것은 누명임이 분명했다. 평범한 주부이자 교통 법규도 한번 위반해본 일 없는 모범적이고 선량한 시민이었던 은주가 어느 날 아침 경찰에 의해 체포된 것이다.°

경찰이 은주를 찾아온 것은 아침때가 거의 다 지나서였다. 그날도 은주는 평소와 다름없이 아침 여섯 시에 일어나 식사 준비를 하고 두 아이를 등교시켰다. 그런 후 중풍으로 몇 년째 거동이 불편한 시아버지의 식사 시중을 들었다. 시아버지는 그날따라 유난히 기분이 좋지 않아 보였다. 은주가 가져간 죽이 뜨겁지 않다고 했으며, 등이 결린다고도 했다. 그것은 시아버지가 언제나 입에 달고 사

° 카프카의 소설 『소송』(솔출판사, 2006)의 첫 부분 "누군가 요제프 카를 모함한 게 틀림없다. 왜냐하면 무슨 나쁜 짓을 한 적이 없는데도 어느 날 아침 그가 체포되었으니 말이다"를 변형하여 씀.

는 불평이었으므로 은주는 크게 신경 쓰지 않았지만 그래도 겉으로는 걱정이 되는 척 표정을 지어 보였다.

"죽을 새로 끓여 올까요?"

"됐다."

"등을 좀 두드려드릴까요?"

"됐다니까."

시아버지가 죽을 다 먹는 동안 은주는 그 옆에 앉아서 TV 뉴스를 보았다. 시아버지는 항상 뉴스 채널에 화면을 고정하고 있었다. 환율 소식, 주가가 또 신기록을 경신했다는 소식, 두 명의 남녀가 모텔에서 번개탄을 피우고 동반 자살했다는 소식이 흘러나왔다. 어제도 비슷한 뉴스를 본 것 같다. 그사이 시아버지는 약간 떨리는 팔을 천천히, 아주 천천히 움직여 죽 그릇을 비웠다. 은주는 수건으로 시아버지의 입을 닦아드리고, 약을 드시게 했다. 그리고 시아버지를 부축해서 다시 침대에 눕게 하고는 방을 나왔다. 시곗바늘은 여덟 시 오십 분을 가리키고 있었다. 은주의 아침 시간이 끝난 것이다.

은주는 부엌으로 돌아가 커피 한 잔을 끓였다. 시아버지는 TV 뉴스를 보다 낮잠을 잘 것이고, 남편 호성은 컴퓨터 앞에 앉아 있을 것이다. 점심 식사는 시아버지의 것까지 남편이 알아서 챙기기로 되어 있으므로 저녁 식사 때까지는 은주의 자유 시간이었다. 은주는 커피를 마시면서 오늘 할 일을 생각했다.

아무것도 없었다. 거의 언제나 은주에게는 아무 일도 없었다. 보통은 산책 겸 운동 삼아 뒷산에 한 번 올라갔다가 목욕탕에 가는 것이 은주의 일상이었다. 은주는 한 달 치 목욕 티켓을 끊어두었고, 목욕탕을 다녀오면 하루가 잘 지나갔다. 시간이 나면, 아니 의욕이 나면 시장에 들러 재료를 사다가 지난주 요리 강좌에서 배운 돼지고기 삼합을 연습 삼아 해볼 수도 있을 것이다.

장래에 조그만 식당을 열어보려는 은주에게 요리는 대단히 중요한 관심사였다. 같이 요리를 배우는 여자들의 이야기를 들어보면 그녀들은 그 주에 배운 것을 집에 가서 재연해보고 친구들이나 이웃 사람들을 불러 반드시 시식하게 한다고 했다. 은주도 그렇게 해보고 싶었지만 은주에게는 요리를 먹고 가라고 청할 친구가 딱히 없었다. 가까운 이웃도 없었다. 은주의 집, 정확하게 말하면 은주가 들어와 살고 있는 시아버지의 집에는 세 들어 사는 외국인 노동자 두 명과 아줌마인지 할머니인지 경계가 분명하지 않은, 그러나 예의상 옆방 아줌마라고 부르는 육십 대 중반의 여인이 있을 뿐이었다. 은주는 그들을 불러다 자기 요리를 먹이고 싶은 마음도 없었지만, 있다 해도 세입자들은 집에 붙어 있지 않았다. 결국 은주의 요리를 먹을 사람들은 가족뿐인데, 아이들은 학원에서 늦게 오기 때문에 주로 밖에서 사 먹고, 시아버지는 먹을 수도 없고, 호성은 뭘 줘도 맛있다는 말뿐이니 아무런 도움이 되지 못했다.

은주는 요리 강좌의 다른 여자들처럼 매주 복습과 자기 점검을 하지 못하는 것에 대해 갑자기 초조함을 느꼈다. 시아버지 집으로 이사를 오지 않고 계속 아파트에 살고 있었더라면 은주도 열심히 이웃들을 불러 요리 품평을 들어봤을 것이다. 전에 살던 아파트에는 자주 모이는 학부모들도 있었고, 같은 라인에 사는 여자들과도 꽤 친하게 지냈다. 그때는 학부모 모임에서 사귄 엄마들과 어울려 저녁이면 동네 호프집에서 맥주를 마시다 노래방에서 목이 쉬도록 소리를 질러대기도 했고, 백화점 세일이며 학원 설명회에도 부지런히 몰려 다녔다. 시아버지 집으로 이사를 온 후 처음 일 년 정도는 그녀들과 간간이 연락도 하고 모임에도 나갔지만 아이들 학교도 다르고, 보내는 학원도 다른 탓에 은주는 이전 동네 여자들에게서 거리감을 느끼게 되었고 자연히 연락이 끊어졌다.

갑자기 은주는 자신이 마치 세상과 격리된 곳에 유배되어 있는 듯한 외로움과 전에 살던 동네에 대한 그리움이 밀려드는 것을 느꼈다. 이 동네는 너무 심심했다. 은주 또래의 여자가 없는 것은 아니었지만 대부분 일하러 다니는 것 같았다. 낮에 동네를 어슬렁거리는 사람은 거의 노인들이었다.

커피를 마시며 은주는 계속 이렇게 살 수는 없다고 중얼거렸다. 무엇이든 해서 돈도 벌고 이사도 가야 한다. 얼마 전까지만 해도 아이들의 학군이 나쁜 것이 은주에게 가장 큰 고민이었지만, 다행인지 아니면 불행인지 옆 동네가 아파트로 재개발되면서 학군은 비교적 좋아졌다. 그렇다 해도 학원이며 그 외 교육시설은 다른 동네에 비해 여전히 낙후한 형편이었다. 좀 더 환경이 좋은 동네로 나가야 한다. 그러기 위해서는 빨리 무엇이든 해야 하는데, 그 무엇이 은주에게는 요리였다. 소박하고 깔끔한 식당, 입소문을 타고 단골들이 주로 오는 식당을 하는 것이 은주의 꿈이었다. 그러니 배운 요리를 연습해봐야 하는데, 오늘따라 의욕이 나지 않았다.

그것은 어제 아침에도 은주가 식탁 앞에 앉아서 커피를 마시며

했던 생각이다. 그제도 같은 생각을 했을 것이다. 변화가 있다면 개업했을 때 주 메뉴를 무엇으로 할 것인가 정도였을 뿐, 모든 것이 어제와, 그리고 그제와 같았다.

집 안은 물속에 빠진 것처럼 조용했고, 반투명 유리창을 뚫고 들어오는 아침 햇살이 거실 반쯤에 걸쳐 있었다. 햇빛 때문에 거실 곳곳에 먼지들이 또렷하게 보였다. '먼지를 닦아내야 하는데'라고 생각하며 은주는 커피의 마지막 한 모금을 마셨다.

초인종이 울린 것은 그때였다. 마치 은주가 커피를 마저 마시도록 기다려준 것 같았다. 혹시 시아버지가 잠들었을지 몰라 은주는 황급히 현관으로 달려나가 인터폰을 들었다.

"누구세요?"

"경찰서에서 나왔습니다. 이은주 씨 계시죠?"

"잠시만요."

은주는 슬리퍼를 발에 대충 걸고 밖으로 나갔다. 열려 있던 대문을 통해 나이가 좀 든 남자와 아직 젊은 남자, 두 사람이 마당으로 걸어오고 있었다. 젊은 남자가 웃옷 주머니에서 신분증을 꺼내 보이며 말했다.

"XX경찰서에서 나왔습니다. 잠시 같이 가주셔야겠는데요."

"무슨 일이시죠?"

"지난주 요 앞 개천에서 있었던 실족사 사건 때문에 몇 가지 여쭤볼 게 있습니다."

나중에 은주는 그토록 순순히 경찰을 따라나섰던 것을 몹시 후회했다. 공권력을 존중한다기보다는 본능적으로 두려워하고, 고분

고분 따르는 것이 바람직한 일이라 믿던 평범한 시민 은주는 별다른 생각 없이 경찰을 따라나섰다. 경찰차에 오르려다 "잠깐만요" 하고는 집으로 다시 뛰어 들어가 휴대폰을 들고 나온 것이 다였다. 휴대폰을 들고 나오면서 호성이 컴퓨터를 쓰고 있는 방을 향해 "나 경찰서 좀 다녀올게" 했을 때 남편이 대답을 했는지 안 했는지조차 기억에 없었다. 그만큼 은주는 서둘렀던 것이다.

경찰서로 가면서 은주는 지난주 술 취한 육십 대 남자가 개천에서 발을 헛디뎌 사망한 사건에 대해 생각했다. 개천 주변에는 노란 띠가 둘러진 채 소위 현장 보존과 감식 행위가 이루어졌고, 허구한 날 하는 일 없이 동네만 오락가락한다고 욕을 먹는 나태한 파출소장은 그 일로 며칠을 바쁘게 돌아다녔다. 동네 사람들은 삼삼오오 모여 어쩌면 실족사가 아닐지 모른다고 수군거리기도 했다. 은주도 현장으로 직접 구경을 갔었다. 하지만 그뿐이었다. 경찰이 실족사로 결론을 내렸다는 소식이 돌았고, 그 남자를 전혀 몰랐던 은주는 곧 그 사건을 머릿속에서 지워버렸다. 은주는 자신이 그 사건의 용의자가 되어 경찰서로 불려가는 것이라고는 꿈에도 생각해보지 않았다.

은주는 경찰서 내 조사실이라는 곳으로 들어갔다. 책상만 하나 덜렁 놓인 텅 빈 방 안. 한쪽 벽면에는 반대쪽에서만 볼 수 있도록 만든 일방향 유리창이 있었다. 유리 너머에는 분명 다른 경찰과 목격자—혹 그런 사람이 존재한다면—가 있어서 은주의 얼굴을 보며 저 사람이 맞다, 아니다를 판단할 것이다. 경찰서에 온 것, 더욱

이 조사실에 온 것은 난생 처음이었지만 드라마나 영화를 통해 익히 보던 장면이기 때문에 그 정도는 알 수 있었다. 그러나 드라마나 영화에서 보던 것과는 달리 은주는 그곳에 들어서자 가슴이 꽉 조이는 듯한 압박감과 어쩌면 자신에게 큰일이 일어나는 것이 아닌가 하는 막연한 공포를 느꼈다.

형사가 은주 앞에 앉아서 이름과 주민번호, 그리고 전화번호 따위를 물었다. 은주는 공손하게, 그러나 너무 비굴해 보이지는 않도록, 그러니까 최대한으로 좋은 인상을 주려고 애쓰면서 모든 질문에 순순히 대답했다. 은주의 대답을 받아 적은 형사가 은주의 얼굴을 똑바로 쳐다보면서 물었다.

"지난주 월요일 밤 열두 시경에 어디에 있었습니까?"

은주는 잠시 생각했다. 지난 월요일에는 모처럼 고등학교 동창들을 만났다. 같이 저녁을 먹고, 자리를 옮겨 동동주를 마시고, 노래방에 갔다가 택시를 타고 집으로 갔다. 집에 도착한 시간이 열두 시 조금 전일 것이다. 은주는 그대로 말했다. 왜 그런 질문을 하느냐고 물어볼 용기도 없었지만, 그럴 생각조차 나지 않았다.

"우리가 알아본 바로는 이은주 씨는 한 시경에 집에 도착하셨습니다."

"그래요? 그럼 한 시에 들어갔나 봐요. 그런데 왜요?"

"친구들과 헤어진 건 열한 시쯤이라고 하셨죠?"

"네."

"증언해줄 친구들 전화번호 좀 주시죠."

은주는 휴대폰을 가져오길 정말 잘했다고 생각하면서 그날 만났던 친구들의 전화번호를 역시 공손하지만 비굴하지 않은 좋은 태도로 가르쳐주었다. 질문을 하던 나이 든 형사 ―최형사였다―옆에 앉아 있던 젊은 형사―김형사였다―가 전화번호를 들고 나갔다. 은주의 진술을 확인해보려는 것이었다.

"이은주 씨는 열한 시 삼십 분쯤 택시에서 내려 집으로 갔습니다. 개천을 따라 걸어가셨죠?"

"네. 집으로 가려면 그 길이 가장 가까워요."

"강인학 씨 못 보셨습니까?"

"못 봤는데요."

"강인학이 누군데요?"

"지난주에 실족사로 죽은 남자 아닌가요?"

"그 사람을 아시는군요."

"아뇨, 전혀 몰라요!"

"근데 지난주에 실족사한 남자라는 걸 어떻게 아셨습니까? 이름은 전혀 보도된 바가 없는데요."

"그건 아저씨, 아니 형사님께서 절 여기로 데리고 올 때 실족사한 남자 때문이라고 하셨으니까요."

최형사는 말을 멈추고 잠시 은주를 물끄러미 바라보았다. 그때 누군가 노크를 했고 순경 한 사람이 비닐봉투를 들고 들어왔다. 비닐봉투에는 여자 신발 한 켤레가 들어 있었다. 은주가 외출할 때 자주 신는 랜드로바 구두였다.

"이 신, 이은주 씨 거죠?"

"네, 맞아요."

"이 신에 지금 흙이랑 풀이 잔뜩 묻어 있는 거 보이시죠?"

"네, 묻어 있네요. 근데 왜요?"

"이은주 씨가 택시에서 내려 집으로 곧장 갔다면 신발에 이런 게 묻을 리가 없죠. 국과수에 보내서 조사해보면 더 정확한 결과가 나오겠지만 그냥 육안으로 봐도 이건 강인학 씨가 죽은 개천 주변의 흙입니다. 그날 낮에 비가 왔으니까요. 그러니까 이은주 씨는 개천을 따라 곧장 집으로 간 것이 아니라 방죽 아래로 내려갔다는 결론이 되죠."

"아니에요! 전 그냥 집에 갔어요! 신발에 흙이 묻은 건 그다음 날 현장 부근을 구경하러 갔기 때문이에요."

"왜 가셨죠?"

"예?"

"'범인은 반드시 현장에 다시 나타난다.' 이런 얘기 들어보셨죠?"

그제야 은주는 자신이 범인 취급을 받고 있다는 것, 즉 용의자로서 이 자리에 온 것이라는 사실을 알고는 너무 놀란 나머지 숨을 멈추고 형사의 얼굴만 뚫어져라 쳐다보았다. 머릿속에서는 경찰이 마음만 먹으면 자신을 범인으로 둔갑시킬 수 있으리라는 생각, 어쩌면 자신은 범인이 되어 재판을 받을 수도 있고, 또 어쩌면 평생을 감옥에서 살지도 모르고, 최악의 경우 사형 선고를 받고 개처럼 죽어갈지 모른다는 생각이 미친 폭죽처럼 터졌다 사라지기를 반복했다. '내가 감옥에 간다면 우리 애들 대학은 어떻게 가나' 하는 생각을 끝으로 머릿속에 암전이 왔다. 은주는 멍하니 형사의 얼굴만 쳐다보다 겨우 숨을 내쉬며 한마디 내뱉었다.

"제가 범인인가요?"

"이은주 씨, 당신이 범인입니까?"

최형사가 은주의 얼굴을 쳐다보며 천천히 질문했다. 그 질문은 대답을 기다리지 않는 것이었다. 그때 노크 소리와 함께 김형사가 다시 들어왔다. 그는 최형사의 귀에 대고 뭐라고 속삭였다. 드문드문 은주의 귀에 들려오는 소리로 미루어, 은주의 친구는 은주와 열한 시 조금 넘어서 헤어졌고, 택시를 타고 가는 것을 보았다고 말했음을 알 수 있었다. 은주는 친구의 이야기가 자신에게 불리할까, 유리할까를 열심히 생각해보았다. 최형사가 다시 입을 열었다.

"역시 우리 짐작대로군요. 친구들과 열한 시 조금 넘어서 헤어졌으니 이은주 씨는 열두 시 조금 전에 택시에서 내렸을 겁니다. 택시 기사를 지금 찾고 있으니 확인 가능할 겁니다. 그리고 개천을 따라 집으로 갔는데 집에는 한 시경에 도착했다는 거죠. 십 분이면 갈 수 있는 거리인데 말입니다. 한 시간이 빕니다. 그사이에 뭘 하셨죠?"

"아니에요. 나는 열두 시 전에 집에 도착했어요. 제가 한 시경에 집에 도착했다고 누가 그러던가요? 그 사람, 우리 집 옆방 아줌마죠? 맞죠? 허구한 날 술 마시고 고스톱이나 치러 다니는 그 여자! 그 여자는 늘 뭘 착각하는 여자라고요! 그리고 전 강인학인가 하는 남자는 보지도 못했고요, 봤다고 해도 제가 그 남자를 왜 죽여요? 전 그 남자를 알지도 못해요. 알지도 못하는 남자를 죽이는 사람도 있어요? 신발의 흙도 그래요. 아까도 말했지만 그건 며칠 후에 묻은 거라고요! 흙에 날짜라도 적혀 있어요? 아니잖아요? 어떻게 그것만 가지고 저더러 범인이라는 거예요? 대한민국 경찰은 이

렇게 사람 잡아도 되는 거예요? 내가 사람을 죽였다면 물증을 보여
달라고요, 물증을!"

*

은주가 사는 동네의 파출소장은 최형사의 전화를 받았다. 경찰
서로 끌려간 은주가 스스로 놀랄 정도로 할 말을 단숨에 쏟아낸
후, 그리고 자신의 입에서 나오는 말이 모두 분명하고도 합리적인
근거를 가지고 있음을 알고는 갑자기 없던 용기가 솟아올라 입술
을 앙다문 결연한 표정으로 형사들을 쏘아보았던 때로부터 한 시
간쯤 지나서였다.

"이봐요, 소장님. 그 목격자라는 사람, 정말 믿을 만한 사람이에
요?"

"그럼. 최형사도 만나봤잖아."

"만나봤지. 그 여자 옷차림까지 정확하게 기억하더구먼. 용의자
옷장에서 목격자가 봤다는 옷도 찾아왔고."

"그거 보라니까!"

"근데 이게 말이 안 되잖아, 말이. 그 여자는 그 남자를 모른대.
남자 휴대폰, 집전화 다 뒤져봤지만 여자와 연락한 흔적이 전혀 없
어. 둘이 관계가 있다면 뭐라도 나와야 하는데 아무것도 없다고. 그
러니 둘이 알았던 사이라는 걸 증명할 수가 없잖아."

파출소장은 심각한 얼굴로 전화기 너머의 목소리를 듣고 있었다.
하지만 그가 생각하는 것은 사건이 아니라, 최형사라는 이 인간이

자기보다 어린데 왜 말을 슬며시 낮추는가 하는 것이었다.

사건이 일어나면 파출소에서는 초동 수사, 즉 현장 보존이나 목격자를 찾는 일 따위를 할 뿐 통상적으로 수사는 형사들의 업무였다. 그러니 최형사는 자신에게 전화를 걸어 용의자와 피해자의 관계에 대해 이러쿵저러쿵 떠들지 말고 발로 뛰며 수사를 하면 되는 것이었다.

짜증과 함께 피로가 몰려왔다. 당뇨를 앓는 그에게 피로는 가장 큰 적이었다. 지난주에도 파출소장은 평소에 비해 과로했다. 이 동네에서 유지로 소문난 강사장이 개천에 빠져 죽은 것이다. 개천이라고는 하지만 예전에는 동강이라고 불렀을 정도로 제법 수심이 있는, 더구나 최근에는 준설 작업을 하느라 바닥을 파헤쳐놓은 데다 장마가 겹쳐 수량이 불어난 상태여서 재수가 없으면 사람이 빠져 죽을 수도 있는 곳이었다.

그렇다. 강사장은 재수가 없었다고 파출소장은 생각했다. 강사장은 언제나 술을 마시고 집으로 돌아가는 사람이었고, 사체가 발견되었을 때 허리춤이 다 끌러진 채 바지 지퍼 사이로 그의 물건이 달랑거리고 있었으니 오줌을 누다 굴러 떨어져 죽었다는 것은 척 보기만 해도 알 수 있는 사실이었다. 그러니 분명 단순 실족사로 처리될 것이라고 파출소장은 믿었다.

그래도 현장을 보존하고, 혹 목격자가 있는지 찾아다니고, 가족들을 불러오고, 귀찮은 일이 한두 가지가 아니었다. 게다가 자기 관할 내에서 일어난 사건이다 보니 파출소장이 직접 작성해야 하는 서류의 양도 만만치 않았다. 파출소장이 범죄, 그것이 살인이든 단순 폭행이든 간에 모든 범죄를 똑같이 증오하는 것은, 그것들이 파출소장을 너무나 귀찮게 만들기 때문이었다. 누가 저지른 짓인지는 상관없었다. 그런 의미에서 파출소장은 진정 사람이 아닌 죄를 미워하는, 바람직한 가치관의 소유자였다.

파출소장의 당뇨가 더욱 악화된 데는 본서 형사들의 태도도 한몫했다. 특히 최형사라는 인간은 그 나이까지 아직 경사로 있는 주제에 왠지 자신에게 거들먹거리는 것처럼 보였고, 빨리빨리 일 처리를 하지 않는다고 짜증을 내기도 했다.

"조용하니 좋네요. 나도 나이 들어서 수사하기 힘들면 이런 데 와서 낮잠이나 자며 지내면 좋겠다."

파출소장은 어이가 없었다. 아파트 주민들은 무슨 일이 생기면 경비를 부른다. 그런데 주택가에서는 누가 방귀만 뀌어도 파출소로 전화를 해댄다. 싼 방값 때문에 외국인 노동자며, 일용직들이 많이 사는 동네다 보니 술 마시고 행패를 부리는 일도 잦고, 좋은 술 처먹고 마누라는 왜 그렇게 두들겨대는지, 오라 가라, 가라 오라 귀찮은 일들이 얼마나 많은데 낮잠이나 자며 지내? 파출소장은 부글부글 끓어오르는 속을 겨우 가라앉혔다. 파출소장은 뒤끝이 좀 있는 사람이었기 때문에 어떠한 협조도 하지 않으리라 마음먹었다.

그랬는데 목격자가 나타난 것이다. 처음에는 전화가 왔다. 지난주 개천에서 죽은 남자의 사건이 어떻게 처리되었냐고 묻는 목소리는 아직 젊은 남자의 것으로 꽤나 조심스러웠다. 실족사로 처리되었다고 파출소장이 답하자 남자는 조금 망설이는 목소리로 말했다.

"제가 현장에 있었는데요, 우연히."

"그런데요?"

"제가 범인을 봤다고요. 그 남자가 오줌을 누고 있는데 누군가 등 뒤로 다가가서 확 떠밀어버리더라고요."

"그래서요?"

"그래서라뇨? 범인을 잡아야 하는 것 아닌가요?"

"아, 그 문제라면 XX경찰서 수사과로 연락하시죠."

"파출소에서는 신고도 안 받나요?"

"받죠. 그렇지만 범죄 관련 제보라면 어차피 경찰서에 가서 다시 진술해야 할 테니 뭐하러 두 번이나 수고하시려고요. 관할 경찰서로 바로 연락하세요. 전화번호는, 어디 보자…… 114에 물어보시고요."

파출소장은 나름대로 목격자의 편의를 봐준 것이라고 생각했다. 그러나 잠시 침묵 후 목격자가 하는 말은 파출소장의 당뇨 증세를 도지게 할 만큼 과격한 것이었다.

"이보세요, 소장님. 대한민국 경찰 공무원이 일을 이렇게 처리합니까? 제가 범죄 현장을 목격했다는데 하시는 말씀이 고작 114에 물어서 경찰서로 연락하라고요? 이 전화 스마트폰이라 바로 녹취 가능하거든요? 지금 통화 녹취해서 경찰청 민원실에 행정 불만으로 접수해도 되는 거죠?"

파출소장은 나태했지만 머리가 나쁜 사람은 아니었다. 요즘 같은 때는 재수가 없으면 불만 접수 하나로 파면도 당할 수 있는 것이다. 파출소장은 즉각 태도를 바꿨다.

"그럼 지금 파출소로 오셔서 목격하신 범죄 현장에 대해 자세히 진술하실 수 있습니까?"

몇 시간 후, 목격자가 나타났다. 그는 생각보다 괜찮은 젊은이였다. 파출소에 들어서자 먼저 전화로 폭언했던 것을 사과하고, 자신이 개천에서 죽은 남자 사건 때문에 며칠 과민한 상태였다고 말하면서 이해를 구했다. 파출소장은 뒤끝도 있지만 사과를 받아들일 줄도 알았다. 파출소장은 목격자의 신원부터 확인하고는 그의 진술을 찬찬히 들은 후 믿을 만한 사람이라는 판단을 내렸다. 결론적으로 강사장 사건은 실족사가 아니었다. 살인이었다.

은주가 용의자로 경찰에 의해 잡혀갔다는 소문은 동네에 금방 퍼졌다. 경찰이 은주의 집을 뒤져 신발과 옷을 가져가는 것을 세 들어 사는 옆방 아줌마가 목격한 것이다.

그날따라 옆방 아줌마는 밤을 꼬박 새워 화투를 쳐댄 탓에 피로가 몰려와 아침이 다 지나도록 누워 있었다. 날려버린 판돈과 납부해야 할 카드 대금 때문에 슬픔과 근심에 휩싸여 손가락 하나 까딱하지 못하고 있던 그녀를 경찰이 구해주었다. 주인집 며느리가 어디론가 갔고, 이어 경찰이 와서 주인집 여자의 물건을 가져갔다. 주인집 아들이 마당까지 나와 자기 집사람 물건을 왜 가져가느냐고 항의하는 목소리가 집 안을 울렸다. '저 남자도 소리 지를 줄 아나 보네' 하고 신기하게 생각하다 문득 며칠 전 집 근처에서 형사를 만났던 일을 떠올렸다. 고스톱을 치러 서둘러 가는데 어떤 형사가 그녀를 불러 세웠던 것이다. 그는 지난 월요일 밤에 이상한 일을 보거나 듣거나 한 것이 없느냐고 물었다. 그러면서 주인집 며느리가 늦게 귀가했다던데 보지 못했느냐고, 봤다면 달리 이상한 점은 없었느냐고 질문을 했다. 그녀는 주인집 며느리가 밤늦게, 그러니까 새벽 한 시가 다 되어 집에 왔다는 이야기를 해주었다. 그날 밤 그녀는 열두 시 조금 전에 귀가했기 때문에 그때까지 잠들지 않고 있었던 것이다. 그녀도 개천에서 일어난 남자의 죽음에 대해 알고 있었지만 그때까지만 해도 그저 통상적인 탐문일 것이라고 생각했다. 그러나 경찰이 주인집 며느리를 경찰서로 데려갔다는 것은 통상적인 일이 아니었다.

옆방 아줌마는 몰려드는 슬픔과 근심을 향해 보란 듯이 벌떡 일어나 황급히 얼굴에 선크림을 찍어 바르고 동네 슈퍼마켓으로 달려갔다.

"아이고 세상에, 이게 무슨 일인지 몰라. 우리 주인집 며느리가 경찰서에 잡혀갔어. 아마 지난 월요일에 죽은 그 남자 때문인가 봐. 며칠 전에 말이야……."

옆방 아줌마는 슈퍼마켓 주인을 붙잡고 시시콜콜 사정을 이야기했지만 슈퍼마켓 주인은 그녀가 기대했던 열광적인 반응을 보여주지 않았다. 그러나 마침 비누 따위를 사러 나왔던 다른 여자가 그녀의 이야기를 들어주었다. 이야기를 듣던 여자는 의아해했다. 대학까지 나왔고, 시댁에 돈도 있는 여자—은주의 시아버지는 예전에 한가락 했었다고 소문이 나 있었다—가 뭐하러 그 남자를 죽였겠냐는 여자의 질문에 이야기는 사실의 영역에서 추리의 영역으로 옮겨 갔다. 그 추리가 바로 경찰이 가장 골머리를 앓는 부분임을 여자들은 모르고 있었다.

호성이 경찰에게 강력하게 항의한 점도 바로 그 부분이었다. 은주가 살인 용의자가 되어 경찰에 잡혀갔다는 것을 확인한 호성은 당장 전화기를 붙잡고 동창과 지인들을 중심으로 경찰대학 졸업자와 검찰 관계자를 찾기 시작했다. 그러나 호성은 다니던 회사를 나와 학원을 시작한 후로 친구들과의 만남이 뜸했고, 학원 사업에 실패한 후로는 아예 친구들을 만나지 않았기 때문에 그의 전화를 받은 친구들은 하나같이 당황했다. 친구의 부인이 살인 용의자가 되었다는 것도 당황스러웠고, 음주운전과 같은 평범한 일이 아니라 살인 혐의 때문에 지인에게 청탁하는 것을 모두가 내켜하지 않았다. 그래서 호성의 친구들은 하나같이 알아보고 전화 주겠다는 말로 얼버무리며 통화를 끝냈다. 호성은 선량하고 다른 사람을 신뢰하는 성격의 소유자였기 때문에 휴대폰을 들고 애타게 친구들의 연락을 기다렸다.

이윽고 호성의 휴대폰이 울렸다. 그러나 기다리던 전화가 아니라 아버지였다.

"너 당장 집으로 좀 오너라."

"아버지, 제가 지금 집사람 문제 때문에 경찰서에 와 있어서요."

"당장 와."

"지금 집사람이 잡혀 있는데, 제가 있어야……."

"글쎄, 그거 네가 해결 못 해. 보나마나 여기저기 전화나 돌려대고 있겠지. 빨리 오기나 해, 당장."

그러고는 전화가 달칵 끊겼다. 호성은 본디 무척 유순한 성격인데다 아버지의 말이라면 거의 반항해본 적이 없는 터였지만 이번에는 화가 났다. 상황이 지금 이러한데 자기더러 오라 가라 하다니. 아버지한테 사정을 말한 것도 아닌데 어떻게 호성이 경찰서에 와 있다는 것을 알았을까. 신기하다는 생각도 들었지만 분노와 짜증이 더 지배적이었다. 순간 호성의 머릿속에는 어린 시절부터 아버지가 질러대던 고함 소리와, 말이 되는 상황이든 안 되는 상황이든 가리지 않고 자기 뜻만 내세우며 쇠고집을 부리던 기억들이 말 그대로 주마등처럼 스쳐 갔다. 그럼에도 자신은 단 한 번도 아버지에게 대들거나 맞붙어 싸워보지 못했다는 열패감이 속에서 올라오면서 지금 자신의 처지, 즉 회사에서 너무 이른 나이에 명퇴당한 것, 그리고 학원 사업에 실패한 것, 그 모든 것의 밑바닥에는 지나치게 강단이 없는 자신의 성격이 원인으로 자리 잡고 있고, 자신의 성격이 그러한 것은 바로 아버지의 지나치게 강한 성격 때문이라는 생각에 화가 치밀었다.

"에이 씨, 더러운 영감탱이!"

호성은 휴대폰을 집어넣으며 아버지를 향해 욕지거리를 내뱉었다. 그러고는 벌떡 일어나 경찰서 복도를 걸어 나갔다. 한편으로는 전화를 기다리는 것밖에는 할 일이 없었기 때문에 아버지한테 가도 될 것 같았다. 경찰서 마당에 세워둔 흰색 소나타에 올라타면서 호성은 경찰서 건물을 다시 쳐다보았다. 아내에게 미안했다. 그러자 아버지에 대한 원망과 분노가 다시 일어나는 듯했다. 호성은 그 분노만큼 힘껏 액셀을 밟아 황급히 경찰서 마당을 빠져나갔다.

경찰은 은주의 영장을 신청했다. 은주는 긴급체포 상태였기 때문에 마흔여덟 시간 내에 영장을 청구해야 했다. 영장 청구 이유는 유력한 용의자로 도주의 우려가 있다는 것이었다. 은주에게는 알리바이가 없고, 무엇보다 목격자가 있었다. 그러나 은주의 범행 동기에 관해서는 경찰들 사이에 이견이 있었다. 이은주에게는 도무지 동기가 없는 것이었다.

"반드시 이은주가 강인학과 알고 지냈을 필요가 있나? 묻지마 살인도 있잖아."

최형사가 말했다. 최형사는 처음부터 실족사로 보이는 이 사건에 무언가가 있다고 느끼고 있었다. 일단 강사장은 돈이 많았다. 돈이 많은 사람은 쉽게 죽지 않는다. 그것은 비록 과학적 근거는 없지만 경험의 축적에 따른 그의 판단이었다. 게다가 돈이 그만큼 있으면, 웬만하면 좋은 동네의 아파트로 이사를 갈 만도 한데 강사장은 오래전부터 살던 커다란 주택에서 버티고 있었다. 즉, 고집이 센 것이다. 고집이 센 사람은 대체로 주변 사람들이 좋아하지 않지만, 돈이 많고 고집이 센 사람은 주변 사람들이 증오하게 된다. 왜냐하면 돈 때문에 어쩔 수 없이 굴복해야 하는 상황이 종종 일어나기 때문이다. 이런 상황에서 강사장이 실족으로 죽는다면 그것은 가족들에게 매우 행복한 일이다. 그렇게 행복한 일, 좋은 일, 기쁜 일은 우리 일상에서 일어나지 않는다고 최형사는 생각했다. 하지만 김형사는 시큰둥했다.

"묻지마 살인은 아무나 하나요? 멀쩡한 사십 대 주부가 묻지마 살인을 왜 해요?"

"왜 하는지 모르니까 묻지마 살인이지. 그리고 겉만 봐서 멀쩡한

지 어떤지 어떻게 알아? 우리는 꼼짝하지 못할 목격자의 진술이 있으니까 용의자를 추궁해서 자백만 받아내면 되는 거야."

그러나 은주는 결코 자백하지 않았다. 눈물과 콧물을 쏟아내고, 숨을 헐떡이며 공황 증세를 보이긴 했지만 은주는 끝까지 그 남자를 본 적도 없다고 버텼다. 거짓말 탐지기를 해보자는 경찰의 엄포에 변호사부터 불러달라고 같이 소리도 질렀다.

최형사는 차츰 골치가 아파왔다. 마침 사회 기강 확립을 위한 강력범 일제 검거령이 발동 중이어서 실적이 무척 아쉬운 참이었다. 더욱이 최형사는 지난 주말 동기들을 만난 자리에서 자신만 경위로 진급하지 못하고 경사로 남아 있다는 사실을 알고는 적잖은 충격을 받았다. 남들처럼 일하고, 남들처럼 적당히 인사도 하고, 남들처럼 포상도 받은 것 같은데 왜 자신만 경사인지 그는 납득할 수 없었다. 그래서 무슨 일이 있어도 올해 안에는 진급을 하겠다고 마음먹고 열의를 가지고 사건에 매달렸다.

그러나 일은 최형사가 원하는 대로 흘러가지 않았다. 최형사는 벌써 두 통이나 '윗선의 전화'를 받았다. 사건이 형사 사건, 그것도 강력 사건인 만큼 당장 풀어주라거나 범인을 잘 봐주라거나 하는 노골적 압력은 아니었지만, 사실 관계가 분명하냐, 영장이 나오겠느냐, 불법 가택 수색 아니냐는 등, 듣기에 따라서 충분히 압력으로 받아들일 수도 있는 내용이었다. 최형사는 열의가 확 꺾이는 것을 느꼈다. 필드에서 죽기 살기로 뛰어봤자 경찰대학을 막 졸업한 새파랗게 젊은 애들에게 깍듯이 절해야 하는 것이 현실이다. 경위가 되면 또 뭐가 크게 달라진단 말인가. 그러자 갑자기 사건 자체가 비관적으로 보였다. 도무지 동기가 없는 용의자를 체포해 왔다는 것부터가 문제였다. 체포해 오자고 강력하게 주장한 것은 바로 자신이었다. 만약 영장을 받지 못하고 기소하지 못할 경우를 대비해서 절대로 강압적이었다는 인상을 주지 말아야겠다고 최형사는 생각했다. 운이 좋아 자백을 받아낸다면 그건 그것대로 아주 좋은 일이었다.

최형사가 그런 생각을 하며 평소처럼 사건 파일을 눈으로 훑고 있을 때, 여자 순경이 다가와 누가 찾아왔다고 말했다. 최형사가 고개를 들자 휠체어를 탄 노인이 천천히 강력반 안으로 들어오는 것이 보였다. 최형사는 노인에게 다가갔다.

"무슨 일이시죠?"

"안녕하십니까? 수고하십니다. 우리 며느리가 여기 잡혀와 있다는 말을 듣고 왔는데……."

그제야 최형사는 휠체어를 밀고 있는 호성의 얼굴을 보았다. 그의 얼굴은 엄마 손을 붙잡고 교무실로 들어온 아이처럼 시무룩하고 겸연쩍은 듯 보였다.

"이은주 씨 말씀이시죠? 그 문제라면 댁에 돌아가셔서 잠시 기다리시면……."

"기다릴 것 같으면 내가 오지도 않았지. 형사 양반, 좀 앉아봐요."

"지금 제가 수사 때문에 바빠서……."

"어허, 내 말 좀 들어보라니까!"

노인의 목소리는 높고 카랑카랑했다. 얼굴은 어느 한 면도 매끈한 구석 없이 온통 주름으로 자글자글하고, 검버섯으로 뒤덮여 있었지만 눈빛은 죽음에 가까운 노인의 것이 아니었다. 노인은 무릎 위에 소중하게 얹혀 있던 보자기를 최형사에게 건넸다. 최형사가 받아서 끌러 보고는 이게 뭐냐는 듯 노인을 쳐다보았다.

"제일 위에 있는 것이 내가 칠십팔 년도 통일주체국민회의 대의원이 됐을 때 받은 임명장."

통일주체국민회의라, 언제 적에 들어본 단어인지 기억도 가물가물했지만 노인의 존재감에 눌려 최형사는 묵묵히 액자를 쳐다보았다.

"그리고 그다음 것은 검찰에서 준 것인데, 청소년 선도위원 임명장. 또 그다음은 새마을운동본부에서 준 것인데, 그때 본부장이 전경환*이었거든. 내가 그 사람하고 술도 한잔 하고 그랬지."

최형사는 노인의 설명에 따라 노인의 인생 요약본, 그중 과거의 영광 특집을 모두 훑어보았다. 액자들은 모두 장롱 구석에 처박혀 있다가 경찰서로 가져오기 위해 황급히 닦은 듯 구석에 때가 밀려 있었다.

"선생한테 이걸 보여주는 이유는, 내가 자식 교육 하나는 정확하게 시킨 사람이라는 걸 말하려는 거지요. 우리 아들은 벌레 하나 못 죽이는 놈이고, 우리 며느리도 비슷해. 그러니까 중풍 든 시아버지를 몇 년째 모시고 있는 것이지. 사람을 죽여? 우리 며느리가? 도대체 누가 그런 소릴 했을까 생각해보니 그 파출소장이 나는 의심

* 군인, 정치가, 경제인 시민사회단체인, 언론인. 전직 대통령 전두환의 동생. 제5공화국 기간 중 시민사회단체 활동을 할 때 이권 청탁을 받은 혐의로 수감되기도 했다.(위키 백과)

스러운데, 그놈이 아주 나쁜 놈이에요. 내가 아무것도 안 하고 방 안에 누워만 있어도 소문이 다 들리거든. 그놈이 아주 게으른 데다 온 동네로 다니면서 돈이나 뜯고 말이야. 그런 놈은 경찰의 수치야, 수치."

노인의 말은 끝나지 않을 것처럼 이어졌다. 숨이 차서 아들에게 물 한 잔 가져오라고 하지 않았다면 몇 시간이고 계속되었을지도 몰랐다. 아들이 물을 가져오고―최형사는 노인의 아들이 불쌍하게 여겨졌다―노인이 물을 마시는 사이 최형사는 말할 기회를 잡았다.

"저희가 지금 조사를 하고 있고, 그게 저희들 업무니까 댁으로 돌아가셔서 기다리시죠. 저희 죄 없는 사람을 잡아넣는 사람들 아닙니다."

물을 마신 노인이 다시 카랑카랑한 목소리로 말했다.

"죽었다는 강사장 집에도 내가 전화를 했어요. 파출소장한테 물어보니까 전화번호를 가르쳐주더구먼. 뭐가 찔리는지 나한테 아주 친절하던데, 나처럼 오래 산 사람은 목소리만 들어도 그런 게 다 보이거든. 그 집에 전화해서 당신들 아버지 때문에 우리 며느리가 잡혀갔는데, 우리 며느리가 당신 아버지를 왜 죽이느냐 했더니, 그 집에서도 살인이라는 건 말도 안 된다며 펄쩍 뛰더구먼. 그 집 아들 말이, 자기 아버지는 원래 다리가 약했대요. 지난달에도 넘어져서 인대가 늘어나 병원에 다녔다는 거야. 물론 경찰관 선생께서는 이것도 다 조사하셨겠지요?"

"잘 알겠습니다만 형사 사건 수사라는 게 그렇게 간단한 것이 아니어서……."

"간단하든 안 간단하든 상식적으로 말이 돼야지, 말이!"

노인이 언성을 높였다. 노인이 들고 온 액자 속의 인생 역정이나 전화로 들었다는 유가족의 증언이나 모두 수사에 아무런 영향을 줄 수 없는 것들이었지만, 최형사는 흔들렸다. 노인에게는 어떤 힘, 흔들림 없는 확신에서 나오는 묘한 감응력 같은 것이 있어 그의 말에는 어떤 이견도 달 수 없을 것처럼 느껴졌다.

게다가 노인은 핵심을 정확하게 찌르고 있었다. 무언가 좀 구리기는 하지만 이은주 범인설은 상식적으로 말이 되지 않았다. 신발에 묻은 흙은 결정적 증거가 되지 못했고, 전적으로 의지하는 것은 현장을 봤다는 목격자의 진술인데 반장은 그 진술도 탐탁지 않게 생각했다.

"개천 폭이 얼마야?"

"글쎄요. 한 오십 미터 정도?"

"한밤중에 육안으로 확인할 수 있는 거리야?"

"강인학이 있던 쪽에는 조명이 있으니까 충분히 보이죠."

"얼굴도 확인이 가능해? 대충 윤곽만 보이는 거 아냐?"

"그렇지만 피의자의 구체적인 행동, 인상착의까지 다 정확하게 진술했습니다."

하지만 영장은 기각되었다. 이유는 증거 불충분이었다. 반장은 최형사에게 옆방 아줌마와 사건 현장의 목격자를 다시 만나고 오라고 지시했다. 사건 현장 목격자의 진술에는 흔들림이 없었다. 그런데 옆방 아줌마는 예상했던 대로 은주가 들어온 것이 열두 시인지, 한 시인지 자신이 없다고 태도가 바뀌어 있었다.

최형사는 무언가 찜찜했지만 결국 모든 것이 물증 없는 서러움이었다. 게다가 엽기적인 의사 부인 살해 사건이 일어나 경찰서 내의 모든 인력이 투입되는 바람에 실족사인지 강력 사건인지조차 분명하지 않은 이 사건을 계속 붙잡고 있을 여유가 없었다.

'항상 그런 거지······'라고 최형사는 생각했다. 모든 사건에는 저마다 이상하고 묘한 점들이 있지만 그것을 다 파헤치지는 못한다. 제한된 단서와 시간, 인력이라는 한계 속에서 해결이란 상식과 사실이 적절히 결합된 인과를 찾아내는 것을 의미할 뿐이다. 최형사는 풀려나 집으로 가는 이은주에게 진심으로 미안하다고 사과했다. 사실 요즘 같은 세상에 누가 중풍 든 시아버지를 모시고 산다고, 그런 여자한테 알지도 못하는 남자의 살인 혐의라니 참 못할 짓을 했다는 인간적인 감정도 잠시 들었다. 그러나 은주는 최형사를 쳐다보지도 않았다. 은주의 남편도 마찬가지였다. 은주는 남편의 흰색 소나타를 타고 집으로 돌아갔다.

*

집으로 돌아온 은주는 샤워를 하고 곧장 침대에 누웠다. 최근 들어 남편은 주로 컴퓨터 방에서 잤기 때문에 혼자 있을 수 있었다. 시아버지도 은주를 부르지 않았다. 남편이 미리 주의를 주어서인지 아이들도 평소와는 달리 얌전하게 책상 앞에 앉아 있다가 잠이 들었다.

밤이 깊어지자 집 안 가득히 정적이 깔렸다. 식구들은 모두 잠이 들었지만 은주는 잠을 이루지 못하고 뒤척였다. 자신이 용의자가 될 줄은 정말 꿈에도 몰랐다. 목격자가 있을 수 있다는 생각을 영점 일 초라도 했다면 은주는 그를 죽이지 않았을 것이다. 백 퍼센트 안전하다는 확신하에 그를 죽였다. 그런데 누가 현장을 목격했다는 말인가, 도대체 누가?

바꿀 수 있는 것과 없는 것

아침 여섯 시. 은주는 평소처럼 일어나 아침 식사를 준비했다. 부엌에서 달그락거리는 소리를 듣고 남편이 나와서 오늘 같은 날은 그냥 좀 더 자라고, 아버지도 이해해주실 거라고 말했지만 은주는 그러고 싶지 않았다. 이미 잠은 깼고, 누워서 목격자 생각만 하느니 된장찌개를 끓이고 있는 편이 나았다. 단 이틀 만에 집은 낯설었고, 모든 것이 현실이 아닌 것처럼 아득하고 멀게만 느껴졌다. 그 거리감이 정확하게 어떤 감정인지 알지 못한 채 은주는 아이들에게 아침을 먹이고, "사랑해, 엄마"라고 말하는 아이들에게 "엄마도 사랑해"라고 중얼거려주고, 상을 치웠다. 호성은 은주의 눈치를 보며 주방에서 조금 얼쩡거리더니 컴퓨터 앞으로 돌아갔다.

은주는 시아버지의 죽을 끓여 가지고 들어갔다. 시아버지는 등이 결린다고 불평했다.

"등을 좀 두드려드릴까요?"

"됐다."

은주는 시아버지가 느릿느릿 죽 그릇을 비우는 것을 기다리며 TV 뉴스를 쳐다보았다. 환율, 수출, 주가, 의사 부인 살인 사건. 은주는 아무 말 없이 뉴스 화면만 쳐다보다 시아버지가 죽 그릇을 다 비우자 입을 닦아드리고 침대에 눕힌 후에 방을 나왔다.

다시 물속 같은 정적이 집 안을 휘감는 시간. 은주는 식탁 의자에 앉아 커피를 마시면서 목격자가 누구일까를 생각했다. 정체를 확인할 수 없는 목격자가 어디선가 지켜보고 있는데 자신은 속수무책으로 있어야 한다는 사실이 불안과 공포심을 불러일으켰다. 그리고 이러한 불안과 공포에 계속 떨어야 한다는 사실이 은주의 마음에 슬픔을 몰고 왔다. 며칠 전까지만 해도 자신은 지극히 평범한 주부였는데 도대체 무엇이 잘못되었다는 말인가. 은주는 다 마시지도 않은 커피 잔을 싱크대 설거지통에 집어넣고 황급히 현관을 나섰다.

마당을 걸어가다가 옆방 아줌마와 마주쳤다. 옆방 아줌마는 은주를 보자 눈이 동그래지며 멈칫하더니 이내 애처롭다는 표정을 지으며 은주에게 다가왔다.

"새댁, 고생 많이 했지?"

"새댁은 무슨……"

은주는 날카로운 적의를 감추고 옆방 아줌마를 쳐다보았다. 이 여자가 자신의 귀가 시간에 대해 이러쿵저러쿵 떠들었음이 분명했다. 그러니 지금 당장 방을 비우라고 해서 이 여자를 내쫓아버리면

속은 시원할 것이다. 하지만 그러면 이 여자는 은주가 무언가 켕겨
서 자신을 내쫓았다고 생각할 것이고, 그걸 또 온 동네에 떠들고 다
닐 것이라는 생각이 빠르게 스쳐 갔다. 지금 이 여자를 집에서 내쫓
는 것은 은주가 처한 위험과 공포에 비하면 너무나 사소한 복수였
다. 사건은 끝난 것이 아니었다. 언제든 다시 형사가 올 수 있었다.

"걱정해주셔서 고마워요."

은주는 그렇게 말하고 대문을 나섰다. 은주가 가버리자 옆방 아
줌마는 쫄았던 가슴을 쓸어내렸다. 그러면서 생각해보니 주인집
며느리가 개천에서 죽은 남자의 사건과 관련되어 있다는 것은 대
단히 쇼킹한 뉴스이고, 떠들어댈 만한 이야깃거리였지만, 그렇다고
주인집 며느리가 살인을 했다는 것은 도무지 말이 안 되는 이야기
였다. 살인이라니, 불륜이라면 몰라도.

그래서 옆방 아줌마는 진심으로 은주에게 미안한 생각이 들었
다. 미안한 마음으로 돌이켜보니 은주가 열두 시 조금 넘어 들어온
것 같기도 했고, 자신이 형사의 유도심문에 말려든 것이 아닌가 의
심스럽기도 했다. 그러나 옆방 아줌마는 아직 카드 대금이 해결되
지 않아 골치 아픈 상태여서 은주에 대한 일은 잠시 미안해하고 찔
리는 것으로 마무리하고 서둘러 자기 방으로 들어갔다.

대문을 나선 은주는 운동 삼아 올라가는 뒷산을 향해 걸음을
옮겼다. 완연한 여름 날씨로 매미 울음소리가 요란하게 들렸다. 문
득 이십 년 전쯤에 남편과 처음 이 동네에 왔던 때가 생각났다. 그
때만 해도 이곳은 꽤 고급스러운 주택들이 모여 있는 부자 동네였

다. 대부분은 용적률을 최대한 활용하여 서너 세대가 전세를 살 수 있도록 설계하고, 외관은 그 당시에 유행하던 붉은 벽돌 모양의 타일을 붙인 팔십 년대식 집들이었지만, 군데군데 넓은 마당에 커다란 정원수를 가진 집들도 있었다.

중학교 때부터 스무 평짜리 연립주택에서 살아온 은주에게 넓은 정원을 가진 집은 일종의 로망이었다. 그것은 느긋함과 편안함, 따뜻함과 당당함을 의미했고, 또한 그것은 호성과 함께하게 될 미래를 의미했다. 그때 은주보다 네 살 많고 숫기 없던 호성은 마치 전혀 알지 못하는 다른 세상으로 데려다 줄 듯 은주의 손을 다정하게 잡고 줄장미가 뻗어 있는 담장 아래를 걸어가고 있었다. 그 순간만은 호성을 따라 어디든 갈 수 있을 것 같았고, 그곳이 어디든 정원수로 가득한 마당이 있는 집과 같은 어떤 곳이라는 확신이 있었다.

호성의 집은 동네 더 안쪽에 있었다. 그곳에는 정원수 있는 저택들이 사라지고 세를 주기 위해 주택업자가 지은 붉은 벽돌 타일 집들만 주르르 늘어서 있었다. 생각해보면 호성이 그날 은주를 데리고 갔던 길은 둘러 가는 길이었다. 호성의 집에 가려면 버스로 한 정거장 더 가서 내린 후 개천을 따라 걸어 올라가는 것이 훨씬 나았다. 하지만 그 길에는 마당에서 정원수가 자라는 집은 없고 대신 소규모 공장들이 늘어서 있었다. 왜 호성은 일부러 둘러 갔을까? 그저 걷기 좋은 길로 은주를 안내한 것일까? 은주는 가끔 궁금해지곤 했다.

어쨌거나 호성이 "여기야" 하며 걸음을 멈춘 집에는 정원수도 없고 줄장미도 없었다. 활짝 열린 대문—열 세대 이상이 살고 있었으므로 대문이 항상 열려 있었다—너머 기역 자 모양으로 나란히 붙은 두 개의 건물과 시멘트를 말끔하게 바른 살풍경한 마당이 보였다. 호성은 마치 은주의 기대를 다른 방향으로 부추긴 것이 미안하기라도 한 듯 조금은 쑥스러운 미소를 짓고 있었다. 그러나 은주는 집의 크기에 너무 놀란 나머지 자신의 기대가 빗나간 것에 대해 실망할 겨를이 없었다.

시아버지가 될 사람은 칠십 년대 교복 사업으로 한창 잘나갈 때 공장과 가까운 이 동네에 땅을 사서 집을 지었다고 했다. 그는 남자가 사십이 되면 자기 집을 지어야 한다고 믿었고, 자신의 남자다움을 증명하듯 최대한 몸집을 부풀려 집을 지었다. 칠십 년대 유행하던 화강암 타일로 외관을 장식하고, 도둑이 침입하지 못하도록 창문마다 쇠창살을 달았으며, 마당에는 정원수도 특별히 비싼 것으로 골라 가득 심었다.

호성은 가끔 그 집으로 이사하던 날에 대해 이야기했다. 운전수가 모는 자가용을 타고 집에 도착하니 저 멀리서부터 구경 온 동네 사람들과 그들의 손을 잡고 온 코흘리개 아이들로 집 앞이 북적거렸다고 했다.

시아버지는 아이들을 좋아했다. 그 애들이 커서 교복을 입기 때문이었다. 아이들을 보면 언제나 "무럭무럭 자라 어서 학교에 가라"라는 덕담을 건넸다. 또 시아버지는 정치를 좋아했다. 공장 허가를 받든, 땅을 사든, 심지어 자가용을 살 때조차도 관의 힘을 빌려야 일이 순조롭다고 굳게 믿는 사람이었다. 그냥 정상적인 절차로 허가가 나올 때보다 무언가 뒷돈을 주고 줄을 이용해서 허가가 났을 때 더 안전하며 자신이 더 유능하다고 느꼈다.

정치에 대한 관심은 결국 시아버지로 하여금 칠십팔 년 통일주체 국민회의 대의원 선거에 출마하게 만들었다. 시아버지가 꿈꾼 것은 국회의원이었지만 아무래도 그것은 무리라는 주변의 끈질긴 충고 와 반대에 부딪히자 타협점을 찾은 것이었다. 그것도 원래는 시아버지에게 올 자리가 아니라 모 고등학교 이사장이 하기로 되어 있는 자리였는데 그가 교통사고로 급사하는 바람에 정말 운 좋게 시아버지에게 떨어진 것이었다. 대의원에 출마할 자격을 얻기 위해 시아버지는 엄청난 돈을 썼다. 시어머니는 말렸지만 권력과 연을 두지 않으면 대한민국에서는 사업을 할 수 없다는 시아버지의 신념을 꺾을 수 없었다.

시아버지는 형식적인 투표를 거쳐 대의원에 선출되었고 장충체육관에서 거행된 구 대 대통령 선거에 참여했다. 그날 대통령에 당선된 박정희보다 시아버지가 더 감격했다. 집에서는 잔치가 벌어졌고, 직원들에게는 상여금이 주어졌다. 가족들은 모두 대선 기념 가족사진을 촬영했다. 그 사진은 창고로 쓰는 이 층 방 한구석에 지금도 걸려 있었다. 그때가 시아버지가 누린 영광의 정점이었다.

그 장엄했던 대통령 선거가 끝난 다음 해에 박정희가 암살되었고, 그 일은 엄청난 충격과 비통함을 시아버지에게 안겨주었다. 그의 계획에 대통령의 죽음은 들어 있지 않았다. 박정희 외에 다른 사람이 대통령이 될 수 있다는 것도 전혀 생각하지 못했다. 그는 미국의 대통령이 닉슨에서 포드로, 포드에서 카터로 계속 바뀌는 것을 보며 너무나 이상하고 비효율적인 나라라고 생각하던 사람이었다. 대통령은 한 명이면 충분하다. 아울러 교복 공장도 하나면 얼마나 좋겠는가.

그러나 그것은 충격의 시작일 뿐이었다. 국내 유일의 교복 공장이 어쩌면 가능할지도 모른다고 믿었던 시아버지에게 그로부터 얼마 되지 않아 교복 자율화 조치라는 소식이 전해진 것이었다. 나름대로 과학적이고 합리적이었던 시아버지는 인구 통계를 면밀히 살펴 육십 년대 중반에서 칠십 년대 초반까지 태어난 아이들의 수가 사상 최대라는 것을 알고 있었다. 그 아이들이 죄다 학교를 갈 것이므로 시아버지의 교복 사업은 가만히 있어도 나날이 확장될 것이었다. 그런데 그 꿈이 한순간에 훅 날아가버린 것이었다.

그때 시아버지는 처음으로 풍을 맞았다. 천천히 회복된 그는 더이상 아이들에게 무럭무럭 자라라고 덕담을 뱉지 않았다. 그는 모든 것에 극도의 회의와 의심을 품고 세상을 바라보았다.

"내일 아침 해가 동쪽에서 뜬다는 것도 나는 믿을 수 없다."

시아버지는 종종 그렇게 말했다. 시아버지는 주어진 상황하에서 최선의 판단만을 했는데, 그 최선의 판단으로 인해 자신이 몰락의 길을 가게 되었다는 불가해한 사실을 받아들일 수가 없어 오래 앓았다. 가까스로 그가 받아들였던 것은 그럼에도 위로 네 딸과 막내인 외아들을 공부시키고 결혼시켜야 한다는 가장으로서의 의무였다. 그러자 그에게 교복 공장이 다시 희망으로 다가왔다. 남일사 사장 정남일의 꿈은 사라졌지만 공장 부지는 그대로 남아 있었다. 땅값은 천정부지로 오르고 있었다. 교복은 사라져도 아이들은 그대로 있고, 그 아이들은 어딘가에서 잠을 자야만 했다.

　시아버지는 공장 부지를 팔고 세를 줄 집을 사들였다. 그때는 동네 곳곳의 저택들이 헐리고 열 몇 평짜리 빌라로 탈바꿈하던 시기였고, 새로 짓는 방보다 방을 구하는 사람들이 더 많던 시기였다. 그러니 시아버지가 정원수를 모두 베고 세를 주기 위한 집을 마당에 증축한 것은 지나치게 실용적이었을 뿐, 나쁜 판단은 아니었다. 통일주체국민회의 대의원 경력이 아주 소용없는 것은 아니어서 그는 구청에서 손쉽게 허가를 받아 여러 규제를 가볍게 위반하며 아래위층에 부엌 딸린 방 다섯 개씩, 도합 열 개의 셋방을 만들었다.

　은주가 남편과 함께 그 집 앞에 처음 섰을 때 그 열 개의 셋방에는 근처 공장에서 일하는 노동자들이 가득 살고 있었다. 일이 층 각각 똑같은 모양을 한 다섯 개의 문 옆에는 똑같이 가스통이 놓여 있고, 가스통 위에는 역시 똑같은 모양의 창문이 붙어 있었다. 난간에는 빨래가 펄럭이고 이 층 셋방 문 앞에 아직 앳되어 보이는 어떤 여자가 울어대는 갓난아이를 안고 서서 은주를 내려다보고 있었다. 그녀의 눈에는 이 큰 집으로 시집오려는 은주에 대한 선망이 어려 있었다. 그 선망의 눈동자가 정원이 없는 데 대한 은주의 실망을 누그러뜨려주었다.

　오로지 기능밖에 없는 새 건물과 나름대로 칠십 년대 경제 성장의 호사스러움을 담고 있는 본채는 외관에서부터 기괴한 간극을 풍겼다. 시어머니와 네 명의 시누이들은 세주는 건물을 수치스러워했으며, 시아버지의 실용적 결정을 혐오했다. 하지만 본채 이 층에서 자란 네 시누이는 그때 이미 모두 시집을 가고 이 층에는 다른 사람이 세 들어 살고 있었다. 그러니 은주가 결혼할 무렵 시댁에는 도합 열두 세대가 살고 있었던 것이다. 어느 방에서든 꼭 갓난아이 하나는 울어댔고, 누구 하나는 술을 마셨으며, 종종 싸움이 벌어져 시아버지를 분노케 했다. 시어머니는 언제나 대문 앞에 "셋방 있음"이라고 쓴 쪽지를 붙여두고 방을 보러 오는 세입자를 위해 집을 지키고 있어야 했다.

그러나 은주가 결혼하고 둘째 아이를 낳은 지 얼마 되지 않아 시어머니가 암으로 돌아가신 것을 기점으로 하나둘 사람들이 떠나기 시작했다. 본채 이 층에 살던 사람은 아파트를 분양받아 떠났으며, 월셋방에 살던 사람들은 공장이 이전하면서 떠났다. 그러는 사이 시누이들이 차례로 찾아와 자기들 몫의 유산을 요구했고, 때로는 보증인이 되어줄 것을 요구했으며, 셋째 시누이는 시아버지가 약속한 돈을 주지 않는다는 이유로 소송을 청구하기도 했다. 그리고 그때마다 시누이들은 집을 팔고 아파트로 이사하라고 충고했지만 시아버지는 듣지 않았다. 언제부터인가 시누이들은 더 이상 시아버지를 찾지 않았으며, 은주가 간혹 전화를 걸면 자신들은 아버지와 싸우는 데 지쳤으며 아버지는 결코 변하지 않을 것이라는 말만 했다.

"생각해봐. 우리가 시킨 대로 그 집 팔고 아파트로 옮겼으면 지금 돈이 얼마야? 도무지 남의 말을 들어줘야 말이지. 아버지 고집은 돌아가셔도 안 변할걸. 그 동네는 재개발도 안 되지? 무슨 고려시대 무덤인가 뭔가가 나왔다며? 왜 하필 거기서 무덤이 나와? 그렇다고 그게 관광 자원이나 돼? 모르지, 캐시를 침대 밑에 묻어놔

서 아버지가 이사를 못 가는 건지. 올케가 한번 잘 찾아봐."

변하지 않는 것은 시아버지뿐이 아니었다. 구십 년대 후반부터 재개발이 된다, 안 된다 하며 선거 때마다 동네 전체가 떠들썩했고, 인근에는 새로운 아파트 단지가 들어서 "당신이 꿈꾸던 모든 것"이라고 쓰인 화려한 현수막이 아파트 진입로를 비롯해서 인근의 주요 도로마다 나부꼈다. 사십팔 층 높이의 아파트 옥상에는 네온등이 설치되어 안개라도 낀 날에는 장엄한 성 같은 아우라마저 느껴졌다. 한동안 동네 주민들은 아파트 입주로 인해 자신들의 동네까지 땅값도 오르고 장사도 좀 더 되리라 기대를 했지만 얼마 되지 않아 그런 기대는 사라졌다. 오히려 동네 주민들까지 아파트와 인접한 대형 마트로 장을 보러 가는 까닭에 그나마 명맥을 유지하던 시장조차 거의 문을 닫게 되었다.

은주가 사는 동네에는 더 이상 새로 닦이는 길도, 새로 들어서는 건물도 없었다. 예전 공장들은 몇 개만 남고 죄다 이전하고, 버려진 공장은 폐허가 되어 그곳에서 종종 고등학생들이 모여 본드를 마시다 사고를 일으키는데도 CCTV 하나 새로 달리지 않았다. 공장들 반대편에는 시누이가 말한 대로 관광 자원도 될 수 없는, 쓸모없는 고려시대 무덤이 발굴되다 중단된 상태로 비닐을 뒤집어쓴 채 방치되어 있었다. 공장 지대와 옛 무덤 사이에는 미처 이 동네를 떠나지 못한 사람들의 집들과 텅 비어버린 시장, 남루한 물건들만 파는 작은 가게들이 있을 뿐이었다. 모든 가게 앞에는 약속이라도 한 듯 "가게 임대"라고 쓰인 쪽지가 붙어 있었다.

공장 지대로 가는 길을 따라 흐르는 개천이 보였다. 은주는 흠칫

숨을 멈췄다. 저곳에서 자신이 사람을 죽였다. 아마 목격자는 개천 뒤편 폐허가 된 공장이나 맞은편 공터에서 그녀를 보았음에 틀림없다. 목격자는 왜 그 늦은 시각에 그곳에 있었을까. 그리고 자신은 왜 사람을 죽였을까.

*

그날 은주는 모처럼 고등학교 동창들과 만나 저녁을 먹고, 술집으로 자리를 옮겼다. 칠공팔공 스타일의 유행가가 흘러나오고, 벽에는 『베티 블루』니 『그랑 블루』 같은, 한물 간 영화의 더 한물 간 포스터가 붙어 있는 그 술집은 촌스러움이 콘셉트라고 단골인 친구가 이야기해주었다.

"아이폰을 들고는 다니지만 아이튠즈는 쓸 줄 모르고, 보톡스는 맞았지만 노안이 와서 돋보기를 껴야 하는 인간들이 주로 오는 데야."

파전을 안주로 시키고 동동주를 서로 부어주며 은주와 은주의 친구들은 옆 좌석을 힐끔거렸다. 친구 말대로 나이 지긋한 손님들이 좌석을 메우고 있었다. 은주와 친구들은 흘러간 칠공팔공 노래를 들으며 아이들의 진학 문제, 떨어지는 집값 문제, 그리고 이미 시작된 남편의 퇴직 문제에 대해 떠들었다. 그것은 지난번 모임에서 떠든 것과 거의 같은 내용이었다. 그러자 한 친구가 지겹다는 듯 외쳤다.

"야야, 골치 아픈 얘기 때려치우고 우리 수준을 높여서 남자 얘기나 하자. 멋있는 남자 없냐?"

"그런 남자 알면 나한테 분양 좀 해라."

"멋있는 남자도 삼십 대 때 얘기지, 죽을 때가 다 되어가는데 무슨."

"야, 죽을 때가 다 되어가다니? 우리는 백 살까지 산단다. 이 일을 어떡하니? 여든에 깨끗하게 죽는 법 없니?"

"건강관리 잘해. 술도 좀 먹고, 담배도 팍팍 피우고. 그래야 암에 걸린다니까. 암 아니면 요즘은 안 죽어."

"무슨 소리야? 아프면 자식들한테 민폐지. 규칙적으로 운동해야 돼. 건강하게 살다 일찍 가야지."

"그건 모순이지. 건강하게 사는데 어떻게 일찍 가? 건강하면 오래 살게 되는 거야. 애들은 팍팍 줄어드는데 오래 살아 다음 세대 등골 뺄 일 있냐?"

"이러다 우리 나중에 고려장당하는 거 아냐? 은주야, 너네 시아버지 아직 그대로지?"

"응, 그대로셔. 아마 영원히 그대로이실 것 같아."

"이상하네. 그 점쟁이가 일 년 안에 끝난다고 하지 않았어?"

그렇게 말한 친구는 고등학교와 대학을 같이 다닌 현숙이었다. 삼 년 전쯤에 은주는 현숙의 손에 끌려 용하다는 점쟁이를 찾아갔었다.

"이 점쟁이가 얼마 전에 신내림을 받아서 기가 막히게 맞힌단다. 원래 신기는 갓 받았을 때가 영험이 있거든. 소문나서 유명해지면 그땐 영험이 다 빠지고 없어. 너네 시아버지 언제 죽나 한번 물어보자."

"그걸 내 입으로 어떻게 물어봐?"

"내가 물어볼게."

그리고 점쟁이 앞에 간 현숙은 대뜸 말했다.

"얘가 중풍 든 시아버지를 모시고 있는데요, 언제 끝날까요? 그것만 봐주세요."

뜻밖에 점쟁이는 쌀을 밥상 위에 흩어놓거나 방울을 들고 흔들거나 하지 않았다. 대신 점쟁이의 책상 위에는 노트북이 놓여 있었고, 그 화면에서는 별자리가 복잡하게 그려진 프로그램이 돌아가고 있었다. 현숙이 물었다.

"신내림 받으셨다던데 별자리 점을 보세요? 그건 서양 것 아닌가요?"

"나한테 붙은 귀신이 서양 귀신이라 그래. 영어로 쌀라쌀라 떠들어대는데 알아듣는 건 알아듣고, 못 알아듣는 건 이거 보면서 내가 해석해서 말해주는 거야. 얼마나 힘든 줄 알아?"

"아, 예. 그래도 영어를 참 잘하시나 보네요."

현숙은 고분고분해졌지만 은주는 무슨 개그 같은 대화가 너무 한심하게 느껴졌다. 복비 오만 원은 현숙더러 내라고 해야지 생각하고 있는데 영어 쓰는 귀신이 붙은 점쟁이의 말이 놀라웠다.

"쯔쯔, 시아버지가 너무 세네. 너무 세서 자식이 기를 못 펴. 남편은 평생 아버지 그늘에서 살다 갈 팔자야. 시아버지는 호랑이, 자식은 개. 개가 호랑이 앞에서 숨이나 쉴 수 있나? 그래도 남편은 평생 아버지 덕에 살았구먼. 당신 아들도 할아버지 덕에 살아야 될 운인데, 이제 다 끝났어."

"뭐가 끝나요? 우리 애 운이 끝난다는 건가요?"

"시아버지 말이야. 일 년 안에 끝나, 일 년. 시아버지가 돌아가시면 남편도 숨을 좀 쉬겠고."

"얘, 일 년 안에 끝난대. 축하한다, 얘."

현숙이 호들갑을 떨었고, 복비는 은주가 냈다. 만약 시아버지가 돌아가신다면 집을 팔고 이사를 한 후, 침대 밑에 넣어두었든 이불 안에 감춰두었든 간에 시아버지가 가지고 있다는 캐시를 찾아 조그만 식당이라도 하나 내야지 하는 계획을 은주는 전부터 가지고 있었다. 일 년 안에 돌아가신다니 은주의 계획은 훨씬 구체적인 모습을 갖추는 것 같았다.

그것이 삼 년 전이었고 그때 시아버지는 여든일곱이었다. 그사이 은주는 요리 강좌를 듣고, 조리사 자격증을 따며 곧 돌아가실 시아버지를 극진히 모셨다. 그러나 시아버지는 그대로였고 올해로 구순을 맞았다. 변한 것이 있다면 세 들어 사는 외국인 노동자들의 인적 사항뿐이었다.

"봐, 얘 시아버지가 구순까지 사시잖아. 우리는 백 살을 가볍게 넘길 거야. 그러니 빨리 죽으려면 건강관리에 신경 써야 한다는 내 말이 틀렸니?"

친구들은 틀리지 않았다고 소리쳤고, 비정규직으로 자식도 낳지 못하고 살아갈 불쌍한 다음 세대를 위해 우리가 해줄 수 있는 유일한 일은 빨리 죽는 것뿐이라며 진탕 술을 마셨다. 술에 취해 노래방으로 자리를 옮겨 있는 대로 악도 썼다.

노래방에서 열한 시쯤 나와 택시를 탔다. 목청을 너무 높이고 악을 쓰며 노래를 부른 탓에 택시에 오르자 정적 때문에 귀가 멍해 지면서 기분이 탁 가라앉는 것을 느꼈다. 택시 기사는 과묵한 사람이었다. 집 근처에서 내리기 전까지 한 마디 말도 하지 않았다. 술에 취해 있었던 데다 집으로 가는 길은 밤이면 인적이 드문 곳이라 집 앞까지 택시를 타고 가는 것이 여러 모로 좋았다. 하지만 은주는 버스 정류장 근처에서 내렸다. 그러고는 천천히 집을 향해 걸었다. 길에는 아무도 없었다. 며칠 동안 내린 비 때문에 축축하고 후끈한 공기가 개천을 따라 드문드문 켜져 있는 방범등의 불빛과 섞여 은주를 휩쌌다. 그때 그 남자를 보았다.

남자는 얼핏 보기에도 술에 잔뜩 취해 있었다. 목을 십오 도쯤 뒤로 젖히고, 심하게 부풀어 오른 배를 앞으로 쑥 내민 채 남자는 개천을 향해 오줌을 누고 있었다. 모르는 사람이었지만 왠지 눈에 익은 것 같은 느낌이 들었다. 그래서 그의 뒤로 지나가면서 은주가 문득 고개를 돌렸는지 모른다. 방심하고 있는 남자의 등이 보였다. 갑자기 초등학교에 다니던 때 기억이 떠올랐다.

초등학교 사 학년 때쯤이었을 것이다. 무슨 당번이었던가, 아니면 단체 기합이 있었던가 해서 은주는 해가 어둑어둑해질 무렵에 굉장히 우울한 마음으로 집을 향해 가고 있었다. 학교에서 은주의 집까지는 꽤 멀었다. 두 개의 육교와 두 개의 횡단보도, 그리고 검은 강을 가로지르는 다리를 지나 수많은 계단으로 이어진 산동네까지 가야 했다.

공장과 공장 사이로 흐르는 강에는 두 개의 다리가 있었다. 은주가 걸어가던 다리는 차들이 다니는 큰 다리와는 뚝 떨어져 사람들만 통행하도록 되어 있는 좁은 것이었다. 어른들 말로는 일제강점기에 세워진 것이라고 하는 그 다리는 곳곳이 허물어지고 균열이가 있었다. 그래도 그 다리가 학교로 가는 지름길이어서 은주는 늘 그리로 지나다녔다. 강이라고는 했지만 지천에 불과해 개천 수준이었고, 바로 옆에 자리 잡은 공장에서 흘러나온 오수 때문에 악취가 지독했다. 은주는 악취를 맡지 않으려고 입으로 숨을 쉬며 걸어가다 다리 끝에서 어떤 늙은 남자가 오줌을 누고 있는 것을 보았다. 남자가 서 있는 곳에는 난간도 허물어지고 없었다. 술에 심하게 취해 흔들거리고 있는 그 등은 매우 위태롭고도 쓸쓸해 보였다. 다리 위에는 아무도 없었다. 그 순간 어떤 충동이 은주의 머릿속을 획 스치고 지나갔다.

'지금 등을 확 떠밀어버리면 저 사람은 아무도 모르게 죽는다.'

갑자기 배 속이 꿈틀했다. 왜 그런 충동이 들었는지는 그때도, 그 이후에도 알 수 없었지만, 그 충동은 너무나 강렬한 것이어서 은주는 갑자기 오금이 저려오면서 두 다리가 후들거리는 것을 느꼈다. 입안까지 바짝 말랐다. 은주는 자신도 모르게 걸음을 멈췄다. 남자의 등 너머로 검은 강이 어디론가 느릿느릿 흘러가고 그 위로 붉은 노을마저 점점 검게 변하고 있었다.

'지금이다, 바로 지금.'

은주 안의 무언가가 그렇게 말했다. 그러나 은주는 꼼짝도 하지 못한 채 남자의 등을 보며 얼어붙은 듯 서 있을 뿐이었다. 남자가 등 뒤로 시선을 느꼈는지 힐끔 은주를 돌아보았다. 은주의 눈에 자기가 죽일 수 있었던 남자의 얼굴이 들어왔다. 눈에는 눈곱이 끼고 입가에는 침이 흘러 있는, 아주 더럽고 아주 초라한 남자였다. 남자는 은주가 자신이 오줌 누는 모습을 보고 있다고 생각했는지 누런 이를 드러내고 씩 웃으며 몸을 틀어 자신의 성기를, 아직 오줌 방울이 뚝뚝 떨어지고 있는 성기를 은주에게 쓱 내밀었다. 은주는 소리를 꽥 지르며 마구 달렸다. 그 남자가 쫓아와 자신을 덮칠 것 같았다. 그 더럽고 냄새나는 얼굴을 들이대고 왜 자신을 죽이려 했는지 따져 물을 것만 같았다. 남자의 발자국 소리가 은주의 귓가에 쿵쾅쿵쾅 울렸다.

물론 남자는 쫓아오지 않았다. 은주는 집으로 돌아갔고 뭐 하다 이렇게 늦었냐는 엄마의 꾸지람에 그 남자를 잊었다. 그러나 그 후로도 가끔 늙은 남자의 등과 그 더러운 얼굴이 다시 떠올랐다가 사라질 때마다 공포감 때문에 다리가 후들거렸다. 그럼에도 자신이 어떻게 사람을 죽인다는 생각을 했는지에 대해서는 진지하게 생각해본 적이 없었다.

개천에서 강인학이라는 남자의 등을 보았을 때 은주는 문득 초등학교 사 학년 늦은 저녁에 보았던 늙은 남자의 등을 떠올렸다. 삼십 년이라는 긴 시간을 건너뛰어 마치 한 번 더 은주를 시험해보려는 듯이 술에 취해 오줌을 누는 남자가 은주 앞에 서 있었다. 그때와 달라진 것은 아무것도 없었다. 단지 술을 마셨을 뿐. 그때 실행하지 못해서 아쉬웠던가? 그런 생각은 한 번도 해본 적이 없었다. 그러나 아무 상관 없다는 생각이 떠올랐다. 그때, 초등학교 사 학년이던 은주가 그 남자의 등을 확 떠밀어버렸더라도 아무것도 변하는 것은 없었을 것이다. 다음 날 은주는 학교에 가야 하고, 당번을 하고, 별 이유도 없이 손바닥을 맞고 집으로 돌아가는 것이다. 아무것도 변하지 않았을 것이다, 아무것도.

물소리가 밤을 삼킬 듯이 들려왔다. 무슨 일이 일어나든 이 어둠 속에서는 물소리에 파묻혀 다 사라질 것만 같았다. 은주는 천천히 그 남자를 향해 다가갔다. 그때까지도 은주는 정말로 그 남자를 죽인다는 생각은 하지 않았다. 단지 초등학교 사 학년 때와는 달리 그저 몇 발자국 더 다가가보는 것에 불과했다. 은주는 다시 몸을 돌려 계속 집을 향해 갈 생각이었다.

은주의 발소리를 들었는지 남자가 고개를 조금 돌렸다. 남자의 눈에는 초등학교 사 학년이 아닌, 마흔이 훨씬 넘은 한 여자가 오줌 누고 있는 자신을 보며 서 있는 모습이 들어왔다. 동시에 은주의 눈에는 어떤 여자가 자신의 성기를 보고 있다고 생각하며 비웃는 듯, 혹은 즐기는 듯 게슴츠레하게 뜬 눈과 느끼할 정도로 기름기 흐르는 얼굴이 보였다. 남자는 묘하게 입을 비틀어 찡그리듯 웃었다. 어둠 속에서 분명 새로 해 넣었을 것 같은 그의 이가 날카롭고 섬뜩하게 드러났다.

순간 은주는 남자가 자신을 알고 있다는 생각이 들었다. 은주는 모르지만 남자는 자신을 알고 있음이 분명했다. 아마 저 남자는 교복집—아직도 동네 사람들은 은주의 집을 그렇게 불렀다—며느리가 자기 물건을 유심히 보더라고 소문을 내고 다닐 것이다. 저 불쾌한 남자의 입에 자신이 계속 오르내릴 것이라 생각하니 갑자기 은주는 참을 수 없어졌다. 배 속에서 꿈틀거리던 어떤 것이 갑자기 머리를 곧추세우고 은주의 몸을 가르며 튀어나왔다. 남자가 다시 고개를 돌리고 바지 안으로 물건을 집어넣으려는 순간 은주는 풀쩍 뛰어오르듯 남자에게 다가가 이를 악물며 있는 힘을 다해 남자의 등을 떠밀었다.

남자의 몸이 휘청하더니 비명도 아니고 감탄도 아닌 괴상한 소리를 지르며 난간도 없는, 준설 때문에 여기저기 흙을 쌓아놓은 방죽 아래로 굴러 떨어졌다. 풍덩 빠지는 소리가 들렸다. 이어 허우적거리며 살려달라고 외치는 남자의 목소리가 단말마의 비명처럼 들려왔다. 은주는 고개를 내밀어 그 남자의 모습을 확인했다. 남자는 보이지 않았다.

은주는 집을 향해 다시 걸었다. 팔다리가 전기에 감전된 듯 떨리고, 심장이 쿵쾅거리는 소리가 고막을 터트려버릴 듯 울렸다. '방금 내가 무얼 한 거지?' 은주는 자신에게 물어보았다. 알 수 없었다. 단지 손바닥에 닿던 남자의 무겁고 물렁한 살의 감촉, 축축한 땀만 남아 있었다.

"나는 아무 짓도 하지 않았어."

은주는 누구에게랄 것도 없이 중얼거렸다.

그 순간 남자가 물에서 빠져나올지 모른다는 생각이 들었다. 그 남자가 살아서 자신을 신고한다면……. 은주의 온몸에 소름이 좍 돋았다. 은주는 몸을 돌려 준설토를 쌓아둔 방죽 아래로 내려갔다. 물에 빠져 허우적대던 남자가 개천가의 풀뿌리를 잡고 필사적으로 기어 나오려고 버둥거리는 모습이 눈에 들어왔다. 은주는 남자에게 다가갔다. 남자는 풀뿌리를 잡고 매달려 있었다.

"야, 이 개 같은 년아!"

남자가 외쳤다. 은주는 몸이 얼어붙은 채 남자를 쳐다보기만 했다. 그 순간 남자의 몸무게를 이기지 못하고 풀뿌리가 쑥 뽑혔다. 남자는 다시 물에 빠졌다. 남자는 물에서 빠져나오려고 잠시 버둥거렸지만 이내 잠잠해졌다. 장마라 물이 상당히 불어나 있었다.

은주는 다시 흙을 타고 방죽 위로 올라갔다. 흙이 무너지면서 몇 번이나 미끄러졌지만 은주는 필사적으로 손과 발을 버둥거려 위로 올라갔다. 그리고 뒤도 돌아보지 않고 마구 달렸다. 달리면서 생각했다. 개천은 깊지 않다. 술에 취하지 않았다면 충분히 빠져나올 수 있는 깊이다. 그러니 남자가 죽는다면 그것은 술 때문이다. 불어난 물 때문이다. 남자가 붙잡았던 풀뿌리가 뽑혔기 때문이다. 자신은 아무 짓도 하지 않았다.

집에 도착했을 때는 온몸이 땀으로 흠뻑 젖어 있었다. 대문 앞에서 은주는 몇 번이나 호흡을 가다듬고 집으로 들어갔다. 식구들은 모두 잠들어 있었다. 은주는 옷을 벗어 세탁기에 집어넣고 샤워를 했다. 그러고는 불도 켜지 않고 침대로 기어 들어가 머리카락 하나 빠져나가지 않게 이불을 야무지게 뒤집어썼다. 마치 이불 밖으로 나가지만 않으면 안전하다는 듯이. 어디선가 고양이 울음소리가 들려왔고, 심장이 여전히 쿵쾅거렸지만 예상과는 달리 금방 잠이 들었다. 술 때문이었을 것이다.

남자의 시체가 발견된 것은 그로부터 이틀 후였다. 준설토를 치우는 업체의 인부가 하수관에 처박혀 있는 그 남자를 발견했다고 했다. 그 소식을 전해준 것은 집 근처 슈퍼마켓 주인이었다. 시체가 떠올랐다는 말을 듣자 은주는 왠지 마음이 놓였다. 이틀 동안 계속 은주는 그 남자가 혹 살아 있으면 어떡하나 하는 공포에 시달렸던 것이다.

공포보다 은주를 더욱 사로잡았던 것은 놀라움이었다. 자신이 사람을 죽였다는 사실 자체가 주는 놀라움. 그것이 어떤 뿌듯함이나 자랑스러움은 결코 아니었지만 분명 공포도 아니었다. 죄책감도 아니었다. 그것은 순수한 형태의 놀라움이었다. 어떻게 생각하면 너무 비현실적이어서 스스로에게 살인자라는 명칭을 쓰지 못하는 것인지도 몰랐다.

그러나 은주는 그 놀라움의 정체에 대해 곰곰이 생각하지 않았다. 생각하기가 귀찮았다. 생각을 통해 만나게 될 너무도 분명한 윤리적 비판과 양심의 가책이 싫었다. 비판과 가책을 피하기 위해 자신이 동원해야 할 변명과 합리화도 싫었다. 어차피 일어난 일이다, 달라질 것은 없다고 스스로에게 중얼거리며 은주는 생각을 차단했다. 집 안을 꼼꼼히 청소하고, 싱크대와 냉장고를 닦고, 김치를 담그며 자신의 행동과 자신을 분리시켰다. 그것은 없었던 일이었다.

그러나 밤마다 꿈에서 그녀는 개천가에서 오줌을 누던 남자의 등 뒤로 다시 다가갔다. 그때마다 다가가서는 안 된다고 생각했다. 여기서 멈추면 된다, 멈추고 그냥 집으로 가면, 초등학교 사 학년 때처럼 집으로 달려가면 된다. 집으로, 집으로……. 그때 남자가 고개를 돌리고 은주는 그 남자의 등을 떠밀었다.

악몽은 계속 반복되었지만 공포는 점차로 진정되었다. 은주는 서

서히 분리에 성공했다. 며칠이 지나자 마치 사람을 죽인 것은 꿈속의 일이어서 기억은 나지만 자신이 책임질 일도 아니고, 자신이 한 행동도 아닌 듯이 느껴졌다. 경찰이 왔을 때도 은주는 수사에 필요한 탐문 정도일 것이라고 생각했다. 자신과 그 남자 사이에는 어떤 연관 관계도 없기 때문에 자신은 안전하다고 느꼈던 것이다.

은주가 정말 놀랐던 것은 경찰이 목격자가 있다는 말을 꺼냈을 때였다. 자칫하면 그때 은주는 무너져 내릴 뻔했다. 내내 머리 한 구석에서 찜찜하던 가능성이 현실이 되었던 것이다. 그래도 은주는 잘 버텨냈다. 은주가 그렇게 버틸 수 있었던 것은 아이들 때문이었다. 아이들이 살인자의 자식이라는 오명 아래 살게 할 수는 없다고 생각했다. 그래서 어떤 일이 있더라도, 설령 자신이 살인죄로 입건된다 할지라도 자신은 범인이 아니라고 버틸 것이며, 아이들과 남편은 자신이 누명을 썼다고 여기게 만들어야 한다고 생각했다. '그것이 엄마로서 나의 책임이다. 아이들에 대한 책임은 어떤 경우에도 끝까지 져야 한다.' 은주는 속으로 외쳤다. 그 생각만 하면, 아이들 생각만 하면 눈물이 솟았다. 눈물을 삼킬 때마다 은주는 자신이 마치 부당한 압력에 맞서는 전사가 된 듯 밀려드는 서러움마저 느꼈다.

은주는 경찰서에서 풀려났지만 목격자가 있다는 사실이 끈질기게 머릿속에 들러붙어 은주를 괴롭혔다. 혹시 자신이 증거라도 흘리고 온 것은 아닐까, 은주는 곰곰이 생각해보았다. 지금은 경찰이 별 의미 없이 흘려 넘겼지만 나중에 꼬리라도 잡힐 만한 무언가가 있다면? 그러나 아무리 생각해봐도 도저히 그럴 만한 것은 없었다.

지갑 안에 든 신분증 외에 자신만의 것이라고 특별히 내세울 그 무엇도 그녀에게는 없었다. 그럼에도 은주는 다시 전날의 그 완벽했던 분리로 되돌아갈 수는 없었다. 분리는커녕 살인은 이제 그녀에게 찰싹 들러붙어 있었다. 마치 허리에 물에 젖은 그 남자의 시체를 매달고 있는 것처럼 은주의 걸음은 무거웠다.

은주는 천천히 뒷동산을 내려와 집으로 돌아갔다. 가는 길에 슈퍼마켓에 들러 계란 한 상자와 휴지를 샀다. 파출소장이 슈퍼마켓 앞 파라솔 아래에 앉아 음료수를 마시고 있었다. 그는 은주를 보더니 일어나 인사를 했다. 은주도 고개를 약간 숙이며 목례를 했다. 지금까지 은주는 그를 길에서 몇 번 마주쳤을 뿐이었다. 그럼에도 그는, 은주가 물건을 고르고 계산대에서 계산하는 내내 그녀를 쳐다보더니 급기야 은주에게 다가왔다.

"불미스러운 일로 고생 많이 하셨죠?"

"아, 예……."

파출소장은 예의 바르게 말을 꺼냈지만 은주는 파출소장의 표정에서 막연한 의심과 불쾌함, 그리고 비웃는 듯한 호기심을 읽었다. 그는 아직도 자신을 범인으로 의심하고 있다고 은주는 생각했다. 하지만 파출소장은 엉뚱한 이야기를 했다.

"시어른께서는 무탈하시죠? 건강은 여전하시고?"

"예, 웬만하세요."

"그 어른이 참 대단하신 어른이신데, 거참. 어르신께서 직접 경찰서까지 가셨다는 얘기 들었어요. 그런 일이 생기지 않도록 제가 신경 써야 했는데 정말 죄송합니다."

그는 장황하게 은주의 시아버지에 대한 찬사와 송구함을 늘어놓았다. 은주는 햇볕이 따가워 지갑으로 얼굴을 가린 채 묵묵히 듣고 있었다. 엉뚱한 소리로 자신을 붙잡고 있는 데는 필시 다른 이유가 있는 것이라고 은주는 생각했다. 그래서 파출소장이 말을 마쳤을 때 은주는 "네"라는 대답만 쌀쌀맞게 붙이고는 냉큼 돌아서버렸다.

"제가 언제 인사차 한번 들르겠다고 전해주십시오."

은주는 파출소장의 진심을 전혀 모르고 있었다. 파출소장은 진심으로 은주의 시아버지를 무척 존경하고 있었는데, 그의 존경심은 그가 오래전인 칠십 년대 후반에 이 동네에 살았다는 사실과 무관하지 않았다. 이십 대 신참 순경이던 시절에 통일주체국민회의 대의원이란 감히 우러러볼 수도 없는 지위여서 그때의 존경심이 뼛속에 각인되어 지워지지 않았다. 게다가 칠십 년대는 파출소장의 청춘과 연결되어 있었고, 청춘과 관련된 모든 세부 사항은 낭만적인 색채를 띠게 마련이어서 파출소장이 통일주체국민회의라는 말을 들을 때마다 지난날에 대한 향수가 엄습하는 것이었다. 비록 가난했지만 그 시절은 얼마나 희망과 활력이 있었던가. 잘살아보겠다는 의지가 흘러넘쳤으며, 사회는 질서가 있었다. 그때 아버지들은 또 얼마나 권위가 있었던가. 그런 의미에서 지금은 형편이 많이 쪼그라들었다고는 하지만 은주의 시아버지는 아들, 며느리를 거느리고 여전히 자신의 권위를 지키며 살아가는 인물이었다. 그것은 아직도 살아 있는 과거의 영광이었으며, 파출소장이 꿈꾸는 노후이기도 했다. 그랬기에 거동이 불편한 은주의 시아버지가 직접 경찰서까지 찾아갔다는 이야기를 듣고 자신이 불경죄라도 저지른 것처럼 미안하고 불안했다.

그러나 파출소장의 이런 마음을 전혀 모르는 은주는 파출소장이 자신을 비꼰다고 생각했고, 동네 사람들 모두가 자신을 보며 수군대고 있다고 생각했다. 그러자 어떤 적대감 같은 것이 생겨나면서 졸음에서 깨어나듯 은주는 경찰서에 다녀온 이후로 자신을 사로잡고 있던 우울한 기분이 다소 진정되는 것을 느꼈다.

"뒤에서 내 욕을 해보라지. 그래도 날 잡을 수는 없을걸."

은주는 중얼거렸다. 경찰 아니라 그 누구라 하더라도 자신과 강인학을 연결시킬 수는 없을 것이다. 그렇기 때문에 그녀는 안전했다. 은주는 집으로 돌아가 지난주 요리 강좌에서 배운 돼지고기 삼합을 만들었다. 남편은 은주가 다시 기운을 차린 것을 다행스럽게 생각하며 칭찬을 아끼지 않았다. 은주는 행복한 기분마저 느꼈다.

*

전화가 온 것은 그로부터 며칠 후였다. 그사이 은주는 매일 아이들을 학교에 보내고, 시아버지의 시중을 들고, 요리 강좌를 다녀오고, 뒷동산에서 운동을 한 후 목욕탕에서 땀을 뺐다. 목욕탕에서 집으로 돌아와 저녁 준비를 할 때 전화벨이 울렸다.

"네."

"……이은주 씨 댁입니까?"

약간 주저하듯이 말하는 남자의 목소리는 잡음에 섞여 아주 먼 곳에서 전화를 거는 것처럼 감이 멀었다. 인터넷 전화로 바꾼 후 은주네 전화기는 종종 잡음이 심했다.

"제가 이은주인데요."

"이은주 씨, 제가 그날 ……거든요."

"뭐라고요? 좀 크게 말씀해주세요."

"이은주 씨, 제가 그날 이은주 씨가 ……걸 봤거든요."

"제가 뭘 했다고요?"

"……이요, 살인!"

"네?"

"살, 인, 이요! 살인! 이은주 씨 사람 죽였잖아요! 제가 봤어요!"

"아, 예……. 아니, 아니, 여보세요? 제가 예라고 한 건 살인이라는 단어를 알아들었다는 뜻이고요, 저 사람 안 죽였거든요. 무슨말씀 하시는 거예요, 지금?"

남자는 조금 웃는 것 같았다.

"저 경찰에 신고하려고 전화한 것 아닙니다. 신고해도 소용도 없는데요, 뭘. 그러니 저한테 발뺌 안 하셔도 됩니다."

"그럼 저한테 전화를 왜 하셨죠?"

"너무 궁금해서요. 도대체 그 남자를 왜 죽이신 겁니까? 그 남자와 알려지지 않은 무슨 관계가 있는 거죠? 아주 오래된 원한인가요? 그것만 말씀해주세요."

은주는 기가 막혀 숨을 내쉬며 잠시 말을 멈췄다. 그러고는 다시또박또박 힘주어 말했다.

"뭘 보셨는지 모르겠지만 저는 사람 안 죽였거든요."

"제가 증거를 찾아 이은주 씨한테 가져다 줘야 되나요?"

"마음대로 하세요."

은주는 전화를 끊어버렸다. 정신이 멍했다. 지금 자신이 협박을 당한 것인가? 협박이라면 돈이나 다른 어떤 것을 요구해야 하는데 그런 것도 없었다. 아니다, 요구가 있긴 했다. 자신이 왜 사람을 죽였는지 이유를 가르쳐달라고, 남자는 분명히 그렇게 말했다. 은주는 도대체 남자의 말을 이해할 수가 없었다.

은주는 수화기를 들어 발신자 번호를 확인했다. 그러나 전화기의 창이 고장 나 아무것도 읽을 수 없었다. 은주는 당장 전화기를 새로 사리라 마음먹고, 전화국에 가면 발신자를 확인할 수 있지 않나 생각했다. 그렇지만 전화는 시아버지 명의로 되어 있는데 은주가 가도 발신자 목록을 건네줄지 의문이었다. 전화국에 사정을 말하면 될까? 누군가 자신에게 살인범이라며 협박을 한다고 말해?

은주는 갑자기 걷잡을 수 없는 피로가 몰려드는 것을 느꼈다. 그녀는 살인을 했고, 지금 목격자가 태연하게 자기 집으로 전화를 했다. 혹 남편에게 말하지는 않을까? 설령 그렇다 하더라도 남편은 믿지 않을 것이다. 목격자가 아이들에게 해코지를 한다면? 목격자가 아이들에게 나쁜 짓을 할 이유는 없다. 아이들과 무슨 관계가 있다는 말인가? 하지만 달리 생각하면 자신도 아무 관계가 없는 남자를 죽이지 않았던가? '아냐, 나는 사람을 죽인 것이 아니라 그 남자의 등을 떠밀었을 뿐이야.' 은주는 마음속으로 소리쳤다. 그것이 궤변이라는 것은 자신도 잘 알고 있었다. 도대체 무엇이 잘못된 것일까? 목격자가 있는 것인가, 살인인가?

은주는 소파에 앉아 등을 기댔다. '이제 나는 어떻게 하지?' 은주는 스스로에게 물어보았다. 그러나 벽시계의 초침 소리만 거실을 울릴 뿐 아무런 답도, 단서도 은주의 머릿속에는 떠오르지 않았다. 은주는 눈을 감았다. 피로 때문에 스르르 잠이 들었다. 잠으로 빠져드는 은주의 머릿속에 저녁을 해야 하는데, 반찬은 뭘 하나 하는 생각이 잠시 스치고 지나갔다.

며칠 후 다시 전화가 왔다. 이번에도 역시 감이 멀고 잡음도 심했지만 남자는 훨씬 침착하게 말했고, 은주도 차분하게 대답했다.

"제가 자꾸 전화를 해서 성가실 줄 압니다. 하지만 별로 미안하지는 않아요. 당신이 지은 죄에 비하면 이건 너무나 사소한 처벌이니까요."

"사소하든 아니든 당신이 나를 처벌할 권리는 없어요. 당신은 공권력이 아니잖아요? 나중에 내가 경찰에 진짜 처벌이라도 받게 되면 당신 마음대로 준 이 처벌을 내가 되갚을 수 있나요? 아, 물론 이건 내가 당신 주장대로 살인을 저질렀다는 가정하에서 하는 말이에요."

은주는 남자가 자신의 말을 녹음하고 있을지 모른다는 생각에서 아주 조심스럽게 말했다.

"당신은 내가 사람을 죽였다는 증거를 가지고 있지 않아요. 단지 현장을 보았다고 주장할 뿐이죠. 당신 말에 근거가 확실하다면 나는 지금쯤 검찰에 가 있어야겠죠. 하지만 나는 풀려났고, 그러니 이제 나를 협박하는 건 통하지 않아요. 냉수 마시고 정신 차리라고요!"

은주는 전화를 끊어버렸다. 그러고는 발신인 번호를 확인했다. 남자의 전화를 받은 직후 새 전화기를 사다 달았던 것이다. 은주는 인터넷 전화번호부를 뒤져 남자가 남긴 번호의 주소를 확인해보았다. 은주가 사는 동네의 공중전화였다. 은주는 남편 차에 올라 내비게이션에 전화번호를 찍었다. 오 분도 채 되지 않아 늘 가는 동네 슈퍼마켓 앞에 도착했다. 슈퍼마켓에서는 주인 혼자서 천장에 매달아놓은 TV로 프리미어리그 축구를 보고 있었다.

"어서 오세요."

주인이 건성으로 인사했다. 은주는 조금 망설였다. 혹 슈퍼마켓 주인이 목격자일까. 그럴 리는 없다고 생각했다. 만약 그가 목격자라면 자기 가게 앞 공중전화를 쓰지는 않을 것이다. 그러나 혹시 모른다. 가게를 봐줄 사람이 없어서 가까운 전화를 썼는지도. 결단을 내려야 했다. 은주는 주인에게 다가갔다.

"저…… 아저씨."

주인이 은주를 쳐다보았다.

"조금 전에 가게 앞의 공중전화에서 누가 전화를 걸지 않았어요? 혹 못 보셨어요?"

"여기서 보이나요? 밖에 나갔을 때면 모를까. 못 봤어요."

은주는 고개를 끄덕였다. 주인의 말에 수긍이 갔다. 은주는 다시 조금 망설인 후에 결심한 듯 말했다.

"부탁 좀 드려도 될까요?"

"뭔데요?"

"얼마 전에 개천에서 남자가 죽은 사건이요. 제가 그 사건 때문에 며칠 전에 경찰서에 갔다 온 거 아시죠?"

"아, 예, 뭐……."

"동네에 소문이 다 났을 거예요."

"남의 말 사흘 가나요? 고생 많이 하셨죠?"

"어떤 미친 인간이 제가 사람을 죽이는 걸 봤대요. 제가 정말 사람을 죽였으면 경찰이 절 그냥 풀어줬겠어요? 근데 그 미친 인간이 우리 집으로 전화를 해서 저한테 협박을 하는 거예요."

"세상에 무슨 그런 인간이! 뭐라고 협박을 하던가요? 돈 내놓으라고?"

"아뇨. 돈 얘기는 하지도 않았어요. 그런데도 자꾸 전화를 해요."

"경찰에 연락을 하시죠."

"아저씨. 제가 다른 사건도 아닌 살인 사건으로 경찰서에 다녀왔는데, 협박받고 있다고 경찰에 연락하고 싶겠어요? 저 너무 무서워요. 가뜩이나 동네 사람들이 저를 이상하게 볼까 봐 그것도 겁나는데……. 아저씨, 저 좀 도와주세요."

은주의 절박함과 솔직함이 통했는지 슈퍼 주인이 안쓰럽다는 듯 물었다.

"거참. 제가 어떻게 해드리면 되는데요?"

"혹시 공중전화에서 전화 거는 사람 있으면 휴대폰으로 사진을 찍어 저에게 전송 좀 해주시면 안 될까요?"

"근데 제가 못 보면요? 안에서는 바깥 공중전화가 잘 안 보여요."

"혹시 보게 되면 말씀이에요. 좀 챙겨 봐주시면 더 좋고요. 제가 공중전화 옆에 붙어 있고 싶지만 그럼 협박범이 나타나지 않을 거

62

잖아요."

슈퍼마켓 주인은 고개를 끄덕였다.

"보이면 그렇게 해드릴게요. 남자라고 했죠?"

"네. 요즘 공중전화 쓰는 사람 많지 않잖아요."

"그렇죠."

은주는 슈퍼마켓 주인에게 몇 번이나 고맙다고 인사를 하고 집으로 돌아갔다. 목격자가 같은 공중전화를 다시 쓸 것이라는 보장은 없었다. 그리고 목격자를 찾아 뭘 어떻게 하리라는 구체적인 계획 같은 것도 없었다. 하지만 은주는 뭐든 해야 했다. 목격자는 자신을 아는데 자신은 그가 누구인지 모른다는 것은 너무나 부당하다는 생각이 들었다.

저녁에는 시아버지가 옷에 똥을 쌌다. 드문 일은 아니었지만 종종 일어난다고 해서 적응이 되는 일도 아니었다. 호성이 목욕탕에서 시아버지를 씻기는 동안 은주는 옷을 싸서 버리고 창문을 열어 환기를 시켰다. 시아버지는 한사코 기저귀를 거부했고, 아직도 식사량이 너무 많았다.

미처 환기를 다 시키기도 전에 시아버지를 위한 기도를 드리기 위해 교회에서 사람들이 왔다. 시아버지가 언제부터 교회에 다녔는지는 정확하지 않지만—호성의 말로는 시아버지가 처음 중풍을 맞은 직후부터라고 했다—최근 들어 거동이 아주 불편해지기 전까지만 해도 시아버지는 일요일 아침이면 은주와 호성을 거느리고 예배에 참석하는 것을 즐겼다. 은주는 시아버지의 기분을 맞춰주는 차원에서 묵묵히 쫓아다녔고, 호성 역시 마찬가지인 듯했다.

교회 사람들은 시아버지를 위해 기도를 올리고, 돌아갈 때에는 은주의 손을 잡으며 신앙심 깊은 시아버지를 위해 힘을 내달라고 위로했다. 은주는 그들에게 시아버지가 준비해둔 돈 봉투를 헌금으로 전달했다. 교회에서 사람이 올 때마다 돈 봉투를 건네는 것을 보면 시아버지가 방 안 어딘가에 돈을 쌓아두고 있는 것은 분명했다.

슈퍼마켓 주인은 몇 번 사진을 전송해 왔다. 그러나 은주에게 전화가 걸려오지 않았으므로 그 사진들은 무관한 사람들의 사진이었다. 며칠 후 다시 남자에게서 전화가 왔다. 은주는 전화벨 소리만 듣고도 그 남자라는 것을 알았다.

"이은주 씨. 당신의 싸이월드를 방문했었는데 말이죠. 아, 물론 다른 사람 아이디로 방문했으니까 쓸데없이 추적하는 수고는 피하시고요. 최근 들어 전혀 글을 올리지 않았더군요. 페이스북으로 이사했어요?"

"남의 페이지는 왜 들여다봐요?"

"당신이라는 사람에 대해 좀 알아보려고요. 죽은 강사장과 어떤 관계인지 알 수 있는 단서도 찾고 싶고."

그때 은주의 휴대폰이 울렸다. 슈퍼 주인이 사진을 보낸 것이었다. 택시 운전기사들이 입는 푸른색 셔츠를 입은 나이 든 남자였다. 하지만 얼굴은 분명하지 않았다. 은주는 수화기를 조용히 테이블 위에 내려놓고 미친 듯이 슈퍼마켓을 향해 뛰었다. 뛰어가면서 이미 가버렸을 것이다, 소용없는 짓이다 생각했는데, 택시 기사는 얼마 전 마주친 파출소장처럼 슈퍼마켓 앞 파라솔 아래에 앉아서 맥주를 마시고 있었다.

은주는 모른 척하며 슈퍼 안으로 들어가 아무 물건이나 하나 집어 계산대 앞에 섰다. 젊은 남자가 담뱃값을 계산하고 있었다. 젊은 남자가 나가자 은주는 집어 든 물건 값을 계산하며 주인에게 물었다.

"저 택시 기사 아세요?"

"요 밑 그린빌라에 사는 사람이에요."

"고맙습니다."

은주는 밖으로 나가 택시 기사를 쳐다보지도 않고 그린빌라를 향해 걸었다. 빌라 맞은편 사거리에는 중국집과 미장원이 있었다. 은주는 미장원으로 들어갔다.

"어서 오세요."

다른 손님의 머리를 말고 있던 미장원 주인이 은주를 향해 인사했다.

"뭐 하시려고요?"

"머리 좀 자를 거예요."

"조금만 앉아서 기다리세요."

은주는 미장원 소파에 앉아 그린빌라만 보고 있었다. 택시 기사는 맥주를 마시고 있었으니 일을 하러 가지는 않을 것이고, 아마 집으로 올 것이다. 그럼 그가 몇 호에 사는지도 확인할 수 있을 것이다. 그런데 그가 사는 곳을 확인하고 나면 찾아갈 것인가? 찾아가서 무엇을 할 것인가? 딱 부러지게 대답할 수는 없었지만 은주의 본능은 목격자는 사라져야 한다고 소리치고 있었다. 단지 '어떻게'가 문제였다. 수단도, 기회도, 용기도, 아무것도 없었다. 생각하려고 애를 쓰면 쓸수록 자신의 일상이 살인과 목격자, 용의자 같은 단어로 얼룩져버린 것에 대한 회한과 슬픔, 피로감만 몰려올 뿐 제대로 된 논리적 사고는 불가능했다.

"어서 오세요."

미장원 안에 또 다른 손님이 들어왔다.

"뭐 하시려고요?"

"머리 좀 자를 거예요."

"조금만 앉아서 기다리세요."

새로 온 손님이 은주의 옆에 앉았다. 은주의 시선은 길 건너편 빌라에 고정되어 있었다. 그때 택시 기사가 걸어와 빌라 입구로 들어갔다. 기사가 한 층 한 층 올라가는 모습도 빌라 중앙의 계단 창으로 보였다. 기사는 사 층으로 올라가더니 오른쪽 현관문 쪽으로 사라졌다.

"저, 이것 좀 드시겠어요?"

은주는 고개를 돌렸다. 젊은 남자가 은주에게 무언가를 내밀었다. 비닐봉지로 포장된 하얀 과자였다.

"고맙습니다."

은주는 과자를 받으며 말했다. 은주는 비닐 껍질을 찢으려 했지만 잘되지 않았다. 은주는 옷에 손의 땀을 닦았다.

"제가 해드릴게요."

젊은 남자가 다시 과자를 받아 껍질을 까서 은주에게 건넸다. 은주는 다시 고맙다고 인사했다. 젊은 남자가 싱긋 웃었다.

"재미있는 물건을 사셨네요."

젊은 남자가 은주의 옆에 던져둔 물건을 힐끔 쳐다보더니 말했다. 그것은 슈퍼에서 손에 잡히는 대로 들고 온 U자형 목베개였다. 그제야 목베개의 존재를 알게 된 은주는 그걸 집어 목 뒤에 괴고 소파에 등을 기댔다. 젊은 남자가 푸하하 웃었다.

"재밌는 분이시네. 근데 방향이 잘못되었어요. 이걸 이쪽으로 하세요."

젊은 남자는 목베개를 바로 해줬다. 그제야 은주는 문득 이 젊은 남자가 왜 자신에게 이렇게 친절한가 생각했다. 아직 서른도 채 되지 않았을 것 같은데.

"언니, 이리로 오세요."

미장원 주인이 은주를 불렀다. 은주는 일어나 거울 앞 의자에 가 앉았다. 거울을 통해 젊은 남자가 은주를 계속 쳐다보는 것이 보였다. 그와 눈이 마주쳤다. 거울 속의 젊은 남자는 싱긋 웃어 보였다.

밤은 천 개의 눈을 가졌다[*]

   참 재미있는 여자야.

   창수는 자신의 옥탑방으로 돌아와 컴퓨터의 전원을 켜며 중얼거
렸다. 예정에도 없이 덥석 자른 머리가 낯설었지만 상관없었다. 책
상 위는 먹다 만 삼각 김밥과 컵라면 용기로 어지러웠지만 그것도
상관없었다. 창수의 관심은 오로지 이은주로, 창수는 최근 몇 주간
그가 맡고 있는 목격자 겸 협박자의 역할에 부쩍 재미를 느끼고 있
었다. 그녀가 갑자기 슈퍼마켓 안에 나타났을 때 얼마나 놀랐던지.
슈퍼마켓 앞 공중전화로 전화를 걸면서 창수는 은주가 전화번호를
추적하는 것까지는 할 수 있겠다고 생각했다. 하지만 그렇게 빠른
시간에 정확하게 나타났을 때 창수는 감탄했다. 은주가 이렇게 예

---

[*] 코넬 울리치의 소설 『밤은 천 개의 눈을 가지고 있다』(이룸, 2009)에서 따옴.

상 밖의 선전을 펼치리라고는 기대하지 않았던 것이다. 아마 슈퍼마켓 주인이 어떤 식으로 도와줬을 것이라는 생각은 들었지만 자세한 내막까지 창수가 알 수는 없었다.

슈퍼마켓 주인은 은주의 부탁대로 택시 기사가 전화 부스로 들어가는 것을 보고 사진을 찍었다. 막 전송하려는 순간 그에게 중요한 전화가 왔다. 슈퍼 주인이 전화를 받는 동안 택시 기사는 공중전화 부스에서 나와 담배를 한 대 피우면서 가출해버린 아내와 술기운에 집어 던져서 기능이 정지해버린 휴대폰에 대해 잠시 생각했고, 그사이 창수가 공중전화 부스로 들어갔다. 통화를 마친 슈퍼마켓 주인은 은주에게 사진을 전송했다. 이 모든 것을 창수는 알지 못했고, 알았다 해도 달라질 것은 없었다.

컴퓨터가 켜지자 창수는 휴대폰을 USB에 연결해 조금 전에 찍은 사진을 하드디스크로 옮겼다. 은주가 미장원에서 머리를 자르고 목베개를 손에 든 채 황급히 걸어가는 사진이었다. 사진 속의 은주는 양미간을 살짝 찌푸린 채 무언가를 골똘히 생각하고 있었다. 창수가 지정한 디렉터리의 이름은 '모나리자'였다. 그 안에는 벌써 수십 장의 사진이 들어 있었고, 모두 은주의 사진이었다. 뒷산에 운동하러 가고, 목욕탕에 들어가고 나오고, 시장에서 물건을 고르는 모습들이 창수가 마우스를 누를 때마다 획획 지나갔다.

은주가 창수를 쳐다보는 사진도 있었다. 그 사진이 나올 때마다 창수는 숨을 들이마시며 마우스를 잡은 손을 멈췄다. 창백한 이마, 무심한 눈빛. 그때 은주는 그녀의 남편이 집 근처 텃밭을 가꾸는 모습을 지켜보다 무심결에 고개를 창수 쪽으로 돌린 참이었다.

물론 은주는 창수를 볼 수 없었다. 창수는 멀리 떨어진 곳에 몸을 감추고 망원렌즈로 그녀의 얼굴을 잡고 있었다. 사진 속의 은주는 무언가 말하려는 듯이, 창수가 거기에 있다는 것을 알고 약간은 당혹스럽지만 조금은 기대하는 듯이 카메라 쪽으로 시선을 던지고 있었다.

은주의 무표정 속에는 우물 안과 같은 깊은 구멍이 있어 볼 때마다 창수는 그 안으로 잡혀 들어가는 것 같았다. 끝없이, 끝없이 빨려 들어가 그 바닥에 닿으면 이유도 없고 설명도 없는 살의의 정체와 만날 수 있을 것 같아 창수는 조바심이 났다.

"나는 당신이 왜 사람을 죽였는지 꼭 알아내고 말 거야."

창수는 손끝으로 모니터 속 은주의 얼굴을 장난스레 툭 건드리며 중얼거렸다.

창수가 이 동네로 이사를 온 것은 일 년 전쯤이었다. 그는 대학을 졸업할 무렵 소설을 쓰겠다고 결심한 후 논술 강사를 하면서 생활하고 있었다. 그가 소설을 쓰겠다고 결심한 데는 여러 가지 이유가 복합적으로 작용했다.

우선 그는 대학 사 년 내내 노는 데만 골몰한 탓에 학점이 너무나 개판이어서 취직이 불가능했다. 애초부터 창수는 법학에는 관심이 없었으므로 공부를 더 한다는 것도 상상할 수 없었다. 창수가 법학을 전공하기로 한 것은 오로지 성적이 좋았기 때문이었다. 그전부터 아버지는 우등생인 창수에게 법대를 가서 고시를 보든지, 아니면 의사가 되든지 둘 중 하나를 고르라고 선택의 자유를 주었는데, 창수 역시 별다른 이의를 달지 않았다. 게다가 창수가 대학에 진학할 당시에는 아버지가 학교에서 잘리고 대단히 좋지 않은 상황이었고, 바로 그 때문에 창수는 아버지의 요구에 무조건 따르지 않을 수 없었다. 어떤 식으로든 아버지는 아이의 운명이라 할 수 있는데, 창수도 예외가 아니었다.

어린 시절 창수는 아버지와 그다지 사이가 나쁘지 않았다. 창수와 창수의 동생은 어렸을 때부터 공부를 잘했고, 우등생은 대체로 모범생으로 취급되기 마련이어서 창수의 부모는 그런 두 아들을 지극히 자랑스러워했다. 때문에 부모와 큰 갈등이 있을 수 없었다. 창수가 초등학교 일 학년이던 해, 창수를 데리고 대통령 선거 유세장에 갔던 아버지가 군중 속에서 창수를 잃어버렸을 때, 창수를 찾지 못하고 집으로 돌아가느니 차라리 수영강에 몸을 던지는 것이 더 낫겠다고 생각했던 것은 결코 과장이 아니었다.

그날 일은 창수의 기억 속에 또렷하게 남았다. 바람이 불면 누런 흙먼지가 일어나던 광활한 공터에는 그 전에도, 그 후에도 한 번도 보지 못한 거대한 군중이 모여 있었다. 대한민국의 모든 관광버스가 그곳으로 왔는지 끝없이 관광버스가 왔고, 끝없이 사람들을 토해냈다. 창수는 본능적으로 이 많은 사람들 속에서 아버지를 잃어버릴 것에 대한 공포를 느끼고 아버지의 점퍼 자락을 붙잡고 늘어졌다. 사람들은 모두들 한쪽 팔을 쳐들고 "김영삼, 김영삼"을 외쳐댔다. 아버지는 무척 흥분한 얼굴로 사람들을 헤치고 앞으로 앞으로 나아가 스피커 바로 옆에 섰다. 창수는 귀가 너무 아파 양손으로 귀를 틀어막을 수밖에 없었다. 소음과 귀의 고통은 연설이 끝나고 스피커에서 「부산 갈매기」가 흘러나올 때 절정을 이루었다. 사람들은 일제히 손뼉을 치고 환호하며 「부산 갈매기」를 합창했다. 그때 단상에서 무슨 일이 일어났는지 모두가 우르르 앞으로 달려가는 순간 창수는 아버지의 점퍼 자락을 놓치고 말았다. 그리고 자신의 의지와는 상관없이 사람들의 행렬에 휩쓸려 어디론가 밀려갔다. 대중의 행렬에서 이탈하는 것이 목숨까지 위협할 수 있다는 것을 어린 창수는 그날 몸으로 느꼈다. 어른들의 허리께에 머리를 부딪치고 그 바람에 다시 어른들의 다리에 걸려 비틀거리며 창수는 여기서 밟혀 죽을 수도 있겠다고 생각했다. 노랫소리가 땅을 뒤흔들 듯 울려 퍼지고 땅바닥에서는 뽀얗게 흙먼지가 피어올랐다. 창수는 엉금엉금 기다시피 하여 겨우 무대 근처까지 갔다. 영리한 아이였던 창수는 움직이지 않고 그 자리에 가만히 서서 아버지를 기다렸다.

아버지는 오지 않았다. 창수는 아버지가 아들을 잃어버린 것도 잊어버린 게 아닐까 걱정이 되어 미칠 지경이었고, 동시에 원망스러웠다. 별다른 이유도 없이 달리기는 흐지부지 중단되었고, 달려간 사람들은 어디로 가버렸는지 알 수 없었다. 먼지가 채 가라앉기도 전에 사람들은 무심한 걸음걸이로 광장을 벗어나고 있었다. 빌어먹을 「부산 갈매기」만 광장에 사람들이 사라지고 어둠이 내려올 때까지 계속 울려 퍼졌다.

근처를 지나던 순경이 창수에게 다가왔다. 창수는 침착하게 자신이 아버지를 잃어버렸으며, 아버지는 XX고등학교 국어 선생님이며, 집 전화번호는 몇 번이라고 발음도 정확하게 가르쳐주었다. 창수로서는 초등학교 일 학년이 외울 수 있는 당연한 정보를 제공했을 뿐인데 순경들은 똑똑한 아이라고 감탄하며 경찰서로 데려가 아버지가 올 때까지 보호해주었다. 순경은 창수에게 과자도 건넸다. 창수는 과자를 받아먹으며 구구단과 전 세계 수도를 다 외우는 묘기로 지루한 경찰관들을 즐겁게 해주었다. 아버지는 도대체 무얼 하다 왔는지 밤 열한 시가 거의 다 되어서야 혼비백산한 얼굴로 경찰서로 뛰어 들어왔다. 나이 든 경찰관 하나가 빙그레 웃으며 창수에게 말했다.

"아들은 똑똑한데 아버지는 좀 아니네."

자신이 아버지보다 더 똑똑하고 우월하다는 관념은 그날부터 생겨난 것인지도 몰랐다. 아무런 이유 없이 달려가던 소떼 같은 군중의 한 사람이 아버지였다. 자신은 그 군중과는 조금 다르다는 생각을 창수는 가지게 되었다. 그 생각이 점점 자라 구체적인 사고의 형태를 띠게 된 것은 중학교에 들어간 후부터였다.

창수는 아버지가 근무하는 미션 계열의 사학 재단 학교에 입학했다. 교직원 자녀에게는 여러 가지 혜택이 주어진다는 이유도 있었지만 아버지가 창수를 은근히 자랑하고 싶어 한 이유가 더 컸다. 그것은 창수에게도, 아버지에게도 좋은 선택이 아니었다. 중학교를 거쳐 고등학교에 올라갔을 때 창수는 아버지가 아이들 사이에서 꼰대, 딸랑이, 봉투 따위로 통한다는 것을 알았다. 대학 때 시를 써서 지방지의 신춘문예에 당선까지 했다는 아버지는 나름대로 열심히 가르치는 국어 교사였지만 동시에 재단의 온갖 비리를 바탕으로 운영되는 학교에서 가장 충성스러운 일꾼이기도 했다. 그리고 그런 아버지를 보고 있어야 하는 창수의 고통에 아버지는 무감각했다. 창수는 자신을 아버지와 무관한 존재로 분리시키고, 동시에 시끄럽고, 멍청하고, 이기적이기만 한 반 아이들과도 자신은 다른 존재라고 스스로 소외시킴으로써 자신을 보호했다.

그때 외국에서 일하다 귀국한 외삼촌이 창수에게 망원경을 선물로 주었다. 신이 난 창수는 망원경에 눈을 붙이고 자신의 주변을 보기 시작했다. 꽃이나 나뭇잎, 바람에 살랑거리는 강 물결 등은 금방 싫증이 났고, 창수의 취향이 아니었다. 창수는 아버지를 포함한 주변 사람들의 얼굴을 보는 것이 훨씬 재미있었다. 그러자 흐릿하게 배경으로 처리되던 창수 주변의 사람들이 마치 어둠과 함께 유령이 모습을 드러내듯 창수의 시야에 들어왔다.

망원경을 통해 보는 얼굴들은 마치 무성영화에 나오는 인물들처럼 하나같이 과장되고 우스꽝스러웠다. 창수는 정교하게 작동하는 거대한 기계의 틈새를 보는 듯한 착각에 빠졌다. 창수는 그 기계의 작동을 멈추게 할 수도 없고, 기능을 바꿀 수도 없었지만 기계의 허술한 부속들, 부속 사이에 낀 먼지와 지저분하게 흘러내리는 기름때, 삭아가는 연결들을 구경할 수 있었다. 창수는 망원경에 눈을 대고 으슥한 곳에 몸을 숨긴 채 수많은 사람들의 즐거움과 환멸, 불안과 지루함에 떠는 얼굴들을 훔쳐보았다. 그것은 창수에게 마치 자신이 대단히 우월한 지위에 있는 듯한, 그리고 자신만이 인간이 가지고 있는 비밀을 아는 듯한 착각을 불러일으켰다. "인간, 인간이란 자기 안에 무엇이 들어 있는지 모르는 존재야"라고 창수는 중얼거렸다. 구체적인 근거는 댈 수 없었지만 그렇게 말할 때마다 창수는 괜히 만족스러웠다. 관음증, 피핑톰, 다른 사람들이 그것을 뭐라고 부르든 창수는 자신의 훔쳐보기를 단순히 하나의 취미라고 생각했다. 자신이 여자의 벗은 몸이나 섹스 장면을 찾아다니는 것도 아니지 않은가.

만약 과학 선생이 죽지 않았다면 창수가 가지고 있던 아버지에 대한 반감과 훔쳐보기 같은 취미는 사춘기 소년이 겪는 통과의례 정도로 마무리되었을지도 모른다. 그러나 과학 선생의 죽음은 창수의 삶을 송두리째 흔들어놓았다. 아버지가 과학 선생을 죽였다는 혐의를 쓴 것이었다.

창수는 학교를 그만두고 서울의 친척집으로 갈 수밖에 없었다. 그래도 고등학교 때까지는 집에서 학비며 하숙비 명목으로 어머니가 돈을 보내주었다. 대학에 입학한 후 창수는 정식으로 독립해서 혼자 힘으로 살겠다고 선언했다. 그때만 해도 창수 정도의 학벌이면 과외 자리는 얼마든 구할 수 있었기 때문에 창수는 집에 손을 내밀지 않을 자신이 있었다. 집에서도 아버지의 실직으로 창수에게 무언가를 보태줄 형편이 아니었기 때문에 창수의 결정에 이의를 달지 않았다.

금전적인 관계가 사라지자 소속 관계도 동시에 사라져 창수는 집으로부터의 어떠한 제재도 없이 마음껏 자유를 만끽했다. 내키는 대로 먹고 잤으며, 술집에서 하루 만에 한 달 과외비를 탕진하기도 하고, 아버지가 즐겨 읽던 「전도서」에 나오는 구절처럼 돼지가 진흙탕을 찾아가듯 저녁이면 다시 죄를 찾아가는 젊은이가 되어 수많은 여자들을 전전했다.

그렇게 대학 생활을 탕진하고 난 후 밀린 숙제처럼 진로를 결정해야 하는 순간이 들이닥쳤다. 집에서는 여전히 창수가 고시에 합격할 것으로 믿고 있었지만 창수는 불가능하다는 것을 알았다. 하지만 오랫동안 몸에 밴 우등생의 자부심과 우월감으로 창수는 자신에게 세상을 뒤집어놓을 능력이 있다고 믿었다. 단지 방법이 문제였다. 창수는 그 방법을 소설 쓰기로 정했다.

　그 계기는 거창하지 않았다. 어느 날 거울을 보며 면도를 하던 창수는 자신의 얼굴이 카프카를 꽤나 닮았다—학창 시절 창수의 별명은 파란 해골이었다—는 것을 알게 되었다. 당시에 창수는 카프카의 소설에 매료되어 있었기 때문에 자신이 카프카를 닮았다는 발견은 깊은 만족을 주었고, 만족감 속에서 생각해보니 자신이 카프카처럼 되지 말라는 법도 없다는 생각이 들었다. 카프카, 카프카…… 새삼스레 그 이름은 창수에게 묘한 울림을 안겨주었다. 신비하고, 고독하며, 무엇보다 유명했다. 그의 삶이 불행했다는 것을 모르지는 않았으나 그 광휘는 눈부셨다. 카프카처럼 기존의 소설과는 완전히 다른 어떤 것을 쓴다면, 그래서 그 신비한 광휘가 자기 것이라면 얼마나 근사할 것인가.

　그렇게 생각하고 보니 기존의 소설은 대부분 엉터리라는 대담한 결론에 이르게 되었다. 어쩌면 그렇게 모든 것이 논리적으로 설명되고, 정치한 인과관계에 의해 사건이 일어나고 마무리되는지 창수는 이해할 수가 없었다. 우리 인생에는 복선도 플롯도 없다. 성격은 충동에 의해 무너지고, 기억은 소망에 의해 왜곡된다. 인생은 무질서한데 왜 소설 속 이야기는 그토록 질서 정연해야만 하는가. 특히 추리소설을 보면 인간은 마치 계산과 논리의 기계처럼 움직인다. 범인은 주도면밀하게 계획을 짜고, 탐정은 그 계획을 꿰뚫어 본다. 그러고는 창틀에 떨어진 흙덩이 하나 혹은 거꾸로 뒤집혀 있는 책 한 권으로 범행 전체를 추리해낸다. 창수가 보기에 그것은 있을 수 없는 일이었다. 현실의 범행은 너무나 우연적으로 이루어지고, 범인은 허술하기 짝이 없고, 경찰도 마찬가지였다. 과학 선생 사건만 해도 그랬다. 창수는 지금도 가끔 과학 선생의 꿈을 꾸지만 무슨 일이 일어난 것인지 끝내 이해할 수 없었다.

창수는 세상을 깜짝 놀라게 할 뿐만 아니라, 지성과 자유의 대명사가 된 자신의 모습을 상상하며 가슴이 뛰었다. 그래서 당장 학원 강사 자리를 구했다. 일주일에 사흘 강의를 나가고, 남은 나흘은 글 쓰는 데 이용했다. 빵빵한 학벌은 일단 학원가에서 자리를 잡기에 유리했다. 더욱이 대학을 갓 졸업한 젊고 활기찬 창수는 학생들에게 많은 인기를 모았다. 되바라진 여고생들이 창수에게 작업을 거는 일도 있었지만 그런 일에 말려들 정도로 창수는 어리석지 않았다. 한창 논술이 붐을 탈 때여서 급여도 좋았고, 강의도 재미있었다. 논술을 가르치는 데는 창수처럼 폭넓고 얄팍한 지식이 아주 적합했다. 주말 수업을 마치고는 여자 친구와 시간을 보냈고, 주중에는 책상 앞에서 소설을 썼다. 그럴 땐 모든 것이 제대로 돼가는 듯이 보였다.

문제는 이야기였다. 쓰고 싶은 것은 너무나 많고, 때로는 주체할 수 없이 할 말이 넘쳤지만 그것은 토막토막으로만 존재할 뿐 하나의 이야기로 엮이지 않았다. 처음에는 그것이 논술 강사 일에 시간을 너무 많이 빼앗기기 때문이라고 생각했다. 그래서 수업을 줄이고 소설에 좀 더 집중했다. 자신이 한다고 마음먹었는데 못 할 리가 없다는 우등생 특유의 자신감이 처음 몇 년을 버티게 해주었다. 정권이 바뀌면서 논술은 흘러간 유행가처럼 찾는 학생 수가 확 줄었고, 몇 년이나 사귀던 여자 친구와 헤어지게 된 것을 계기로 창수는 전에 살던 오피스텔에서 나와 이 동네의 옥탑방으로 이사를 왔다. 생활비를 줄이는 것이 주목적이었지만 소설을 쓰기 위해 친구들과의 번잡스러운 관계를 정리한다는 그럴듯한 핑계를 달았다.

옥탑방은 동네의 가장 후미진 쪽에 위치해 있었다. 집 뒤쪽으로 난 우회도로는 반쯤 깎인 산과 이어지고 우회로 쪽으로 연결된 쪽문을 통과하면 옥탑방으로 올라가는 쇠계단이 가파르게 걸려 있었다. 집 근처에 교회가 있다는 것만 빼면 주인집과 일체의 왕래 없이 살 수 있다는 점이 마음에 들어서 창수는 계약서를 썼다. 창수가 원했던 대로 번잡하지 않고 심심한 동네였다. 팔십 년대에서 멈춰버린 듯 어제와 똑같은 옷을 입은 똑같은 사람들이 똑같은 보폭으로 걸어 다녔다. 비슷비슷한 골목에 비슷비슷한 집들이 늘어서 있어 한동안 창수는 길을 잃지 않고 자기 집을 찾아가는 데도 애를 먹었다. 겨우 골목에 적응할 때쯤 창수와 사귀던 여자 친구가 다름 아닌 창수의 대학 동기와 결혼한다고 알려 왔다. 창수는 무덤덤하게 받아들였다. 카프카도 세 번이나 파혼하지 않았던가.

시간은 조용히 흘러갔다. 주말이면 교회에 예배를 보러 온 차량들로 북새통을 이루고, 부흥회 때마다 찬송가 소리 때문에 짜증이 치미는 것을 제외하면 아무런 불만도, 그렇다고 어떤 만족감도 없는 시간들이었다. 자신이 인생을 탕진하고 있는 것이 아닌가 하는 불안을 억누르며 점점 친구도 만나지 않았고, 주말이면 수강생도 별로 없는 논술 수업을 가는 것 외에는 외출도 전혀 하지 않았다. 낮에는 책상 앞에 붙어 있고, 밤이 되면 망원경을 옷 속에 집어넣고 동네를 헤매고 다녔다. 다른 사람들을 훔쳐볼 때만 아직도 자신은 타인들이 모르는 어떤 비밀을 알고 있다는 희미한 우월감이 찾아와 그를 위로해주었다. 창수는 끈기 있게 이야기를 기다렸다. 창수 자신뿐만 아니라 세상을 미치게 만들 만한 무언가가, 유적처럼 발굴해주기를 기다리는 이야기가 분명 있을 터였다. 창수는 그 이야기를 찾아 밤마다 사람들의 얼굴을 보고 다녔다. 보물섬으로 가는 지도를 더듬듯. 바로 그때 창수 앞에 나타난 것이 은주였다.

그날 창수는 망원경을 들고 주택가의 열린 창문들을 한 바퀴 돌아본 다음 개천가에 서서 오줌을 누려는 강인학을 보았다. 그 남자는 이 동네에서 창수가 얼굴을 알고 있는 몇 안 되는 사람 중 하나였다.

창수가 이 동네에 이사 오고 얼마 되지 않아서였다. 일요일 아침이라 교회에서 울려 퍼지는 찬송가 소리 때문에 잠에서 깬 창수는 자전거를 타고 동네를 한 바퀴 돌고 오는 참이었다. 주택가 한복판에 위치한 교회 주변은 예배를 마친 차량들로 아수라장이었다. 창수가 급하게 커브를 도는데 은색 승용차가 골목에서 튀어나왔다. 창수는 잽싸게 핸들을 꺾어 옆으로 피했지만 앞 범퍼 모서리를 긁고 말았다. 그때 차에서 튀어나온 남자가 강인학이었다. 그는 자기

차의 범퍼부터 확인했다.

"야, 눈을 어디다 달고 다녀?"

"그러는 아저씨는 눈을 어디다 달고 다니시는데요?"

"이 새끼, 말하는 것 좀 봐."

"이 새끼 아저씨 새끼 아니거든요."

"야, 네가 내 새끼면 넌 지금 다리몽둥이가 부러졌어."

"그 집 분위기 알 만하네요. 자제분들 정상적인 생활 못 하죠?"

강인학과 창수가 먹살잡이까지 하는 동안 예배를 마친 차량들은 골목을 빠져나가지 못한 채 경적만 울려댔다.

"시끄러워! 사고 난 거 안 보여?"

"차부터 빼고 당신들끼리 해결해요. 다른 사람들한테 피해 주잖아요!"

"주말마다 니들이 피해 주는 건 생각 안 해? 니들이 천국 가면 하나님이 미친놈이지."

그때 어디선가 검은 그림자가 튀어나와 강인학에게 달려들었다. 그는 '전도사'라고 불리는 유명한 광신도였다. 지능이 약간 모자라는 그는 언제나 교회에 붙어살며 온갖 허드렛일을 도맡아 하는 사람이었다. 그러다 틈이 나면 "믿지 않는 자, 지옥불에 떨어진다", "하나님 믿고 천국 가세"와 같은, 완벽하게 상상력이 결핍된 글귀를 적은 나무판을 목에 걸고 동네를 돌아다녔다. 옷도 사계절 상관없이 무늬 하나 없는 검은색 양복에 하얀 와이셔츠, 그리고 검은색 넥타이 차림이어서 사람들은 뒤에서 전도사가 아니라 장의사라고 놀리기도 했다. 그는 강인학의 목을 틀어쥐고 골목이 다 울리도록 소리쳤다.

"하나님께서 네가 하는 짓을 다 보고 계신다!"

"좆 까는 소리 하고 있네! 나는 내일 아침 해가 동쪽에서 뜬다는 것도 안 믿는 사람이야!"

그 순간에 창수는 웃음이 푹 튀어나왔다. 아무리 봐도 초등학생 지능을 넘지 못할 것 같은 두 남자가 한쪽은 절대적 믿음을 대표하고, 다른 한쪽은 절대적 회의를 대표하여 치고받는 싸움을 하고 있었다.

일이 거기서 끝났더라면 창수는 강인학에 대해 거의 호감을 가진 채 헤어졌을 것이다. 그러나 강인학과 전도사의 싸움은 결국 주먹질로 이어졌고, 열이 오른 전도사는 의외의 파이팅을 보여 강인학에게 날카로운 훅과 어퍼컷을 날렸다. 한 대 맞은 강인학은 냉정하게 전도사와 창수를 데리고 파출소로 직행했다.

놀라서 따라온 신도들과 목사가 지능이 온전하지 못한 사람이라며 사정사정했지만 소용없었다. 심지어 전화를 받고 달려온 파출소장의 중재에도 눈 하나 깜짝 하지 않고 강인학은 전도사를 형사고발 조치 하겠다고 으름장을 놓았다. 그리고 창수에게는 범퍼 수리비를 물게 했다. 자동차와 자전거가 부딪혔으니 분명 자동차의 과실이 클 테지만 강인학은 동네의 실력자였고, 조금의 양보나 합의도 없었다. 악착같이 목청을 높였음에도 불구하고 창수는 강인학이 모는 렉서스의 범퍼 값을 물어주고, 자신의 자전거 수리비 만삼천 원을 돌려받았다. 전도사를 대신해 목사가 합의 각서를 썼고 전도사는 교회 신도들의 손에 이끌려 파출소를 떠났다. 분노로 얼굴이 새하얘진 전도사를 보며 강인학은 노골적으로 비웃었다.

그 후로도 자전거를 탄 창수는 골목 앞에서 렉서스를 탄 강인학과 몇 번 마주쳤다. 강인학은 창수를 굳이 피하려 들지도 않았다. 오히려 받으면 너만 손해니 얼마든지 받아보라는 듯 창수를 보며 웃기까지 했다. 오기 부리다 다시 거금을 물어줄 수는 없었기 때문에 창수는 골목 앞에만 이르면 조용히 내려서 자전거를 끌고 갔다. 창수는 언젠가 담 아래 강인학의 렉서스가 주차해 있으면 한번 긁어주리라 마음먹었지만 그런 아름다운 기회는 오지 않았다. 강인학의 차는 언제나 집 안 차고에 얌전하게 모셔져 있었다.

창수는 강인학의 범퍼 값을 물어주던 날의 분노를 생각하며 강인학의 물건을 망원경으로 보았다. 터질 듯 부풀어 오른 배 아래로 손가락과 구별되지 않는 무엇이 하나 달려 있는 것 같았다. 그럼 그렇지. 창수는 적이 만족스럽게 다른 곳으로 시선을 돌렸다.

버스 정류소 쪽에서 한 여자가 걸어오고 있었다. 그 여자한테도 별반 관심을 끌 만한 것이 없었다. 여자는 멈춰서더니 물끄러미 강인학의 모습을 쳐다보았다. 아는 사람인 것 같았다. 그러나 그 후 여자의 행동은 전혀 예상치 못한 것이었다. 여자는 강인학의 등 뒤로 성큼 다가서더니 일말의 망설임도 없이 강인학의 등을 떠밀어버리는 것이었다. 그리고 여자는 가던 방향으로 몸을 틀어 빠른 걸음으로 가버렸다.

창수는 자신이 무엇을 본 것인지 이해할 수가 없었다. 여자는 강인학을 죽이려 한 것인가? 고의인가, 실수인가? 사람을 저렇게 죽일 수도 있는 것인가?

그때 개천을 따라 뛰듯이 걸어가던 여자가 다시 돌아왔다. 여자는 준설토를 타고 미끄러지듯 내려가더니 물끄러미 물만 쳐다보았다. 창수는 여자가 보고 있는 것이 물이 아니라 물에 빠진 강인학이라는 것을 알았다. 어두워서 보이지는 않았지만 강인학이 물에서 빠져나오려고 필사적으로 허우적대고 있고, 여자는 그 모습을 보고 있음이 분명했다. 여자는 아무것도 하지 않았다. 오히려 두어 걸음 뒤로 물러나 있다가 힘겹게 준설토를 타고 기어오르더니 미친 듯이 달아나버렸다.

강인학은 보이지 않았고, 물이 빠르게 흘러가는 소리 외에 어떤 소리도 들리지 않았다. 이제 무엇을 어떻게 해야 하지? 강인학을 구할 생각은 하지 않았다. 창수는 물속으로 뛰어든다고 해도 어둠 속에서 강인학을 찾을 자신도 없었고, 자칫 자신까지 위험할 것 같았다.

창수는 개천 맞은편을 달려가는 여자를 쫓아갔다. 그러나 여자는 주택가 쪽으로 사라졌고 창수는 더 이상 쫓을 수가 없었다. 창수는 멍하니 여자가 사라진, 어둠 속에 잠겨 있는 집들을 쳐다보았다. 어둠 속의 지붕들은 평화롭게만 보였다. 그제야 자신이 본 것이 살인 현장임이 분명하게 인식되면서 112에 신고해야 한다는 생각이 들었다.

하지만 하필이면 그날따라 휴대폰을 두고 온 창수는 황급히 집으로 걸음을 옮겼다. 가면서 생각하니 강인학은 이미 죽었겠다는 생각이 들었고, 그렇다면 자신이 신고를 해도 아무 소용이 없다는 생각 또한 들었다. 굳이 신고했다가 그 시각에 망원경을 들고 무얼

하고 있었느냐는 질문을 받으면 무척 곤란할 것 같았다. 제대로 대답하지 못하다 보면 공연히 자신에게 불똥이 튀지 않을까. 그런 귀찮은 상황은 애초에 피하고 싶었다.

그래서 신고하겠다는 생각은 집에 도착하기도 전에 포기했고, 신고할 마음이 없어지자 창수에게는 오직 살인 현장을 목격했다는 흥분만 남았다. 창수는 집으로 걸어가며 그 흥분을 천천히 다시 음미했다.

집 근처에 도착하자 창수는 강인학의 집을 쳐다보았다. 어찌 된 일인지 강인학의 렉서스가 그날은 담벼락에 주차되어 있었다. 하지만 창수는 긁지 않았다. 그것은 창수가 강인학에게 표하는 작은 애도였다.

이틀 후 남자의 시체가 발견되었고, 실족사로 잠정적 결론이 났다. 창수는 그날 밤 자신이 본 것을 곰곰이 되짚어보았다. 강인학은 오줌을 누고 있었고, 여자는 버스 정류장 쪽에서 걸어오다 남자의 등 뒤에서 멈춰 섰다. 그것이 창수의 눈으로 본 것이었다.

첫 번째 든 생각은, 강인학과 여자가 술을 마시고 함께 돌아오는 길이었다는 것이다. 두 사람은 다투었고, 그래서 여자가 좀 뒤처져 걸어오다 강인학을 홧김에 떠밀어버렸다. 그런데 만약 그런 경우라면 이미 여자가 검거됐어야 했다. 둘이서 술을 마신 술집도 있을 것이고, 두 사람의 관계는 어떤 식으로든 추적되었을 것이다. 그러나 범인 혹은 용의자가 잡혔다는 이야기는 어디에서도 들을 수 없었다.

그렇지 않다면 우연히 강인학이 거기 있는 것을 발견하고는 죽였다는 의미였다. 그런데 여자는 남자의 이름을 부르거나 해서 얼굴을 확인하지도 않았다. 만약 과거에 원한을 가진 사이였고, 우연히 만났다면 분명 누구 아니냐고 확인하는 과정 정도는 거쳤을 것이다. 혹 여자가 강인학을 미행하고 있었던 것인가? 미행이라면 좀 더 조심스럽게 접근했을 것이다. 강인학을 쳐다보기 전까지 여자도 느릿느릿 걷고 있었는데 미행을 그런 식으로 하는 사람은 없을 것이다.

　이 모든 것이 의미하는 것은 분명했다. 그 여자는 강인학과 전혀 모르는 사이였고, 아무런 이유 없이 사람을 죽인 것이다. 그런데 정말 그것이 가능한 것일까.

　창수는 무언가 다른 내용을 더 들을 수 없나 싶어 동네 사람들이 하는 이야기에 귀를 기울여보았지만, 강인학이 상당한 재산을 남겨놓고 실족사했다는 것, 그래서 가족들이 땡잡았다는 내용뿐이었다.

　급기야 창수는 오래 연락을 끊고 지낸 어느 일간지 사회부 기자인 선배와 통화를 했다. 선배는 그런 사건이 있었는지조차 모르고 있었다. 창수가 부탁 부탁하자, 경찰과 통화를 끝낸 선배가 다시 창수에게 전화를 걸었다.

　"실족사라는데 웬 관심?"

　"혹시 의문점이나 용의자 같은 건 없대요?"

　"그런 게 있으면 실족사가 아니지. 근데 너 요즘 학원 뛴다면서? 잘나가냐?"

　"제가 동네 사람들한테 듣기로는 돈이 좀 있는 사람이라던데 돈을 노린 범죄는 아닐까요?"

"주변 사람들 알리바이는 다 확인했대. 야, 너 무슨 과목이야? 나중에 우리 애 좀 부탁하자."

"그럼 경찰이 다른 원한 관계나 그런 것도 다 알아본 거예요?"

"글쎄, 원한 관계까지 갈 것도 없는 사건이었다니까. 그날 밤 그 남자는 동네 사람들이랑 근처 호프집에서 진탕 퍼마시고 혼자 집으로 돌아가다 물에 빠져 죽은 거야."

"정말이에요? 술 마시다 혼자 집으로 갔대요?"

"그렇다니까. 요즘 학원 좀 되냐? 나도 일찌감치 때려치우고 그 길로 갈까? 이 짓은 도무지 비전이 없어."

"형, 만일 내가 용의자를 봤다면 어떻게 해야 되는 거예요?"

"경찰에 신고해야지."

"신고하기 싫으면요?"

"그럼 하지 마."

창수는 전화를 끊고 다시 사건을 곰곰이 생각했다. 경찰에 신고해서 진범을 잡아야 한다는 건전하고 합리적인 시민정신은 애초에 창수에게 없었다. 군대를 동원해 수천 명의 국민을 죽인 자도 멀쩡하게 살아가는데 그다지 유쾌하지 않은 단 한 명을 죽였다는 이유로 그 범인을 악착같이 잡아야 할 이유가 창수에게는 없었다. 유족의 아픔에도 창수는 관심이 없었다.

단지 창수는 궁금증을 참을 수 없었다. 그 여자가 왜 강인학을 죽였는지, 도대체 그 여자는 누구인지 알고 싶어 견딜 수가 없었다. 그것을 해결하려면 경찰의 도움을 받아야만 했다. 그것이 창수가 파출소장에게 전화를 걸고 직접 찾아간 유일한 이유였다. 경찰서로 간 창수는 우려대로 그 시간에 공터에서 뭘 했느냐는 질문에서 시작해 신상을 완전히 털리고 난 다음, 자신은 그것이 살인 장면인지 알지 못했다며 읍소하고, 그래서 선배와 상의한 후 신고한 거라며 일간지 기자인 선배의 이름까지 팔고 난 후에야 겨우 그가 봤던 여자의 인상착의를 말할 수 있었다.

며칠 후 경찰에서 연락이 왔다. 용의자를 잡았으니 경찰서로 와서 확인하라는 것이었다.

창수는 허겁지겁 경찰서로 달려갔다. 드라마에서 봤던 것처럼 일방향 유리 너머에 몇 명의 여자들이 죽 서 있었다. 창수는 그중에서 세 번째에 서 있는 이은주를 정확하게 집어냈다. 경찰이 어떻게 자신의 설명만으로 이은주를 찾아냈는지 심히 궁금했다. 젊은 경찰은 창수의 질문에 어깨가 으쓱해졌는지, 개천을 중심으로 반경 이 킬로미터 내에 사는 사십 대 여성 중에 머리가 긴—은주는 머리를 묶고 있었다—여자를 집중적으로 찾았다고 말해주었다.

창수는 은주의 얼굴을 다시 보았다. 어쩌면 저 여자가 또래 대부분의 여자들처럼 머리만 짧았더라면 결코 잡히지 않았을 것이라고 생각하니 조금 마음이 아팠다. 젊은 형사는 혼잣말을 하듯 덧붙였다.

"그런데 문제가 있어요. 도무지 동기가 없단 말이에요. 아무리 뒤져봐도 강인학과 아무런 관련이 없어요. 범행 장면을 본 게 확실해요?"

그 지점부터 이은주는 단순한 호기심의 대상이 아니라 신비의 영역으로 승격했다. 다른 여자보다 머리카락이 좀 길다는 것을 제외하면 너무나 평범해 보이는 사십 대의 여자가 아무런 이유도 없이 사람을 죽이다니!

다시 과학 선생이 떠올랐다. 그녀는 서른을 훌쩍 넘긴 노처녀였지만 언제나 엉덩이 선이 다 드러나도록 꽉 끼는 치마를 입었고, 그래서 어린 고등학생들 사이에서 육체파로 불렸다. 그녀는 유난히 창수를 귀여워했다. 운동장이나 복도에서 마주칠 때마다 이런저런 말들을 건넸으며, 참고서며 소설책 등을 가져가라고 주기도 했다. 아이들은 과학 선생을 창수 애인이라고 불렀고, 창수도 덩달아 과학 선생은 자기 거라며 농지거리를 했다.

"걱정 마. 다음 사람을 생각해서 깨끗이 쓸게."

그런 실없는 농담을 할 때는 정말 과학 선생이 자기 것인 양 으쓱해지기도 했다.

과학실험부의 부장을 창수에게 맡기고 과학실 열쇠를 마음대로 쓰게 한 것도 과학 선생이었다. 그 덕에 창수는 수업을 빼먹고 과학실에서 종종 혼자 시간을 보내곤 했다.

과학실은 창고와 빈 교실이 모여 있던 오 층 복도 끝에 붙어 있었다. 미군정이 기부하고 갔다는 낡은 과학 도구들이 유리 진열장안에 근엄하게 전시되어 있던 과학실에는 언제나 눌어붙은 먼지 냄새가 가득했다. 그곳에서 창수는 과학 선생을 생각하며 몇 번인가 수음을 했다.

창수는 자신을 쳐다보는 과학 선생의 눈에서 어떤 끈적거림을 읽었다고 믿었다. 그 끈적한 시선은 달콤한 혀처럼 창수의 몸을 달아오르게 했다. 사실 끈적거림은 과학 선생이 아니라 창수의 것인 지도 몰랐다. 애정도 아닌, 그렇다고 그 나이 고등학생이 흔히 가지는 이성에 대한 맹목적인 열정도 아닌, 굳이 말하자면 성적인 충동이라고밖에는 말할 수 없는 이상한 끌림을 창수는 과학 선생을 볼 때마다 느꼈다. 그리고 몇 번의 비약과 논리적으로 설명할 수 없는 추론 과정에 의해 창수는 과학 선생도 자신과 같은 감정이라고 믿고 있었다. 과학 선생이 종종 과학실에서 혼자 멍하니 시간을 보내는 경우가 많다는 것이 그 증거였다. 과학실로 갈 때마다 창수는 과학 선생이 그곳에 혼자 있을 것이라고 기대했고, 과학실에 있을 때마다 불쑥 문을 열고 들어오는 과학 선생을 상상했다.

어느 오후에 과학 선생은 과학부 아이들을 모아놓고 수은에 대해서 설명했다.

"수은 또한 납처럼 비중이 높은 금속으로서 온도계, 형광등, 치과 치료 등에 널리 쓰이는데, 금속 중 유일하게 상온에서 액체라는 특징이 있어. 수은은 표면장력이 커서 또글또글 굴러다니지. 게다가 증발성이 매우 강한데, 비중이 높은 데다 증발성까지 강하기 때문에 수은 온도계 속에 있는 양의 수은이면 지금 수업받는 이곳을 수은 증기로 금세 포화 상태를 만들어버릴 정도의 무시무시한 위력을 지니고 있어. 그럼 우리 모두가 수은 중독이 되겠지."

그날 수은으로 무엇을 실험했는지는 기억나지 않는다. 실험이 끝난 후 다른 아이들과 마찬가지로 창수는 책상에서 실험 노트를 작성했고, 과학 선생은 꽉 끼는 치마를 입고 책상 사이의 좁은 통로를 걸어 다녔다. 그녀의 몸이 창수의 팔꿈치를 스쳤다. 하지만 고개만 돌리면 그녀의 엉덩이, 그녀의 가랑이가 얼굴에 바로 닿을 것만 같아서 창수는 그조차 힘들었다.

그때 과학 선생의 몸이 앞으로 콰당 넘어졌다. 통로에 내려놓은 가방에 발이 걸린 것이다. 과학 선생의 짧은 치마가 들려 올라가면서 허벅지가 다 드러났다. "우" 하는 아이들의 탄성과 탄식이 터져 나오고, 창수는 벌떡 일어나 과학 선생을 일으켰다.

그것은 아주 짧은 순간, 영 점 일 초도 안 되는 찰나에 일어난 일이었다. 지금이야말로 과학 선생의 몸을 만질 수 있는 기회라는 생각이 창수의 머리를 스쳤다. 창수는 모르고 한 실수인 척 과학 선생의 허리가 아니라 가슴을 잡아 그녀를 일으켜 세웠다.

물주머니 같기도 하고 밀가루 반죽 같기도 한, 따뜻하고 물컹하고, 동시에 조밀한 감촉이 손바닥 가득히 잡혔다. 과학 선생은 가슴이 컸다. 자신도 모르게 창수는 그 손에 꽉 힘을 주었다. 절대로 놓칠 수 없다는 듯이. 과학 선생은 몸을 비틀며 바로 섰고, 아이들의 킥 하는 웃음소리가 들려왔다. 누군가는 휘파람도 불었다. 그 소리에 창수는 정신을 차리고 과학 선생을 쳐다보았다.

과학 선생은 무표정했다. 언제나 창수를 쓰다듬던 그 눈동자에는 아무것도 없었다. 분노도 없었다. 마치 자기 앞에 있는 것이 칠판이나 지우개 따위라는 듯, 손을 탁탁 털어 옷매무새를 바로잡고는 창수의 옆을 스쳐 지나갔다. 그때 수업을 마치는 벨소리가 울렸고 과학 선생은 간단하게 숙제를 설명하고는 과학실을 나가버렸다.

과학 선생이 문을 벗어나자마자 아이들이 창수를 향해 박수를 치며 몰려들었다. 어떻더냐고, 사이즈가 어느 정도더냐고 떠드는 소리가 귀를 울렸다. 창수는 달려 나가 과학 선생에게 말하고 싶었다. 방금 그 행동은 자신이 아니라고. 실수라고, 그냥 순간적인 충동이라고. 선생님을 욕보이려던 것이 아니라고. 하지만 창수는 아무것도 하지 못했다. 단지 여자 가슴에 환장하여 껄떡거리는 놈이 되어 아이들의 환호를 듣고 있었다. 잘못한 것은 분명 자신이었지만 너무나 수치스럽고 굴욕적이었기 때문에 다른 사람이 잘못한 것 같았다. 과학 선생은 당연히 자신의 이러한 본심, 자신은 결코 그런 놈이 아니라는 것을 알아줘야 한다는 생각이 들었다. 그러나 당황조차 하지 않고 자신을 물건처럼 쳐다보던 과학 선생의 눈에 이해라고는 없었다.

"체, 궁둥이나 흔들고 다니는 주제에 잘난 척은. 제대로 만져주지 않아서 삐쳤나?"

창수의 목소리에는 분노가 묻어났고, 장난치던 아이들은 그 목소리에 놀라 더더욱 키득거렸다.

그날 자습 시간에 창수는 과학실에 혼자 있었다. 알지 못할 분노와 짜증, 수치심에 휩싸여 창수는 벽에 머리를 박고 싶은 심정이었다. '이건 사소한 일이다. 며칠 지나면 아무도 기억하지 못할 것이다.' 창수는 속으로 말했다. 그러나 전혀 사소하지 않았다. 손에는 여전히 과학 선생의 가슴이 남긴 물컹한 감촉이 화인처럼 박혀 떨어지지 않았다. 머릿속에서는 과학 선생의 무표정한 시선, 그리고 그 시선 아래 놓여 있는 차가운 경멸과 오해가 칼로 찌르듯 창수의 온몸을 찔러댔다. 창수는 머리카락을 쥐어뜯었다. 과학 선생이 너무나 야속하고 부당하다는 생각이 들었고, 이런 수치심 속에서 자신은 도저히 살 수 없다는 생각도 들었다. 콱 죽어버릴까. 창수는 진열장을 열어 수은병을 꺼냈다. 그것을 입안에 털어 넣는 상상을 했다. 죽음 이후는 쉽게 상상할 수 없었지만 자신이 죽으면 서울대학교에 입학하지도 못하고, 여자와 같이 자보지도 못한다는 것은 분명했다. 그건 너무 아까웠다. 차라리 과학 선생이 죽어버리는 게 나았다. 창수는 순간적으로 과학 선생이 이 세상에서 사라져버리면 좋겠다고 생각했다.

다음 날 거짓말처럼 과학 선생이 죽은 채 발견되었다. 아침에 교실로 들어갔을 때 아이들이 창수를 붙잡고 소식을 전해주었다. 그 말을 들었을 때 창수가 처음 느낀 감정은 안도감이었다. 지난밤 내내 뒤척이며 잠을 이루지 못하게 만들었던 수치의 원인이 사라져버렸다는 안도감이었다.

그렇다면 자신은 정말로 과학 선생을 죽이고 싶었던가. 그 후로 창수는 종종 생각해보았다. 그렇다고도, 아니라고도 말할 수 없었다. 과학 선생이 죽으면 좋겠다고는 생각했지만 죽이고 싶다고는 생각하지 않았던 것 같았다. 창수가 과학 선생을 죽였는가. 그 역시 그렇다고도, 아니라고도 말할 수 없었다.

과학 선생의 시신은 과학실에서 발견되었고, 나중에 들었지만 사인은 수은 중독이었다. 과학 선생 외에 마지막으로 과학실을 쓴 사람은 창수였다. 경찰은 창수를 불러 수은을 어떻게 했는지를 물었다. 창수는 있는 그대로 다 말했다. 과학 선생의 가슴을 만진 것을 제외하고. 그날 밤 과학실에서 다시 수은병을 꺼냈다는 것을 제외하고. 그것으로 과학 선생을 죽이는 상상을 했다는 것도 제외하고.

경찰의 시선은 두족류의 흡반처럼 창수의 얼굴에서 떨어지지 않았다.

"과학 실험을 끝내고 제가 정리해서 제자리에 넣어뒀어요. 자습 시간에 과학실에 갔지만 아무 짓도 안 했어요. 의자를 붙여놓고 그냥 잤어요."

경찰들은 창수의 진술을 믿었다. 이유는 간단했다. 창수는 학교에서 첫손가락에 꼽히는 우등생이었다. 우등생이 유독 자신을 귀여워하던 교사를 죽일 만한 아무런 동기도 찾아내지 못했던 것이다.

동기. 동기가 정말 중요한 것일까. 창수는 의심스러웠다. 어떤 결과에는 반드시 어떤 이유가 있고, 엄청난 일에는 그만큼 엄청나고 절박한 이유가 있을 것이라는 생각은 우리의 착각일지 모른다. 사람들은 누구나 때로 절박한 심정이 되곤 하지만, 그 절박함들은 대부분 아무것도 남기지 못하고 사라진다. 반대로 아무것도 아닌 사소한 이유가 때로는 엄청난 결과를 가져오기도 하는 것이다. 무엇이 이러한 차이를 만드는 것일까. 그것을 동기라는 말로 설명할 수 있을까.

여기에는 무언가가 있다. 그리고 그 무언가가 이은주로 하여금 아무런 이유 없이, 어떠한 망설임도 없이 살인을 하게 만들었을 것이다. 창수는 그 무엇이 궁금해서 견딜 수가 없었다. 그 답은 은주만이 줄 수 있었다.

은주는 풀려났다. 창수는 은주의 집 근처에 몸을 숨기고 그녀의 일과를 관찰했다. 그녀의 하루는 단순했다. 아침 열 시 혹은 오후한 시쯤 집에서 나와 뒷동산에 한 번 올라간 다음, 다시 집으로 들어갔다가 목욕탕으로 갔다. 목욕탕에서 나오면 시장을 한 바퀴 돌았고, 그러고는 다시 집으로 갔다. 일요일에는 남편과 교회를 다녀오기도 했다. 바로 창수의 집 근처에 있는 교회였다. 살인자가 멀쩡한 얼굴로 교회에 가서 기도를 올리다니!

하지만 그것이 다였다. 은주는 평범했다. 너무나 평범했다. 평범한 일상만 반복하다 늙어 죽을 작정인 것 같았다.

창수는 더 이상 은주의 행동을 지켜보는 것만으로는 의미가 없다고 생각했다. 무언가 행동을 일으켜야만 했다. 창수는 은주의 집 대문 앞에 붙어 있는 문패의 이름과 주소를 확인한 후 인터넷에서 인명 전화번호부를 검색했다. 은주에게 전화를 건 것은 어떤 식으로든 그녀를 자극하여 무슨 행동을 하는지 보고 싶다는 의도 때문이었다. 그리고 은주가 당황한 틈을 찾아 접근해보려는 계산도 있었다.

모든 것은 창수의 의도대로 되어갔다. 은주는 겉으로는 평범한 아줌마의 얼굴을 뒤집어쓴 채 자신이 전화를 건 슈퍼마켓 앞으로 정확하게 찾아오는 기민함을 보여주었다. 협박 전화를 받고 혼자 방구석에서 눈물이나 쥐어짜는 여자가 아니었다. 창수는 무척 기뻤고, 은주가 대견했다. 이제 은주가 어떻게 나올 것인가. 창수의 가슴은 격하게 뛰었다. 그토록 찾길 원했던 이야기가 창수 앞에 모습을 드러낸 것이다.

*

택시 기사의 집을 확인한 은주는 집으로 돌아왔다. 택시 기사가 이대로 은주의 일을 스르르 없던 것으로 해줄 리는 만무했다. 그가 돈을 요구할까? 아니면 다른 것? 무엇을 요구한다 해도 은주는 그 것에 대응할 아무런 계획도 없었다.

은주는 급하게 쌀을 씻어 저녁을 지었다. 수없이 반복해온 일과 라 동작은 민첩하고 효율적이었다. 둘째 아이 조현이 학교에서 돌 아와 옷을 갈아입고 학원에 갈 준비를 하고는 부엌으로 들어왔다. 휴대폰으로 영화를 다운받아 보며 낄낄대고 있는 조현에게 은주가 과일을 건넸다. 딸아이가 든 휴대폰의 화면에서는 반은 죽고 반은 살아 있는 좀비들이 슈퍼마켓을 공격하고 있었다. 유혈이 낭자한 채 사람들이 죽어 나갔다.

"뭐가 그렇게 재밌니?"

"뭐라고?"

조현이 한쪽 이어폰을 빼며 물었다.

"그렇게 끔찍한 공포 영화가 재밌니? 여자애들은 다들 그런 거 싫어한다던데."

"나는 사람이 안 죽는 이야기는 다 재미없어. 사람이 죽어야 재 밌지."

은주는 화제를 돌리고 싶어 입을 다물었다. 경찰 혹은 범죄 심리 학자가 꿈이라는 조현은 어릴 적부터 추리소설과 스릴러 영화광이 었다. 언젠가 조현의 꿈을 들은 호성이 "우리 딸은 나중에 범죄 없는 세상을 만드는 게 꿈이구나" 했을 때 조현은 고개를 가로저었다.

"아닌데, 아빠. 나는 범죄 없는 세상이 아니라 재미난 범죄가 일어나는 세상을 꿈꾸는 거야."

"범죄란 아무리 재미있어도 나쁜 거잖아."

"그렇지만 아빠. 범죄가 없으면 경찰도 실업자가 되고, 형무소 직원들도 일자리를 잃고, 신문기자 상당수가 백수가 될 텐데? 가장 중요한 것은 일자리잖아. 일자리 보호 차원에서 범죄는 사라지면 안 돼."

나이에 비해 조숙한 둘째 아이는 자기 책상 앞에 "I love mystery"라고 써 붙여놓고 추리소설에 관한 개인 블로그도 운영하고 있었다. 호성은 그런 둘째를 자랑스러워하고 아꼈다. 은주도 둘째가 듬직했으나 가끔, 아니 종종 큰아이와 작은아이가 바뀌었으면 얼마나 좋을까, 생각하곤 했다.

"엄마, 이거 더 없어?"

"남은 건 나중에 오빠 먹어야지."

"요 앞에서 오빠 봤어. 친구들과 호떡 먹고 있던데."

기현은 또 야자를 빼먹은 모양이었다. 고등학교에 올라간 후로 아예 공부에서 손을 놓아버린 것 같은 기현 때문에 은주는 걱정이 이만저만이 아니었다. 고등학교에 진학한 후로 기현은 옷이며 외모에 신경을 쓴다 싶더니 요즘은 희미하게 담배 냄새까지 묻히고 집으로 돌아왔다. 아무래도 기현이 친구를 잘못 사귀고 있는 것 같다고 은주는 생각했다.

특히 일요일에도 부르기만 하면 달려가는 태성이라는 친구에 대해 은주는 늘 걱정이었다. 언젠가 길에서 한 번 마주친 적이 있는 태성은 도무지 어린 고등학생이라고는 생각하기 어려울 정도로 어른스러운 표정이었고, 그 어른스러움은 너무 지나치고 불쾌한 것이었다. 더욱 불쾌한 것은 그 닳고 닳은 애늙은이 태성을 쳐다보는 기현의 시선이었다. 그 눈빛은 신하나 부하도 아니고, 마치 신도가 교주를 쳐다보는 듯한 복종과 존경의 눈빛이었다. 태성은 기현의 그런 태도를 당연시하는 듯했다. 은주는 기현에게 태성과 어울려 다니지 말라고 몇 번이나 말을 했지만 기현은 짜증만 내며 거부했고, 남편은 알아서 하게 내버려두라며 컴퓨터 모니터만 쳐다보았다.

"나도 고등학교 때 그런 적 있었어. 지나가면 아무것도 아냐."

그러나 은주의 눈에 호성과 기현은 너무나 달라 보였다. 무엇보다 두 사람은 아버지가 달랐다. 호성은 능력 있는 아버지를 둔 덕에 결정적으로 비참해지지 않을 수 있었다. 하지만 기현에게는 그런 아버지가 없다. 은주는 기현을 생각할 때마다 마치 낭떠러지에 아이를 홀로 세워둔 것 같은 위태로움을 느꼈다.

기현은 어릴 적부터 매우 산만하고 고집이 센 아이였다. 피아노 학원에 보내면 여학생들과 싸움을 벌이고, 방과 후 리코더반에 보내면 리코더를 아이들의 머리통을 향해 휘둘러대는 통에 학부모들의 항의 전화가 끊이지 않았다. 그때까지 은주는 그저 아이가 장난꾸러기에다 지나치게 활발하다고만 생각했다. 그래서 음악, 미술, 운동 골고루 시켜보았지만 아이의 행동은 나아지지 않았다. 주변에서는 아이를 데리고 병원에 한번 가보라는 말을 넌지시 내비쳤지만 은주는 무시했다. 아이가 병일 리가 없었다. 마음 한편에는 두려움과 불안이 항상 똬리를 틀고 있었지만 은주는 TV 프로그램에서 본 대로 아이를 믿어야 한다는 말만 되뇌었다. 그러면서 기현과 유사한 성향을 보이던 아이가 결국에는 의대에 갔다든가, 창의력 인재였다는 등의 이야기에 귀를 쫑긋거리고, 무엇이든 굳게 믿으면 그대로 이루어질 것이라는『시크릿』유의 성공신화에 감동받으며 몇 년을 아이에게 매달렸다. 기현이 학교에 적응을 했기 때문인지, 아니면 은주가 기현에게 적응했기 때문인지 아이는 조금 나아지는 듯 보였다.

그때 회사의 구조조정에 맞서 남편이 영웅적으로 사직서를 쓰자 은주의 생활은 변화의 급물살을 탔다. 앞으로 살아갈 계획을 대폭 수정해야 했고, 수정된 계획의 핵심 요지는 호성이 영어 학원을 차리겠다는 것이었다. 호성이 영문학을 전공했으며 원래 교사가 꿈이었던 데다 학원이라는 것이 비교적 적은 자본으로 최소한의 품위를 유지해가며 할 수 있는 거의 유일한 분야이기도 했다.

문제는 밀려난 사십 대 상당수가 호성과 같은 생각을 한다는 것이었다. 인테리어를 하고, 강사를 모집하고, 학생들을 실어 나를 미니버스 기사까지 다 계약했을 때 호성의 학원 맞은편에서 프랜차이즈 대형 어학원이 공사를 시작했다. 규모 면에서도 호성의 학원에 비해 거의 서너 배가 넘었고 광고비를 얼마나 쏟아붓는지 호성의 집에까지 광고 전단지가 날아왔다. 호성은 작지만 내실 있는 학원으로 만들겠다며 의욕을 불태웠지만 의욕은 돈을 요구했다. 퇴직금을 헐고, 시아버지에게 얻고, 그다음에는 집을 잡히고, 친구들에게 빌리면서 호성은 무언가에 씐 사람처럼 돈을 끌어당겼다. 더는 돈이 나올 구멍이 없고, 은주의 속이 완전히 타들어갔을 때 비로소 호성은 멈추었다. 돈도 의욕도 모든 것이 거덜이 났다.

그 와중에 기현은 은주의 집중적 관심에서 놓여나게 되었다. 한번 은주의 손아귀에서 벗어난 아이는 다시는 그 안으로 들어오려고 하지 않았다. 그리고 시아버지의 집으로 이사 오면서부터 기현은 본격적으로 엇나가기 시작했다.

기현은 이사 오는 것을 싫어했다. 이전 동네 친구들과 헤어지는 것이 싫다고 한동안은 주말마다 전에 살던 아파트로 친구를 만나러 갔다. 새 학교에서는 툭하면 싸움을 벌였다. 어릴 적부터 친구를 쉽게 사귀지 못하는 성격이었지만 나이가 들자 폭력적인 면까지 보이기 시작했다.

학교에 대한 불평이 사라진 것은 태성과 어울리고 난 후부터였다. 그러나 그 후로 아이는 마치 껍질을 벗고 나방이 된 듯 완전히 낯선 얼굴이 되어버렸다. 그 전에는 단지 말썽 잘 부리는 개구쟁이였지만 이제 아이는 누구의 말도 듣지 않고, 집에서는 자기 방에 틀어박혀 오직 게임만 하는 고집스럽고 악의로 가득 찬 존재였다. 은주는 모든 것이 태성 때문이라고 생각했다. 거칠기는 해도 순진하기만 한 기현이 태성의 올가미에 걸려든 것이라고. 그럴 때마다 이 동네로 이사 온 것이 너무나 후회가 되어 견딜 수가 없었다.

이대로 계속될 수는 없다. 은주는 시아버지의 밥상을 차리며 생각했다. 무엇이든 시작해야 한다. 그래서 생활비를 벌고, 교육 환경이 좀 더 좋은 동네로 아이를 데리고 가야 한다. 도대체 시아버지는 언제 쓰려고 돈을 틀어쥐고 있는 것일까. 현금은 어디다 묻어둔 것일까.

　시아버지의 밥상을 들고 간 은주는 뉴스 화면을 보는 척하며 계속 시아버지의 눈치를 살폈다. 시아버지는 여전히 등이 결린다는 등등의 몇 가지 불평과 함께 천천히 밥과 반찬을 번갈아 입으로 가져갔다. 시아버지는 특히 고기 반찬, 그중에서도 뼈에 붙어 있는 갈빗살을 가장 좋아했다. 은주는 언제나 양념한 갈빗살을 구워 밥상에 올렸다. 시아버지는 양념한 고기를 뼈째 들고 힘겹게 물어뜯어 입에 집어넣고 오랫동안 씹기 시작했다. 한 점 한 점 고기 안에 있는 모든 맛이 다 빠져나와 목구멍으로 넘어갈 때까지 시아버지는 오물오물 천천히, 그리고 집요하게 씹었다. 그러고는 다 씹은 고기는 삼키지 않고 상 위에 퉤 하고 뱉어냈다. 뱉어낸 고기가 상 구석에 작은 탑처럼 쌓였다. 고기에 섞인 타액이 아래로 지르르 흘렀다. 고기를 삼키지 않음으로써 소화가 안되는 문제는 해결했지만 시아버지는 치아도 좋지 않은 상태였다. 그럼에도 불구하고 시아버지는 갈빗살에 대한 욕망을 주체하지 못했다. 그 결과 이가 하나씩 부러져 나갔다. 시아버지는 고기를 먹기 위해 구순이 다 되어가는 고령임에도 불구하고 열세 개의 이를 임플란트로 해 넣었다.
　"요즘은 이가 백년지대계야."
　치과를 다녀오면서 시아버지가 한 말이었다. 시아버지의 방점은 이에 있었겠지만 은주의 귀에는 백 년이라는 단어만 들렸다.
　임플란트는 시간이 오래 걸리는 대공사였다. 먼저 잇몸을 째고 부러진 이를 하나하나 제거한 후 다시 봉합하고, 봉합이 모두 아문

후에 네 번에 걸쳐 임플란트 시술을 받았다. 그 때문에 은주는 거의 일 년 가까이 병원을 쫓아다녀야 했다.

그래도 임플란트를 한 뒤로 시아버지는 한동안 기분이 아주 좋았고, 은주는 용기를 내어 식당을 하고 싶다는 말을 꺼냈다. 얼마 전 미장원에서 가정 주택을 개조해서 개업한 커피숍에 대한 특집 기사를 읽었던 것이다.

"아버님, 저도 가정식 백반 같은 거 해보면 어떨까요? 무리하지 말고 이 동네 주택 하나 전세 내서 차리면……."

"이 동네에 가정식 백반 사 먹을 사람이 어딨어?"

"아파트 여자들이 와서 먹는다니까요."

"여자들이 자기 집 밥 놔두고 왜 사 먹고 돌아다녀?"

"요즘은 다들 그래요. 밥 해 먹기 귀찮기도 하고, 사 먹는 게 싸게 먹힌다고요. 애들 아빠가 카운터 보고 제가 주방을 맡아서 하면 인건비도 많이 들지 않고……."

"지난번 학원 차릴 때도 그렇게 말했잖아."

"그때는 경험이 없었던 데다 비용도 많이 들었잖아요. 이번에는 달라요."

"관둬. 운때가 안 맞을 때는 뭘 해도 안돼. 날 봐라. 안되려니까 덜컥 박정희가 죽어버리잖아. 그 양반이 그렇게 될 줄 누가 알았겠어? 다 내 운때가 안 맞았던 거지."

박정희가 죽은 것이 시아버지의 운때 때문이라고 생각한다면 그것은 착각의 범주를 벗어나 과대망상의 차원일 것이다. 그러나 은주는 다소곳이 듣고만 있었다.

"딸년들도 죄다 뭐 한번 해볼 거라고 돈을 가져갔으니 너희도 한 번은 해보게 했다만 이제는 아니야. 그냥 가만히 있는 게 최고야. 너는 확실하다지만 확실한 게 어딨어? 내일 해가 동쪽에서 뜰지 어떻게 아느냐고?"

그것은 시아버지가 입에 달고 사는 십팔 번 레퍼토리였다. 시아버지에게는 그 무엇도 확실하지 않았다. 박정희가 총에 맞고 쓰러지던 날, 시아버지가 운때의 정점에서 곤두박질치기 시작하던 그날부터 시아버지는 아무것도, 그 누구도 믿지 않았다.

어쩌면 시아버지가 옳을지도 모른다고, 천천히 숟가락을 움직이는 시아버지를 보며 은주는 생각했다. 휠체어를 타고 경찰서까지 찾아가 자신의 며느리를 변호할 때 시아버지에게는 며느리가 결코 살인하지 않았다는 확신이 있었을까? 어쩌면 시아버지는 단지 단조롭고 조용한 이 삶을 그대로 유지하기 위하여 믿는 척하는 것인지도 몰랐다.

어떤 말로 시아버지를 설득해서 돈을 내놓게 할까 하는 생각에 잠시 쿵쿵거렸던 심장이 차분해졌다. 은주는 다시 뉴스로 눈길을 돌렸다. 주가와 수출과 환율과 선생을 두들겨 팬 고등학생의 이야기가 흘러나오고 있었다. 결국 은주는 아무 말도 못 하고 시아버지 방을 나왔다. 달라진 것은 아무것도 없었다.

호성은 어디론가 나가고 없었다. 은주는 혼자 저녁을 먹고 대문을 나섰다. 어디로 갈 것이라는 계획은 없었지만 걸음은 저절로 그린빌라 앞으로 옮겨졌다.

택시 기사가 사는 집을 올려다보았다. 불이 꺼져 있었다. 은주는 그린빌라 현관으로 가서 우편함을 확인했다. 카드 청구서와 무슨 상조회사에서 보낸 안내문이 들어 있었다. 박정기. 그것이 택시 기사의 이름이었다. 은주는 카드 청구서 한 장을 주머니에 집어넣고 그린빌라를 빠져나왔다.

빌라 앞 골목에서 남자들끼리 싸움을 벌이고 있었다. 힐긋 돌아보니 박정기가 누군가와 시비가 붙었는지 멱살잡이를 해대고 있었다. 멱살을 잡힌 남자는 박정기에 비해 나이가 한참 어려 보였고 체격도 크지 않았다. 그러나 기세만은 박정기에게 지지 않으려는 듯 고래고래 욕설을 퍼부었고, 박정기는 어린 남자를 길에 패대기치고는 발로 걷어찼다.

"오늘 너 한번 죽어봐라. 새파랗게 어린 놈이 어따 대고 시비야?"

박정기의 이웃인 듯한 남자 두어 명이 그를 막아서며 말렸다.

"쓸데없는 싸움 해서 치료비 물어줄 일 있어? 그만해."

"이놈이 먼저 가만히 있는 사람한테 시비를 걸었다고! 야, 너 조금 전에 나한테 뭐라 그랬어? 이 미친 새끼!"

박정기는 다시 흥분해서 소리를 질렀고, 흥분한 박정기의 팔과 가슴을 붙잡고 그만하라고 외치는 이웃 남자들의 목소리가 은주의 귀에까지 들려왔다. 은주는 서둘러 그 자리를 떴다. 조금만 미적거렸으면 박정기와 정면으로 마주쳤을지도 모른다는 생각에 가슴이 철렁했다.

은주는 아무 데나 발 가는 곳으로 한참을 걸었다. 문득 정신이 들고 보니 개천가에 와 있었다. 그녀가 강인학을 죽인 지점의 맞은편 공터였다. 은주는 반쯤 부서진 벤치에 앉아 휴대폰의 플래시를 켜고 박정기의 카드 청구서를 살펴보았다. 현금 서비스 팔십만 원, 카드론 오백만 원의 할부금, 마트와 술집에서 쓴 돈, 홈쇼핑의 십이 개월 할부 내역 등등. 박정기는 돈이 없었다. 그런데 왜 은주에게 돈을 요구하지 않을까.

은주는 캄캄한 주변을 둘러보았다. 개천 건너편에는 드문드문 가로등이 있지만 이편 공터는 정말 어두웠다. 만약 강인학을 죽인 곳이 여기였다면 설령 반대편에서 본다고 해도 아무것도 보이지 않았을 것이다. 혹 박정기가 돈을 내놓으라고 한다면 여기서 만나자고 해서 죽여버려야겠다, 그래도 여기가 제일 안전하겠다고 은주는 생각했다.

모기가 은주의 종아리를 물더니 연이어 목과 팔뚝에도 달려들었다. 은주는 황급히 일어나 집을 향해 걸음을 옮겼다. 그때 어둠 속에서 무언가가 불쑥 튀어나왔다.

"아악!"

은주는 너무 놀라 비명을 질렀다.

"놀라지 마세요. 저 모르시겠어요?"

"누, 누구세요?"

은주는 어둠 속에서 나타난 커다란 그림자를 유심히 보았다. 희미한 윤곽이 보였다. 그러자 조금 전에 박정기와 싸움을 한 어린 남자와 비슷하다는 생각이 들었다. 그러나 남자는 엉뚱한 일을 들먹였다.

"지난번에 미장원에서 만났는데. 제가 과자 드렸잖아요."

얼굴은 기억나지 않지만 그런 일이 있었던 것은 떠올랐다.

"근데 왜요?"

"왜요라뇨? 저 아무 짓도 안 했는데요. 그냥 걸어가는데 비명을 지르신 거예요. 댁에 가는 길이세요?"

"예."

"그럼 요 앞까지만 같이 가세요. 너무 어두워서 위험해요."

은주는 대꾸 없이 걸었다. 공터를 벗어나자 옆에 걷고 있는 남자의 얼굴이 또렷이 보였다. 남자는 무언가가 재미있어 못 견디겠다는 듯 싱글싱글 웃고 있었다.

"사실은 공터 앞에서 지나가는 걸 보고 쫓아왔어요."

문득 은주는 이 남자가 공터 앞에서가 아니라 더 전부터 자신을 쫓아온 게 아닌가 하는 생각이 스쳤다. 박정기와 싸우던 젊은 남자가 분명하다는 생각이 들었기 때문이었다. 그런데 이 남자가 자신을 왜 쫓아오겠으며, 자신이 잘못 보았을 수도 있다는 생각에 은주는 따져 묻지 않았다. 시시콜콜한 일을 따지기에 은주는 너무 피곤했다.

"저를 왜요?"

은주가 심드렁하게 물어보았다.

"조금 궁금하기도 하고, 위험한 데니까……."

창수는 말을 얼버무렸다. 무언가가 은주의 머리를 탁 쳤다.

"어디쯤 살아요?"

"그건 왜요? 저쪽 시장 뒤편에 사는데요."

"거기까지 소문이 갔나 보네요. 어디서 들었어요? 내 소문."

"뭘 말하는 건지……."

"내가 살인 용의자로 경찰서에 끌려갔다는 소문 말이에요. 아님 내가 왜 궁금해요?"

은주의 목소리가 자신도 모르게 날카롭게 울렸다. 창수는 조금 당황했다. 창수는 내내 은주의 집 근처를 배회하다 그녀의 뒤를 쫓아 박정기가 사는 빌라까지 갔다. 은주는 박정기의 우편함을 뒤지더니 카드 내역서를 훔쳐 주머니에 넣었다. 창수는 본의 아니게 망을 봐주는 역할을 하게 되었다. 술에 얼큰하게 취한 박정기가 빌라 쪽으로 가고 있었던 것이다. 창수는 은주와 그가 마주치지 못하도록 박정기에게 일부러 부딪히며 시비를 걸었다. 하마터면 박정기에게 맞아 죽을 뻔했는데 그 희생을 이 여자가 알까?

"사실은 제가 소설을 쓰고 있는데요. 누명인 줄 알았는데 진짜 범인으로 드러나는 사람 이야기라, 얘길 좀 해보고 싶었어요."

은주가 창수를 쳐다보았다. 얘가 지금 나한테 작업을 거나 싶었다. 아무리 많이 봐도 서른을 갓 넘긴 것 같은데 별일이라고 생각했다. 살아오면서 은주는 남자들에게 그렇게 인기가 많은 타입은 아니었기 때문이었다.

"난 할 얘기 없어요. 재수가 없었을 뿐이에요."

"경찰에서 거짓말 탐지기 하자고 그러지 않았어요?"

"아뇨."

"하자고 했으면 응했을 거예요?"

"모르겠어요. 안 했을 거예요."

"왜요?"

"난 가봐야 돼요. 다음에, 다음에 얘기해요."

"다음에 언제?"

은주는 다시 창수를 쳐다보았다. 창수의 눈은 분명히 반짝거리고 있었다.

"휴대폰 좀 빌려주세요. 전화 한 통만 하고 돌려드릴게요."

은주는 휴대폰을 건넸다. 창수는 어딘가로 전화를 걸었다. 창수의 주머니에서 휴대폰 벨소리가 났다. 창수는 웃으며 휴대폰을 다시 은주에게 돌려주었다.

"여기 내 번호 찍혀 있어요. 내 폰에도 그쪽 번호가 찍혔을 테고. 우리 전화합시다. 좋죠?"

은주는 휴대폰을 받아 쥐고 뛰듯이 집으로 돌아갔다. 집으로 돌아오니 남편이 식탁에 혼자 앉아 밥을 먹고 있었다. 설거지 좀 해달라고 남편에게 말하고 은주는 혼자 사용하는 침실로 들어와 버렸다.

은주는 습관적으로 TV를 켜고 침대에 오도카니 앉아 일일연속극에 시선을 던졌다. 목격자인 택시 기사의 뚱뚱한 실루엣과 천천히 숟가락을 움직여 밥을 먹는 시아버지의 모습, 그리고 자신의 휴대폰으로 전화를 걸며 장난스럽게 웃던 젊은 남자가 동시에 떠올랐다. 아무런 연관도 없는 세 사람이 은주의 머릿속에서 환무를 추듯 빙빙 돌아다녔다. 은주는 혼란스럽고 어수선한 가운데서도 자신이 무엇을 해야 하는지 생각해내려고 애를 썼다.

목격자의 경우, 일단 기다려보자고 생각했다. 다시 전화가 오지 않는다면 내 쪽에서 무언가를 하지는 말자. 그리고 시아버지는, 그

는 계속 어제와 똑같이, 오늘과 똑같이 살 것이다. 젊은 남자는? 그
역시 마찬가지다. 그가 연락을 해 오기 전에 내가 무언가를 하지는
말자. 결국 은주는 가만히 있는 것 외에는 아무것도 할 게 없었다.

무언가, 의식 밑에서 은주를 괴롭히는 무언가가 더 있는데 그
것이 무언지 아무리 생각하려고 해도 떠오르지 않았다. 분명 자신
이 놓친 무언가가 있는데, 있는데 하면서 은주는 멍하니 일일연속
극을 보다 아들이 돌아오기도 전에 잠이 들고 말았다.

젊은 남자가 전화를 걸어 온 것은 그로부터 일주일 후였다. 그날
은주는 몹시 바빴는데, 왜냐하면 은주로서는 불가피하게 두 번째
살인을 하게 되었기 때문이었다.

살인자의 은밀한 매력

　그날 아침은 모든 것이 좋지 않았다. 전날 밤 은주는 잠을 거의 자지 못했다. 목격자가 자기 집을 찾아오는 악몽에서 깨어난 후로 은주는 밤새 공포와 후회에 시달렸다. 불면이 너무 힘들어서 은주는 오래전 호성이 학원을 할 무렵 정신과에서 처방받았던 수면제까지 한 알 삼켰다. 수면제를 먹으면 곧장 잠이 들었지만 다음 날은 항상 컨디션이 엉망이었다. 아침인데도 몸이 바닥에 들어붙은 듯 축축 처졌고, 귓속에서 윙하는 이명까지 들렸다. 기현은 식탁 앞에 앉아 건성으로 밥을 먹으며 스마트폰을 붙잡고 게임을 하고 있었다.

　"기현아, 그거 그만하고 어서 학교 가."

　보다 못한 은주가 한마디 했다. 기현은 대답 없이 게임에 열을 올리고 있었다. 이어폰을 끼고 있어서 은주의 목소리를 듣지 못하는 것 같았다. 다시 은주가 소리쳤다.

"그만하라니까!"

"……"

"기현아!"

호성이 소리치면서 기현의 손에서 스마트폰을 뺏으려 했다.

"왜 그래!"

기현이 오히려 큰 소리를 치며 호성의 손을 쳐냈다. 순간적으로 호성의 얼굴에 벌겋게 열이 올랐다. 아버지의 권위가 손상되었다고 느낀 것이다. 호성은 기현의 손에서 스마트폰을 빼앗아 벽에다 던져버렸다. 그러자 기현의 눈이 툭 튀어나올 듯 커다래지더니 기현이 고래고래 소리를 지르기 시작했다.

"내 폰을 왜 부숴? 에이 씨, 아빠가 뭔데 내 물건을 집어 던지느냐고! 아빠면 다야? 폰 물어내, 물어내라고! 안 물어내면 나도 다 부숴버릴 거야!"

기현은 벌떡 일어나 발로 식탁을 차고 주먹으로 벽을 치며 소리를 지르기 시작했다. 물어내, 물어내, 단 한 가지 말만 반복하면서 아이의 목소리는 짐승의 것처럼 점점 커졌고, 자기 흥분을 못 이긴 아이는 머리를 벽에 찧기 시작했다. 쿵쿵 벽을 울리는 소리와 함께 은주의 찢어지는 비명이 실내를 가득 울렸다.

"쟤 좀 말려봐. 저러다 죽겠어."

기현의 광기에 호성도 놀랐는지 아이를 향해 손을 뻗으며 말했다.

"그만하고 아빠 말 좀 들어봐."

"에이 씨바, 무슨 말을 들으라고! 내 거나 물어내! 물어내라고!"

"기현아!"

호성은 발광하는 아이의 팔을 잡았다. 그러나 기현은 온몸을 흔들며 뿌리쳤고, 그 서슬에 오히려 호성이 비틀거렸다. 힘으로도 밀리자 호성의 얼굴에는 두려움이 흘렀다. 기현은 호성이 자신을 두려워한다는 것을 눈치채고 더욱 세게 벽을 차고 머리로 들이받으며 욕설을 내뱉었다.

그때 시아버지가 방에서 나왔다. 보행기에 의지해 시아버지가 천천히 다가오자 식구들은 숨을 멈췄다. 기현도 흠칫하며 욕설을 멈추고 쳐다보았다. 시아버지는 주방으로 들어와 우뚝 멈춰선 다음 천천히 식구들을 둘러보았다. 아무도 입을 열지 못한 채 죄지은 사람처럼 시선을 피했다. 그 순간 시아버지가 손을 들어 따귀를 올려붙였다. 그 손은 매웠고, 딱 하는 소리는 절도 있고 경쾌했다. 맞은 사람은 기현이 아니라 호성이었다.

"제 새끼 하나 못 휘어잡는 놈."

순간 미쳐 날뛰던 아이도 숨을 멈추고 가만히 있었다. 시아버지는 목소리도 높이지 않고 천천히 내뱉었다.

"오늘부터 한 달 동안 생활비고 뭐고 아무것도 없다. 특히 저놈한테는 십 원도 주지 마. 저 버릇 안 고치면 영원히 십 원도 없다."

시아버지는 다시 방으로 돌아갔다. 그동안 식구들은 멈춤 화면처럼 꼼짝 않고 서 있었다. 방문이 닫히자 기현이 먼저 뛰어나가버렸다. 호성도 아무 말 없이 방으로 들어가버렸다.

은주는 멍하니 싱크대에 기대어 서 있었다. 둘째 아이가 다가왔다.

"엄마, 괜찮아?"

은주는 덜덜 떨면서 겨우 대답했다.

"어서 학교 가. 학원 빼먹지 말고."

"다녀올게."

둘째 아이는 은주의 눈을 힐끔 보고는 나갔다. 그래도 괜찮은지 물어봐주는 딸아이가 고마웠지만 은주는 아무것도 생각할 수 없었다. 수치스러웠다. 자식 앞에서 권위를 가지지 못하고, 부모에게 빌붙어 살고 있는 속내를 다 들킨 것 같았다. 아이들이 아무것도 모를 것이라고 생각하지는 않았지만 이런 식으로 다 까발리고 싶지는 않았다. 그럼에도 시아버지한테 앞으로 그러지 마시라고 말할 수도 없었다. 속에서 마구 부글거리며 솟아오르는 것은 분명 분노였지만 누구를 향한 분노인지 알 수 없었다.

은주는 호성이 있는 방의 문을 열었다. 감미로운 영화 음악이 흘러나오고 있었다. 호성이 은주를 돌아보았다.

"왜?"

마치 아무 일도 일어나지 않았다는 듯 너무나 평화롭게 묻는 호성의 얼굴을 보며 은주는 할 말을 잃었다.

"이 노래 좋지? 들어본 적 있어?"

"……."

"『썸머타임 킬러』라는 영화의 주제가야. 『썸머타임 킬러』가 어떤 영화냐면 말이야, 한때 빅히트 했지만 지금은 완전히 잊힌, 한마디로 말하자면 영화사에서 누락된 청춘영화의 대명사 격인 영환데 말이지. 올리비아 허시 알지? 그 청순 미인 말이야."

호성은 무척 낭만적인 사람이었다. 대학 시절 좋아했던 홍콩 여배우의 이름을 따서 작은아이를 조현이라 불렀으며, 포털 사이트에서 사용하는 닉네임도 '긴 머리의 장국영'이었다. 팔십 년대 영화와 노래, 그 시절의 모든 것이 호성에게는 그리움의 원천이었다. 소위 운동권 출신도 아니면서 술만 마시면 시위할 때 부르던 민중가요를 불렀다.

"서방님 손가락은 여섯 개래요, 시퍼런 절단기에 뚝뚝 잘려서, 한 개에 오만 원씩 이십만 원을 술 퍼먹고 돌아오니 빈털터리래."

교복 공장 사장의 외아들이 절단기에 손가락 잘린 노동자의 노래를 왜 그렇게 애창하는지, 그 이유를 은주는 궁금해하지도 않았고, 물어본 적도 없었다. 그뿐이 아니었다. 호성은 종종 헌책방에 들러 활자 조판으로 인쇄된 낡은 팔십 년대 소설들을 사 오곤 했다. 그 책들은 읽지도 않은 채 책꽂이에서 먼지 냄새만 풍겼다. 옛날 책만 모으는 것이 아니라 옛날 영화도 모았다. 호성은 얼마 전부터 '우리 동네 동시상영관'이라는 제목으로 블로그를 만들어 지금은 아무도 기억해주지 않는 흘러간 영화들에 대해 기록하고 있었다. 호성이 새로운 내용을 포스팅할 때마다 열댓 명의 사람들이 댓글을 달았고 호성은 그 아래 하나하나 답글을 다시 달며 즐거워했다.

그 열댓 명의 사람들은 모두 정영음 팬카페에서 만난 사람들이라 했다. '정영음'이란 『정은임의 FM 영화음악』의 약자로, 오래전 폐지된 라디오 프로그램이었다. 그 프로그램의 열혈 청취자들은 정은임재추대위원회까지 만들어 방송사 게시판에서 수개월 동안 정은임의 복귀를 요구하는 시위를 벌였다고 했다. 정은임은 그로부터 십 년 후 교통사고로 사망했고, 다시 십 년 가까운 시간이 흘렀다. 그러니 정영음 팬카페는 오래전에 종방된 방송과 그 진행자를 잊지 못하는, 진정한 향수의 종결자들이 만든 것이었다. 호성은 카페에서 정은임의 방송 파일을 모두 다운받아 허구한 날 그것만 들었다.

은주는 그 방송을 들을 때마다 기분이 묘했다. 죽은 여자의 음성이 매일 흘러나오는 것도 그렇고, 이십 년 전의 광고가 마치 오늘의 것인 양 들리는 것도 마찬가지였다. 더구나 정영음이 방송되던 밤 열한 시에 맞춰 호성이 다운받은 MP3 파일을 열 때면 왠지 귀신을 불러들이는 의식 같아서 은주는 좀 으스스해지기도 했다.

"음악은 루이스 바칼로프라는 사람이 맡았지. 루이스 바칼로프가 누구냐? 그 유명한 이탈리아 프로그레시브 록 밴드 뉴트롤즈의 멤버였는데 말이야……."

호성은 눈을 반짝거리며 열변을 토했다.

"나 그런 거 관심 없어. 기현이 어떡할 거야?"

"뭐? 아, 그거. 걱정 마. 남자애들은 클 때 한 번씩 저래. 나이 들면 다 좋아져."

그때 누군가 호성에게 메신저로 쪽지를 보냈고 호성은 힐끔 은주를 쳐다보았다. 은주가 있는 데서 열고 싶지 않은 모양이었다. 호성은 마우스로 쪽지를 작업표시줄에 내려놓았다. 은주는 자판을 확 부숴버리고 싶은 충동을 가까스로 눌러 참았다. 자판은 새로 사면 그뿐이다. 변하지 않는 것은 과거 속에 파묻혀버린 호성의 관심과 사이버스페이스를 헤매고 다니는 그의 센티멘털리즘이었다.

어떤 말을 해도 호성과의 대화는 더 이상 진전이 없다는 것을 은주는 알았다. 은주는 방을 나왔다. 주방에서 탄 냄새가 났다. 시아버지의 죽을 올려놓고 잊은 것이었다.

"아이 씨."

은주는 황급히 가스레인지로 달려가 불을 껐다. 제때 불을 낮추지 않은 탓에 죽은 온통 넘쳐흐른 데다 바닥은 타기까지 했다. 다행히 윗부분은 그럭저럭 괜찮아서 양이 조금 모자라긴 해도 한 그릇 정도는 될 듯했다. 은주는 타지 않은 부분만 덜어 시아버지에게 가져갔다. 시아버지는 첫술을 뜬 뒤 숟가락을 탁 놓았다.

"죽이 탔구나."

"괜찮은데요. 좀 더 드셔보세요."

"새로 가져와. 이건 못 먹는다."

시아버지의 목소리는 단호했고, 은주는 아무 말 없이 죽 그릇을 들고 일어났다. 주방으로 가서 죽을 모두 싱크대에 쏟아버리고 새로 쌀을 씻었다. 죽은 눌어붙지 않도록 약한 불에서 끈기 있게 저어주어야 한다. 은주는 규칙적으로 팔을 움직여 죽을 젓고 또 저었다.

집 안은 아무 일 없었다는 듯이 다시 정적에 잠겼다. 아들의 발광과 남편의 두려움, 그리고 일말의 망설임 없이 남편의 얼굴 위로 떨어지던 시아버지의 손바닥이 눈앞에서 왔다 갔다 했다. 호성은 아이가 크면 다 좋아질 것이라고 했지만, 그런 낙관은 무관심과 게으름의 결과일 뿐, 앞으로 큰아이는 점점 더 거칠어지고, 점점 더 다루기 힘든 존재가 될 것이 분명했다. 그러기 전에 아이를 이 거친 동네에서 빼내야 하는데 시아버지는 절대로 변하지 않을 것이고, 남편도 마찬가지일 것이다. 게다가 은주에게는 목격자가 있었다. 지금은 전화만 하고 있지만 언젠가는 자신을 찾아올 것이고, 끝없이 무언가를 요구할 것이다. 자신의 마지막 피 한 방울이 다 마를 때까지. 그리하여 결국 아이들도, 동네 사람들도 모든 것을 알게 될 것이다.

협박에 생각에 미치자 은주는 갑자기 이 무더운 날 가스레인지 옆에 서 있는 것도, 일정한 속도로 죽을 젓고 있는 것도 너무나 한심하게 여겨졌다. 은주는 극심한 피로를 느끼는 동시에 모든 것이 너무나 지긋지긋하게 느껴졌다. 은주는 충동적으로 현관문을 열고 밖으로 나갔다.

"다 그만둬버려야지."

은주는 중얼거리며 일 층 발코니 아래에 있는 창고 문을 열었다. 남편이 집 근처 공터에 텃밭을 가꾸면서 사다 놓은 살충제가 보였다. "절대 먹으면 안 됨." 남편이 매직으로 써놓은 글씨는 오히려 유혹적이었다. 이것만 먹으면 끝난다. 은주는 살충제병을 집어 들었지만 너무 커서 주머니에 넣고 나갈 수가 없었다. 은주는 다시 부엌으로 들어가 양념 통으로 쓰려고 씻어둔 주스병을 집어 들었다. 죽이 끓고 있었다. 은주는 습관적으로 가스 불을 끄고 다시 나갔다. 그러고는 주스병에 살충제를 부어 바지 주머니에 넣고 대문을 빠져나갔다.

갈 데라고는 뒷산뿐이었다. 은주는 사람들이 많이 다니지 않는 길을 통해 올라갔다. 그 길은 제법 험해서 산중턱에 오르자 땀이 비 오듯 쏟아졌다. 문득 샤워를 하고 싶다는 생각에 들면서 자신이 왜 여기에 왔는지를 잠시 잊어버리고는 평소처럼 발아래 펼쳐진 동네 모습을 쳐다보았다. 그때 저편 바위 위에 택시 기사가 혼자 앉아 있는 모습이 보였다.

박정기는 트레이닝복 차림으로 혼자 술을 마시고 있었다. 은주는 우뚝 멈춰 서서 박정기의 등을 쳐다보았다. 그도 시선을 느꼈는지 고개를 돌렸다. 은주가 서 있는 것을 보고는 그가 찜찜한 웃음을 보냈다. 그러자 은주의 마음속에 불길 같은 것이 확 일어나면서 지난 몇 주 동안 전화를 걸어 자신을 협박해온 남자에 대한 적대감이 솟구쳤다. 그리고 전화를 받은 후부터 끈질기게 은주에게 따라붙던 생각, 목격자가 사라져야 한다는 점이 또렷해졌다. 게다가 기왕 죽을 거라면—은주는 그제야 자신이 죽으러 그곳에 갔다는 생각이 떠올랐다—저 남자와 같이 죽지 못할 이유도 없다고 생각했다.

은주가 자신을 가만히 쳐다보는 것을 알아챈 박정기가 입을 열었다.

"생탁 한잔 하실 거요?"

박정기가 종이컵을 들어 보이며 물었다.

"주세요."

은주는 대답과 함께 박정기 옆에 앉았다. 박정기 옆에는 새로 딴 생탁 한 병과 이미 다 마신 빈 통 하나, 그리고 새우깡 한 봉지가 펼쳐져 있었다. 박정기는 은주에게 생탁을 부어주며 말했다.

"여름에 여기 와서 술 한잔 하면 정말 신선놀음이라니까. 사람들이 이 동네 개발 안 된다고 불평하는데 집값 싸고 얼마나 좋아. 저기 개천 옆 공터에 운동기구만 좀 갖다 놓고, 거 뭐냐, 요즘 유행하는 생태하천 같은 걸로 좀 꾸미면 딱이지, 뭐. 그랬어봐, 저기서 사람이 왜 죽어?"

은주는 그가 자신에게 어떤 메시지를 전달하고 있다고 느끼고는 택시 기사를 쳐다보았다. 택시 기사는 싱긋이 웃었다.

"저기서 사람 죽은 거 알죠?"

"알죠."

"경찰은 실족사라는데, 모르지. 누가 쥐도 새도 모르게 죽여버렸는지. 오줌 누고 있는데 누가 몰래 와서 등을 확 떠밀어봐. 악 소리도 못 하고 죽는 거지."

은주는 아무 말 없이 생탁이 든 잔을 입으로 가져갔다. 박정기가 하는 말의 의미는 분명했다. 그는 모든 것을 다 알고 있음을 은주에게 알리고 있었다.

"근데 왜 죽였나 몰라. 이유가 진짜 궁금해."

박정기는 은주에게 전화로 했던 이야기를 그대로 다시 했다. 은주는 잔을 비웠다. 그러자 박정기가 다시 술을 부어주며 말머리를 돌렸다.

"아침부터 뭔가 갑갑한 일이 있으셨나 보네, 술 드시는 걸 보니. 하긴 요즘 다들 살기가 그렇죠. 택시를 하다 보니 갑갑해하는 손님들 많이 태워요. 편안해 보이는 아줌마들이 속사정은 뭐가 그리 복잡한지, 택시 잡아타고는 아무 데나 데려다 달라 그러는 아줌마들이 천지라니까. 그래서 '아무 데라면 모텔로 가도 돼요'라고 물어보면 망설이지도 않고 '갑시다' 이런다니까요."

그 말을 하면서 박정기는 은주의 눈치를 슬쩍 살폈다. 은주는 기사의 의도를 알아차렸다. 그는 은주와의 잠자리를 요구하고 있었다. 은주는 앞으로 자신에게 일어날 일들이 눈앞에 보이는 듯했다. 먼저 잠자리를 요구하고, 그런 다음 돈을 요구하겠지. 은주가 원하는 대로 해주지 않으면 박정기는 살인에서부터 통간까지 모든 것을 움켜쥐고 은주를 조여올 것이다. 은주는 모욕과 고통, 불안과 공포 속에서 살며 박정기의 손아귀에서 풀려나지 못할 것이다. 종이컵을 든 손이 부르르 떨렸다. 그렇게는 살 수 없다고 은주는 생각했다.

"아저씨도 손님이랑 연애해보셨어요?"

"연애라기보다는 좋은 만남이죠. 좋고 간편한 만남. 아주머니도 관심 있나 보네."

"물론이죠."

"보기보다 화통한 분이네. 오늘 내가 비번이거든."

"나도 오늘 편해요."

박정기가 씩 웃자 그의 누런 이가 눈앞에 보였다. 이 사이에는 오늘 아침 어느 기사 식당에서 퍼먹었을 싸구려 백반의 양념이 끼어 있었다. 은주는 고개를 돌리며 종이컵에 남아 있던 술을 마셨다.

"잠시만요."

박정기가 일어나더니 근처 나무 뒤로 사라졌다. 오줌을 누러 가는 듯했다. 은주는 고개를 돌려 주변을 둘러보았다. 아무도 없었다. 은주는 바지 주머니에서 주스병을 꺼내 뚜껑을 열고 생탁 통 안에 부었다. 텅 빈 주스병은 손수건으로 지문을 닦아낸 다음 멀리 던져버릴까 하다 멈칫했다. 택시 기사의 시체가 발견되고 부검이 이루어져 사인이 농약으로 판명되면 경찰은 농약병을 먼저 찾을 것이다. 은주는 근처에 주스병을 던져두었다. 그러고는 재빨리 일어나 산을 내려갔다.

뒤도 돌아보지 않았다. 생각해보니 정말 좋은 기회였다는 생각이 들었다. 이런 기회가 아니라면 어떻게 저 목격자를 처치했겠는가. 동시에 이렇게 쉽게, 그것도 두 번이나 사람을 죽여도 되는 것인가 하는 생각, 이어 경찰이 다시 찾아온다면 어떡하나 하는 생각이 머리를 관통하며 지나갔다. 경찰을 생각하자 다리가 후들거렸다. 지금이라도 박정기에게 달려가서 생탁을 못 마시게 말려야 하나? 하지만 그렇게 되면 박정기가 눈치채고 당장 경찰서로 갈 텐데 그것은 안 될 일이었다. 만약 은주가 박정기를 죽이지 않는다면 그에게 몸까지 주어야 했다. 그러자 조금 전 보았던 음식 찌꺼기가 낀 택시 기사의 이가 다시 생각나 은주는 진저리를 쳤다. 그 이, 그 입이 자신에게 와 닿는다는 것은 생각만 해도 소름이 끼쳤다. 결국 박정기를 죽이는 것은 잘한 일이었다. 그리고 설령 경찰이 찾아온다고 해도 어떤 증거도 없다고 은주는 생각했다.

은주는 다른 사람의 눈에 띄지 않도록 조심하며 서둘러 산을 내려갔다. 운 좋게도 아무도 마주치지 않았다.

*

박정기의 시체는 오후에 운동하러 산에 올라갔던 남자들에 의해 발견되었다. 그 소식을 듣고 가장 충격을 받은 사람은 창수였다. 은주가 그렇게 신속하게 택시 기사를 처치해버릴 줄은 전혀 예상하지 못했기 때문이었다. 동시에 창수는 자신의 협박 때문에 엉뚱한 사람이 죽은 것이 아닌가, 그래서 양심의 아픈 가책을 느껴야 하는 것인가, 잠시 생각해보았다. 하지만 아무리 생각해도 자신의 책임도 아니었고, 마음도 아프지 않았기 때문에 그런 생각은 걷어치우고 슬리퍼를 끌고 나가 정보를 찾아다녔다. 택시 기사가 살던 그린빌라 근처에 사람들이 모여 서서 그에 대해 떠들고 있었다.

"허구한 날 술만 마시면 콱 죽어버릴 거라고 떠들어대더니, 결국 일을 저질렀어."

"작년에도 약 먹고 죽네 마네 했잖아."

"그러게 노름은 왜 해? 그러니까 마누라가 집을 나가지."

"그래도 대낮에 산에 올라가서 그렇게 죽나? 유서도 없다잖아?"

"유서는 뭐하러 쓸 거야? 결심했으면 깨끗이 가는 거지. 잘한 거야."

"자기는 입에 홍삼을 달고 살면서, 남은 잘 죽었대. 에라 이!"

"내가 살고 싶어 사나? 자식새끼 싸질러놓은 건 어떡할 거야?"

"그러게 말이야. 세상이 이리 될 줄 알았으면 자식 안 낳는 건데."

사람들의 이야기는 박정기에서 대학 등록금과 취업 문제로 쉽게 옮아갔다. 창수는 그 자리를 떴다. 누구도 강인학의 사건과 박정기를 연결하지 않았다. 창수는 속으로 다행이라고 생각했다.

창수는 자전거를 몰고 파출소 주변을 빙빙 돌아 다녔다. 혹시라도 파출소장과 마주치면 무언가 다른 이야기를 더 들을 수 있지 않을까 하는 생각이었다. 창수의 생각대로 잠시 후 파출소장이 밖으로 나왔다.

"안녕하세요, 소장님."

"자네가 웬일이야?"

"날씨도 더운데 제가 호프 한잔 사드려도 되나요?"

"왜, 또 현장이라도 목격했어?"

"이번에도 목격했다고 하면 저는 용의자가 될 텐데요. 맞죠?"

파출소장은 창수가 마음에 들었다. 창수가 명문대 졸업생임에도 지금은 백수로 있다는 것이 한심하다기보다는 왠지 안쓰러웠다. 창수를 보면 명문대 출신도 저러한데 대학 문 앞에도 못 가본 자신이 이 정도 사는 것도, 지방 국립대를 졸업하고 중소기업에서 겨우 밥 벌이나 하고 있는 자신의 아들도 그만하면 다행이다 싶어 위로가 되었다. 게다가 파출소장은 막 최형사와 다투고 잔뜩 열 받은 차여서 호프라는 말에 귀가 솔깃해졌다. 그래서 그때만은 자신이 당뇨인 것과 술을 마시면 안 된다는 것도 잊어버리고 창수를 따라나섰다. 술이 한잔 들어간 파출소장은 창수가 묻기도 전에 수사관과 싸운 이야기부터 늘어놓았다

"왜 싸웠느냐고? 원래 수사본부가 파출소에 설치되면 우리랑 걔들은 열나게 싸우지. 싸움하지 뭘 하겠어? 연애하나?"

"아무 이유 없이 싸워요?"

"이유야 있지. 오늘은 박정기가 농약을 어디서 구했는지 그걸 조사하라는 거야. 씨바, 그런 건 지들이 해야지 왜 우리를 시켜?"

"수사관들은 자살이 아니라고 생각하나 보죠?"

"대낮에 유서 한 장 없이 죽었다는 게 이상하다는 거지. 근데 자

살하는 사람이 꼭 유서를 남기는 건 아니잖아? 그 새끼 말로는 박정기가 어디선가 농약을 가져와서 마셨을 텐데 박정기 집에는 농약이 없다는 거야. 그럼 그게 어디서 나왔느냐는 거지."

"……."

"다 좋다 이거야. 남의 관할에 들어와서 수사를 하면 기본적으로 예의가 있어야 하잖아. 기본이 글러먹었어. 내가 작년에 다른 관할로 갔어야 되는 건데 무슨 일인지 전출 발령이 안 나는 거야. 나는 여기가 고향이나 다름없는 동네라 아는 사람도 많고 그래서 속으로 좋아했더니, 당장 전출 발령 내려달라고 해야지, 정말 더러워서! 두고 봐, 내가 나중에 반드시 한번 손봐줄 거야."

창수는 파출소장의 이야기를 건성으로 들으며 농약병에 대해 생각했다. 은주가 범인이라면 분명 자기 집에서 농약을 가져갔을 것이다. 농약은 치웠을까? 그 정도는 했겠지? 그러나 확신할 수는 없었다. 창수는 조급함에 몸이 달았지만 확인할 것이 더 있었다.

"그러니까 용의자가 없는 모양이네요."

"없어. 근데 자네는 왜 그렇게 이 사건에 관심이 많아?"

"재밌잖아요. 한 달 새 두 남자가 갑자기 죽었으니 뭔가 공통점이 있는 것 아닐까요?"

"자네가 설치고 다니는 것 외에는 공통점이 없어. 혹 자네가 범인 아니야?"

그 말에 창수는 우하하 웃음을 터트렸다. 파출소장이 계속 말했다.

"지난번 강사장 사건 말이야. 자네가 목격했다는 그 여자는 범인이 아니었어. 아무 동기도 없거든."

"저한테는 동기가 있나요?"

"있지. 강인학과 대판 싸운 적 있잖아. 지난가을에."

"그걸 기억하셨어요?"

"처음에는 몰랐는데 어디선가 본 것 같더라고. 우연히 그게 떠올랐어."

"하지만 고작 그걸로 사람을 죽일까요?"

"아무 이유 없이도 살인을 하는데, 뭐. 그날 밤에 강사장과 마주쳤을 때 그자가 뭐라고 비위 상하는 말이라도 했나?"

"소장님, 왜 이러세요? 그럼 택시 기사는 뭐예요?"

"택시 기사는 목격자겠지. 혹 자넬 협박했어?"

"전 그 사람 본 적도 없거든요. 절 정말 의심하세요?"

"아니."

"왜요?"

"범인이라면, 아무 관련도 없는 그 여자를 범인이라며 증언하진 않았겠지. 동기를 갖춘, 좀 더 그럴듯한 사람을 범인으로 몰았겠지."

"그럼 소장님은 그 여자가 범인이라고 생각하시는 거예요?"

"그 여자는 동기가 없다니까! 강인학은 실족사가 맞아. 박정기는 자살이고. 수사하는 새끼들이 지금 헛지랄하고 있는 거야. 그 새끼들이 얼마나 되지도 않은 새끼들이냐면……."

파출소장은 쌓였던 열을 창수에게 쏟아내기 시작했다. 창수는 고분고분 들어주면서도 머릿속으로는 은주에 대해 생각했다. 다행히 은주는 안전했다. 하지만 속단하기에는 일렀다. 파출소장과 헤어진 창수는 은주에게 휴대폰으로 전화를 걸었다. 은주는 받지 않았다. 몇 번을 다시 해도 마찬가지였다. 무모할 정도로 용감한 이 여자가 도대체 어디에 있나 생각하며 창수의 발걸음은 저절로 은주의 집 근처로 향했다. 어쩌면 우연히 마주칠지도 몰랐다.

그때 창수는 자신이 은주를 진심으로 걱정하고 있다는 것을 깨달았다. 창수는 은주라는 인간이 가진 미스터리를 풀고 싶었다. 그 평범한 얼굴과 과격한 충동 사이의 모순에는 분명 무언가가 존재할 터였다. 그리고 그것은 어두운 복도 끝의 과학실, 그 어둠 속에서 몸을 떨고 있던 창수, 그에게 존재했던 그 무엇과 유사할 것이라고 창수는 생각했다.

과학실에서 과학 선생의 가슴을 만졌던 날 야자 시간이었다. 창수는 불도 켜지 않은 채 과학실의 어둠 속에 앉아 있었다. 수치심과 굴욕감에 몸을 떨면서. 창수는 충동적으로 진열장에서 수은을 꺼냈다. 병에 담긴 수은은 쇳물처럼 동글동글 움직였다. 창수는 수은을 책상 위에 던져 보았다. 수은은 작은 방울로 조각조각 흩어졌지만 과학 선생의 말대로 표면장력 때문에 다른 것에 흡수되지 않아 쉽게 다시 모을 수 있었다. 한 방울이면 사람도 죽을 수 있다. 과학 선생은 분명히 그렇게 말했다. 그 작은 한 방울만 입으로 들어가도 사람의 목숨이 위험하다고. 창수는 흩어진 수은 방울들을 조심스럽고 꼼꼼하게 모으며 다시 한 번 생각했다. 만약 한 방울이 자신의 입으로 들어간다면……. 창수는 처음으로 자신이 죽어 있는 모습을 생각했다.

그가 죽은 채로 발견된다면 과학 선생은 충격을 받을 것이다. 어쩌면 오래도록 괴로워할지도 모른다. 창수는 수은병을 입으로 가져가는 시늉까지 하며 자신이 수은을 먹고 죽는 상상을 해보았다. 하지만 죽기는 싫었다. 반대로 과학 선생이 수은을 먹고 죽을 수도 있었다. 그러면 창수의 인생에서 가장 부끄러운 한 부분, 그 수치심의 원인 제공자가 사라지는 것이었다. 창수는 과학 선생이 과학실의 차가운 바닥에 쓰러져 있는 모습을 상상했다.

창수는 용기 속에 든 수은의 차가운 모습을 황홀하게 바라보며 한참을 놀았다. 수은병을 과학실 바닥에 떨어뜨린 것이 실수인지, 자신의 의도인지는 분명하지 않다. 아무리 정확하게 기억해보려고 해도 그 부분만큼은 자신이 없었다. 수은을 바닥에 쏟았는데, 그때까지만 해도 창수는 다시 수은을 모아 병에 담을 생각이었다. 수은은 바닥으로 스며들지 않고 바닥 위로 굴러 다녔다. 하지만 바닥에 흩어진 수은은 찾기도 힘들었고 문득 과학실 내부가 수은 증기로 가득 찬다면 자신이 수은에 중독되지 않을까 하는 생각이 들었다. 마침 야자 지도 교사가 순찰을 도는 시간도 다가왔다. 창수는 과학실의 창문을 조금 열어둔 후 후다닥 문을 잠그고 복도를 뛰어갔다. 내일 아침 다시 와서 창문을 활짝 열어둬야지 생각하면서.

다음 날 과학 선생이 과학실에서 죽은 채 발견되었다. 사인은 수은에 의한 급성 중독. 처음에는 자살이라고 했다. 과학 선생이 수은을 먹은 것으로 드러났기 때문이었다. 창수는 그 늦은 시간에 왜 과학 선생이 그곳으로 갔는지, 어떻게 수은이 과학 선생의 입으로 들어가게 되었는지 도무지 이해할 수 없었다. 하지만 과학 선생의 입으로 들어간 수은이 창수가 만졌던 수은인 것은 분명했다.

창수는 아무도 죽이거나 할 생각은 없었다고 계속 뇌까렸다. 그런데 정말 그럴 생각이 없었던가? 그 일로 사고가 일어날 수 있다는 것을 몰랐던가? 알았다면 자신은 왜 모른 척했던가? 그때 창수는 자신 안에서 무엇이 어떻게 작동했는지 정확하게 파악할 수 없었다. 어쩌면 외면하는 것인지도 몰랐다.

창수에게 씌어졌던 혐의는 엉뚱하게도 아버지에게로 옮겨 갔다. 놀랍게도 아버지가 과학 선생과 내연의 관계였음이 드러난 것이다. 아버지가 경찰서로 잡혀갔다. 불륜과 살인은 전혀 다른 것인데도 사람들은 불륜을 근거로 아버지를 살인자로 생각했다. 아버지의 체포 직후, 창수는 아주 짧은 시간 동안 안도감을 느꼈다. 자신이 혐의를 피했다는 생각 때문이었다. 그것은 과학 선생이 죽었다는 소식을 들었을 때 느꼈던 안도감과 비슷한 성질의 것이었다. 양심의 가책도 왔다. 그 또한 짧았다.

창수의 가책과 불안, 공포는 아버지의 체포를 기점으로 혼란과 분노로 빠르게 변했다. 그것은 의도나 의지, 논리가 통하지 않는 지점을 엿본 자의 혼란이었고, 분노였다. 아버지는 무혐의로 풀려났지만 직장을 잃었고, 동시에 병을 얻었다. 창수에게는 혼란과 분노가 더함도 덜함도 없이 그대로 남았다.

어쩌면 창수의 행동, 그 혼란과 분노를 이해할 수 있는 단 하나의 사람이 은주일지도 모른다는 생각이 들었다. 역으로 자신이 은주를 이해한다면, 그날 밤 은주에게 일어난 일을 알 수만 있다면, 그것은 곧 과학실의 자신을 이해하는 일이 될 터였다.

창수는 골목 모퉁이에 몸을 숨기고 은주의 집을 쳐다보았다. 얼마 되지 않아 누군가 나왔다. 은주가 아닌 중년의 남자였다. 창수는 그가 은주의 남편이라는 것을 알았다. 은주의 남편은 한없이 사람 좋아 보이는 얼굴을 하고, 머리에 밀짚모자를 덮어쓴 채 손에는 갖가지 도구가 든 가방과 농약병을 들고 근처 텃밭으로 가는 길이었다.

창수는 그 농약병 안에 든 성분을 조사하면 택시 기사를 죽인 것의 성분과 일치할 것이라는 데 목숨까지 걸 수 있다고 생각했다. 사람을 죽이고 저런 증거를 태연하게 집 안에 두다니. 창수는 은주의 무신경에 어처구니가 없었다. 대담함에 비해 영리함은 엄청나게 떨어지는 여자라고 창수는 생각했다. 아마 경찰이 농약병부터 조사할 것임을 생각조차 하지 않든지, 아니면 조사해도 잡아떼면 될 것이라고 속 편하게 생각하고 있을 게 분명했다. 그렇다고 창수가 은주에게 농약병을 치우라고 충고할 수도 없었다. 은주에게 자신이 진짜 목격자라고 알릴 생각은 추호도 없었다.

창수는 산책하는 척하며 텃밭 주변을 맴돌았다. 텃밭은 꽤 넓은 크기였다. 은주의 남편은 농약병과 도구들을 한쪽에 두고는 분무기로 텃밭에 농약을 뿌리기 시작했다. 창수는 주변을 둘러보고 아무도 없다는 것을 확인한 후, 슬그머니 농약병을 집어 들고 와버렸다.

이제 은주의 주변에서 농약병을 찾아내지는 못할 것이다. 창수는 자신이 은주를 지켜주었다는 뿌듯함에 잠시 사로잡혔다. 집으로 돌아온 창수는 변기에 농약을 모두 버리고 농약의 성분을 노트에 메모했다. 그리고 농약병은 재활용 쓰레기 봉투 안으로 들어갔다.

　　　　　　　　　　　*

　　은주와 통화가 된 것은 창수가 파출소장을 만난 다음 날이었다.
은주의 목소리에는 억양이 없었고 아무런 감정도 전달되지 않았
다. 창수는 같이 커피를 마시자고 청했다.

　　"왜 내가 당신과 커피를 마셔야 하죠?"

　　"왜 마시면 안 되죠?"

　　"혹 나한테 지금 작업 거는 거예요?"

　　창수는 푸하하 웃음을 터트렸다. 은주 입장에서는 그렇게 생각
할 수도 있겠다 싶었다.

　　"이야기가 하고 싶은 건데, 이게 작업이라면 작업이라고 해두죠."

　　창수는 솔직하게 이야기했다. 은주는 잠시 망설이는 것 같더니
결국 나오겠다고 했다.

　　은주는 동네에 새로 생긴 커피숍 '성(城)'에서 만나기로 창수와
약속했다. 자신이 지금 무엇을 하는지 잘 알 수 없었지만 저녁 식
사를 마친 은주는 비와 어둠과 뿌연 가로등 불빛이 뒤섞인 도로를
걸어갔다. 창수는 미리 와서 기다리고 있었다. 은주는 창수 앞에
앉아 실내를 둘러보았다. 성은 낮에는 커피와 간단한 케이크, 밤에
는 칵테일과 와인도 파는 유럽식 카페, 한마디로 이 동네와는 철저
하게 어울리지 않는 곳이었다. 아마 새로 생긴 아파트 단지의 여자
들을 겨냥하고 문을 열었겠지만 손님은 거의 없는 듯했다. 세련되
고 화사한 인테리어에 어울리지 않게 프란츠 카프카의 음산한 사
진이 벽에 걸려 있었다.

"카프카 좋아하세요?"

은주는 창수의 질문이 좀 의외라는 듯 창수를 쳐다보았다.

"읽어본 적이 없어요."

"정말? 「변신」도 안 읽었어요? 그건 청소년 권장도서인데요. 청소년이 읽기엔 좀 잔인한 이야기지만."

"고등학교 때 삼중당 문고판으로 『심판』을 읽다 지루해서 포기했어요. 그게 다예요."

"카프카는 좀 이상한 사람이었어요. 두 명의 여자와 약혼했다 파혼했는데, 그 여자들은 정말 카프카와는 맞지 않는 상대였어요. 첫 약혼녀는 성실한 직장인이었고, 두 번째 여자는 그저 밝고 건강한 여자였다는데 카프카처럼 복잡한 인간과는 통하는 데가 없는 사람들이었죠. 카프카는 그 자체로 모순덩어리였어요. 그녀 없이는 살 수 없지만 그녀와 함께도 살 수 없다. 뭐 이런 식이죠. 결혼해서 안정을 누리고 싶어 하면서도 성욕은 두려워한, 아주 엄격한 금욕주의자였죠. 근데 정말 묘한 건 그 사람 소설을 읽어보면 주인공들이 어딜 가나 관능적인 여자를 만나고, 그 여자들한테 낚여서 이리저리 휘둘린다는 거예요."

"카프카를 좋아하시나 봐요?"

"네, 좋아하죠."

"왜요?"

"이해할 수 없으니까. 이해할 수 없고, 설명할 수 없고, 너무너무 알고 싶지만, 속속들이 알고 싶지만 절대로 그럴 수가 없어요. 답답하죠."

"답답함이 좋아요?"

"나를 애태우게 하니까."

"그럼 나는 우리 시아버지를 좋아하는 거네."

"네?"

"아니에요."

창수는 계속 카프카의 삶에 대해 이런저런 이야기를 늘어놓았다. 은주는 듣고만 있었다. 창수의 이야기는 벽을 향해 친 테니스공처럼 침묵으로 창수에게 되돌아왔을 뿐 은주의 얼굴에서는 어떤 이해나 공감의 흔적을 찾아낼 수 없었다. 창수는 입을 다물었다.

주인이 커피를 가져오자 은주는 창수보다는 커피숍에 더 호기심이 가는 듯 주인에게 이것저것 물어보았다. 언제부터 시작했느냐, 케이크는 직접 굽느냐, 직접 굽는다면 언제부터 배웠느냐 등등. 창수는 은주가 주인과 이야기를 나누는 모습을 가만히 지켜보았다. 사람 죽이고 저런 이야기가 하고 싶을까, 창수는 하도 신기해서 웃음이 나왔다.

찬찬히 보니 은주는 제법 모양을 내고 나왔음을 알 수 있었다. 평소와는 달리 긴 머리를 질끈 고무줄로 묶지 않고 얌전하게 어깨 위로 늘어뜨린 데다 옷도 집에서 입는 것이 아니라 신경 쓴 듯한 차림이었다. 화장도 약간 했다.

"예쁘게 차리셨네요."

"예쁘기는 뭐가……."

은주는 정말 쑥스러워했다. 그리고는 이내 덧붙였다.

"젊은 남자와 커피 마시며 이야기할 기회가 자주 있을 것 같지 않은데, 최소한의 성의는 보여야죠."

"얘기 들었어요? 뒷산에서 어떤 남자가 자살했대요."

순간 은주의 눈 안에 어떤 그림자 같은 것이 스쳐 지나갔다고 생각한 것은 창수 혼자만의 느낌이었을까. 이내 은주의 얼굴에서는 아무것도 읽을 수 없었다.

"얘기만 들었어요. 옆방 아줌마한테서."

"아는 사람이에요?"

"몰라요. 그런데 왜 날 보자고 했어요?"

"직접 얘기했잖아요? 작업 거는 거라면서요?"

"왜 나한테 작업을 걸어요?"

"왜 당신한테 걸면 안 되는데요?"

"나는 나이도 많고."

"그건 요즘 트렌드예요."

"그다지 예쁘지도 않고."

"그렇지만 묘한 데가 있죠."

"어떤?"

"그걸 정확하게 말할 수 있으면 묘한 데가 아니죠. 너무 그렇게 따지지 마요, 같이 자자는 것도 아니고 그냥 얘기나 하자는 건데."

"같이 자자면 몰라도 그냥 무슨 할 얘기가 있어요?"

"그럼 같이 잡시다. 자면서 얘기합시다."

그제야 은주가 웃었다. 창수는 작업 거는 남자의 자세를 한껏 갖추고 은주에 대해 여러 가지를 물어보았다. 은주는 하나같이 무난하고 평범한 대답만 했다. 은주는 그다지 넉넉하지 않은 집에서 삼

남매 가운데 큰딸로 자랐으며, 평범한 대학의 불문과를 졸업했고, 가까운 미래에 조그만 식당을 하나 차리길 원하며, 남편과는 무난하게 지내고 있었다. 그 무난의 범위 안에는 무척 많은 모습이 있을 것이라고 창수는 생각했다. 지극히 평범한 아줌마의 껍질 아래 비인간적인 공격성과 철저한 이중성, 사람을 죽이고도 눈 하나 깜빡하지 않는 무심함이 자리 잡고 있다고 생각하니 창수는 거의 전율을 느꼈다. 그 전율은 기막히게 아름다운 여자를 발견했을 때 느끼는 충격과도 유사했다. 평범한 말만 골라 하면 할수록 은주는 더 신비롭게 보였고, 은주 앞에서 자신은 너무나 평범한 인간인 듯한 겸손한 마음이 들었다.

"소설 쓴다고 했죠?"

"네."

"어떤 이야기예요?"

창수는 사실 은주가 그 이야기를 물어주길 내심 바라고 있었다. 창수는 아주 조심스럽게 단어를 골라가며 이야기했다.

"그러니까 어떻게 보면 비정상적이라고 할 수 있는 이야기인데요. 멀쩡해 보이는 사람, 너무나 평범한 사람이 어느 날 아무런 이유 없이 살인을 하게 되고, 그게 점점 더 걷잡을 수 없는 사태로 커져가는 얘기예요."

은주는 아무런 표정 변화도 없이 담담하게 말했다.

"재밌네요. 근데 정말 이유가 없어요?"

"살인 동기가 없느냐고요?"

"네. 어떻게 아무런 이유 없이 살인이 일어날 수 있어요? 주인공은 몰라도 작가는 알고 있을 것 같은데요."

"그렇죠. 그게 문제예요. 저는 잘 설명을 못하겠어요. 당신이 한 번 해봐요."

"뭘요?"

"당신이라면 어떤 이유로 사람을 죽일 것 같아요?"

"사람을 왜 죽여요?"

은주는 너무나 상상 밖이라는 표정으로 반문했다. 창수는 웃었다. 잠시 잊고 있었지만 이 여자는 정말 재미있는 여자였다.

"가정해보자는 거죠. 만약 당신이 사람을 죽인다면?"

은주는 잠시 생각했다. 창수는 은주의 얼굴을 뚫어져라 쳐다보았다. 은주의 표정에서는 어떤 공포나 후회, 불안이나 두려움의 흔적을 찾아볼 수 없었다.

"기회가 되고."

"또?"

자신도 모르게 창수의 윗몸이 은주 쪽으로 기울어졌다. 창수는 마른 침까지 몰래 삼켰다.

"아무에게도 들키지 않는다는 보장하에서."

"하에서?"

"그런 조건하에서, 내가 알지 못하는 어떤 충동에 사로잡히면. 그럴 때 있잖아요. 남자가 관능적인 여자 앞에서 맥을 못 추듯이, 그렇게 뭔가가 나를 확 덮치면."

"그런 적 있어요?"

"당신은요? 당신은 누군가를 죽이고 싶다는 충동에 사로잡힌 적 없어요? 있죠?"

갑자기 창수는 말문이 막혔다. 과학 선생이 떠올랐다. 어쩌면 은주가 그 일을 다 알고 있을지 모른다는 생각이 들었다. 창수의 심장이 격렬하게 뛰었다. 창수 안에 있는 것은 은주 안에 있는 것과 같았고, 그에게 일어났던 무엇이 바로 은주에게도 일어났던 것임이 분명했다. 그것이 무엇이든.

창수는 은주의 눈을 똑바로 쳐다보며 물었다.

"정말 충동 그 이상도 이하도 아닌 걸까요, 사람을 죽인다는 게?"

은주도 창수를 가만히 쳐다보면서 무언가를 생각하는 표정을 지었다. 그것은 망설임이나 두려움이 아니라 순수하게 생각하는 얼굴이었다. 이윽고 은주가 입을 뗐다.

"모르겠어요. 작가가 생각해내세요. 당신이 만들어낸 인물이잖아요."

"내가 만들었다고 해서 다 알 수 있는 게 아니에요. 인물을 만든다는 것은 어떤 사람을 새롭게 사귀는 것과 같아서 점점 알아가는 거죠. 근데 난 지금은 도저히 알 수가 없어요."

은주가 방긋 웃으며 대답했다.

"알아가다 보면 정말 사랑하게 되고, 그럼 더 많이 알게 되겠죠."

'내가 완전히 낚였군.'

창수는 속으로 생각했다.

은주는 잠시 더 앉아 있다 큰아이가 학교에서 돌아올 시간이라며 자리에서 일어섰다.

"다음에 또 만날 수 있어요?"

은주는 조금 망설이다 고개를 약간 끄덕였다.

"다음에는 다른 데서 만나요. 여긴 우리 동네라 사람들 눈에 띌까 신경 쓰여요."

"우리가 뭐 못할 짓이라도 했어요?"

"아직은 아니죠."

은주의 마지막 말은 꽤나 선정적으로 들렸다.

집으로 돌아온 창수는 컴퓨터 앞에 앉아 미친 듯이 자판을 두드리기 시작했다. 그토록 떠오르지 않던 이야기가 줄줄 풀려나왔다. 정확하게 말하자면 창수의 머릿속에서 풀려나온 것이 아니라 은주를 글로 옮기는 것이었다.

창수는 새벽이 다 되도록 컴퓨터 앞을 떠나지 않았다. 어디선가 어린아이의 울음소리 같은 고양이 소리가 끊임없이 들려왔다. 쓰다가 지쳐 침대 위로 고꾸라지면서 창수는 처음으로 자신이 정말 소설을 쓸 수 있겠다는 믿음이 생겼다. 은주에게 정말로 고마웠다.

은주가 항상 열려 있는 대문을 지나 마당을 걸어갈 때 시아버지의 목소리가 들려왔다. 열려 있는 창문으로 흘러나오는 목소리였다.

"돈을 어디다 쓰게?"

"그냥 좀 쓸데가 있어요."

"뭔데? 또 사업 벌이려고?"

"아니에요. 아는 선배가 적극 추천하는 종목이 있어서 조금만 사

두려고요. 확실한 종목이래요."

"세상에 확실한 게 어딨어? 내가 말했잖아. 내일 해가 동쪽에서 뜰지, 서쪽에서 뜰지도 모르는 게 세상일이야."

"제가 꼼꼼하게 따져봤어요."

"운이란 건 네가 어떻게 해서 불러들일 수 있는 게 아냐. 하늘이 던져주는 거지. 그게 걸리면 대박이 날 수 있지만 아니면 쪽박을 찰지도 모르는 거지. 정 사고 싶거든 반만 가져가."

"그러지 말고 다 주세요. 몇 천밖에 안 하는 돈인데."

"반만 가져가."

"알았어요. 그리고 애들 엄마한테는 얘기하지 마세요."

"그런 얘길 며느리한테 왜 해? 돈 얘기는 할 필요 없다."

"네."

은주는 창문 아래 조용히 서 있었다. 호성은 돈을 어디다 쓰려는 것일까. 주식 이야기도 한 적이 없지만, 은주가 아는 한 호성이 선배를 만난다는 것도 금시초문이었다.

그러나 그것보다 은주를 더욱 실망시킨 것은 자신과 돈 얘기는 할 필요 없다는 시아버지의 말이었다. 결론적으로 시아버지는 은주에게 식당을 차려줄 의사가 전혀 없었던 것이다.

은주는 현관문을 열고 집 안으로 들어갔다. 딸아이가 주방에서 라면을 끓이고 있었다.

"오빠는?"

"몰라. 방에서 자겠지 뭐. 엄마, 근데 얘기 들었어?"

"뭐?"

"우리 동네에 연쇄 살인범이 산대."

"무슨 소리야, 그게?"

"학원에서 들었는데, 지난번에 개천에서 죽은 남자 있잖아. 그리고 며칠 전에도 뒷산에서 남자가 죽었잖아. 그 남자들한테 공통점이 있는데, 둘 다 나이가 들었고, 술을 마시고 있었고, 둘 다 악랄한 인간들이었대."

"악랄하다니?"

"개천에서 죽은 남자는 집에서 엄청난 독재자였고, 뒷산에서 죽은 남자는 마누라를 하도 때려서 마누라가 가출해버렸대. 그 남자 딸이 우리 반 애 언니의 친구였대. 그래서 잘 안대. 그리고 둘 다 타살의 흔적이 없잖아. 근데 그게 사실은 연쇄 살인이래. 연쇄 살인범의 완전 범죄. 학원에서 난리가 났어."

"왜 난리가 나?"

"짜릿하잖아. 『CSI』에 나오는 연쇄 살인범이 우리 동네에 있다는데 엄마는 짜릿하지 않아?"

"그게 무서운 거지 짜릿한 거야? 밤에 많이 먹으면 살쪄. 조금만 먹어."

은주는 이 층의 큰아이 방으로 올라갔다. 큰아이는 책상 앞에서 노트에 그림을 그리며 혼잣말을 중얼거리고 있었다. 말이라기보다는 음향에 가까웠다. 아마도 아이는 게임의 한 장면을 그림과 소리로 재현해내고 있는 것 같았다.

"뭐 하니?"

"부숴라! 너의 일상은 파괴된다. 절대자의 힘에 의해, 너의 운명

은 개박살이 날 것이다. 피유유유웅, 파바바바박. 죽는다고 울지
마. 더 큰 힘에게 너를 바치는 것뿐이야. 파파팡!"

은주의 기척도 느끼지 못한 채 아이는 완전히 자기 세계에 빠져
있었다. 어릴 적부터 늘 혼잣말로 중얼거리기를 잘하고 그걸 못 하
게 하면 짜증을 부리던 아이였다. 언제부터인가 은주는 큰아이에
게 공부라든가 진학이라든가 하는 잔소리는 포기하고 그저 집에만
제시간에 잘 들어와주면 만족하도록 적응이 되어 있었다. 은주는
조용히 문을 닫고 나갔다.

"다 죽여도 상관없어. 그게 무슨 대수야!"

아이가 혼자 떠드는 소리가 들렸다. 은주는 일 층으로 내려가 욕
실로 들어갔다. 어쩌면 오늘 만난 젊은 청년과 자신이 같이 자게 될
지도 모른다는 생각이 들었다. 같이 자면 자는 거지 뭐. 그게 뭐 대
수라고. 은주는 그렇게 생각하며 옷을 벗었다.

그날 밤 흩뿌리던 비는 돌풍을 동반한 폭우로 바뀌었다. 밤새 창
문이 부서질 듯 흔들리는 통에 은주는 잠을 설쳤다. 새벽이 되자
비바람은 조금 잦아드는 듯했다. 은주는 닫아두었던 창문을 다시
열고 아침 식사를 준비했다.

잘못된 이론도 우주를 설명할 수 있다

창수는 그날 이후로 종종 은주에게 전화를 걸었다. 처음 은주는 혹 남편이 있을 때 창수가 전화를 할까 봐 은근히 겁이 났지만 그 염려를 아는 듯 창수는 항상 먼저 문자를 보냈다. 그러면 은주는 바람을 쐬는 척하고 밖으로 나가 전화를 받았다. 창수는 은주의 일상, 몇 시에 밥을 먹고, 무엇을 해 먹고, 밥때 사이에는 무엇을 하는가와 같은 하찮은 이야기에서부터 은주의 학창 시절과 대학 다닐 때 남편 외에 사귄 남자는 없었는지, 부모와의 관계는 어땠는지, 남편과의 성관계는 원만한지, 심지어 죽 끓이는 방법까지 별의별 것을 다 물어보았다. 소설의 주인공이 사십 대 주부라고 창수는 설명했다.

은주는 자신의 사생활을 시시콜콜 이야기하는 것을 좋아하는 사람은 아니었지만, 창수가 묻는 말에는 별 저항 없이 대답했다. 은주가 이야기하는 도중 머뭇거렸다면 그것은 창수의 질문들이 전혀 생각해본 적 없는 것이었기 때문이었다. 은주는 창수의 질문을 받으며 그제야 자신에 대해 생각해보곤 했다.

"당신은 지극히 상식적인 사람 같아요. 그게 더 재밌어요."

지극히 상식적인데 왜 재밌을까, 은주는 갸우뚱하면서도 따져 묻지 않았다. 그게 재밌을 수도 있는가 보다 생각했다.

두 사람은 카페 성 앞을 지나 아파트 단지로 갔다. 성에는 주인 사정으로 며칠간 휴업한다는 쪽지가 붙어 있었다. 인적이 드문 우회 도로를 지날 때 창수는 쇠계단이 위태롭게 걸려 있는 자신의 방을 손으로 가리켜 보여주기도 했다. 아파트 단지는 고작 은주의 동네에서 일 킬로미터쯤 떨어져 있는 곳이지만 아파트 단지와 동네를 경계 짓는 팔 차선 도로를 건너가는 것만으로도 전혀 다른 세상에 온 듯한 해방감과 편안함이 느껴졌다. 두 사람은 아파트 단지 안의 어린이 놀이터에 앉아서 이야기를 나누었다. 어린이 놀이터에는 아무도 없었다. "당신이 꿈꾸는 모든 것"이라고 쓰인 현수막만 바람에 날리고 있었다.

"당신을 보면 생각나는 노래가 있어요."

창수는 자신의 휴대폰과 연결된 이어폰 한 짝을 은주의 귀에 끼워주었다. 그리고 다른 한 짝은 자신의 귀에 꽂고 MP3 파일을 재생했다.

Ten false philosophies will fit the universe,
  ten false theories will fit the mystery.

But we want the real explanation of this mystery and the universe.

But there are no other exhibits? No other exhibits?

갖가지 엉터리 철학이 우주를 설명할 수 있고,

갖가지 엉터리 이론이 수수께끼를 푸는 데 들어맞지.

그러나 우리는 이 수수께끼와 우주에 대한 진정한 설명을 원해.

그런데 또 다른 증거는 없을까? 또 다른 증거는?•

"제목이 뭐예요?"

"하이브리드 시어리.•• 혼종 이론."

"제목도 어렵고, 가사도 어려워요."

"'이 세상은 이해할 수 없는 것이다' 정도로만 이해하면 돼요. 그렇지만 사람들은 설명하고 싶어 하죠. 이해하고 싶어 하고. 내가 당신을 항상 궁금해하듯이."

노래는 전혀 은주의 취향이 아니었지만—사실 은주는 뚜렷한 취향이랄 만한 것도 가지고 있지 않았다—청수의 설명을 들으니 왠지 심오한 가사 같았고, 좋은 노래 같았다. 노래보다 더 좋았던 것은 이어폰을 나누어 낀 까닭에 자신의 얼굴과 바짝 다가와 앉은 자세로 노래를 따라 흥얼거리는 청수의 얼굴이었다. 여드름 한 번

• G. K. 체스터턴, 「이즈리얼 가우의 명예(The Honour of Israel Gow)」. 듀나, 『면세구역』(국민서관, 2000)에서 변형하여 재인용.

•• 린킨 파크의 앨범 『Hybrid Theory』에서 따옴.

난 적이 없을 것 같은 매끈하고 흰 얼굴과 웃을 때 드러나는 가지런한 치아가 은주의 마음속에 슬픔 같은 것을 만들었다.

그 슬픔은 언제나 불안으로 이어졌다. 은주는 자신의 어떤 것이 창수로 하여금 집중하게 만드는지 알 수 없었다. 그러나 누군가가 자신을 기다리고, 자신의 이야기를 듣고 싶어 하고, 자신에 대해 궁금해하는 것 자체가 은주에게는 상당한 설렘이었기 때문에 그것의 정체를 알고 그것이 사라지지 않도록 자기 안에 붙잡아두고 싶었다. 하지만 정체를 알 수 없기 때문에 은주는 불안했다.

경찰이 다시 은주를 찾아온 것은 은주가 창수에 대해 생각하느라 박정기의 죽음에 대해서는 까마득히 잊어버리고 있던 때였다. 동네 사람들에게 그것은 자살로 결론이 났다는 소문을 들었기 때문에 은주는 완전히 마음을 놓고 있었다. 게다가 그 며칠 사이 시아버지의 건강이 좋지 않아 은주의 신경은 온통 그리로 집중되어 있었다. 그 전에도 시아버지의 건강이 악화된 적은 여러 번 있었지만 이번에는 좀 달랐다. 기력이 눈에 띄게 나빠져 시아버지는 거의 눈을 뜨지 못했고, 은주가 뭐라고 말을 해도 잘 알아듣지도 못했다. 무엇보다 며칠째 시아버지는 평소 식사량의 절반도 먹지 못했다.

"노인네가 먹는 게 줄어들면 돌아가시는 거야."

은주는 친구들이 했던 말을 떠올리며 시아버지에게 가지고 갈 죽을 새로 끓였다. 그동안 은주는 죽음에 관한 속설들을 수없이 들었다. 노인이 잠을 많이 자면 죽지 않는다, 귀가 어두워지면 오래 산다, 수의를 해두면 더 오래 산다 등등. 시아버지는 호시탐탐 자신을 노리는 죽음의 신과 싸우듯 모든 속설들을 철저하게 따랐다.

곱게 수의를 해두고, 늘 잠을 못 잔다고 불평하면서도 언제나 자고 있었고, 점점 귀가 어두워졌다. 그러나 그 누구도 정해진 결론을 피해 갈 수는 없을 것이다. 은주는 그렇게 중얼거리며 가스레인지 앞에서 천천히 죽을 저었다.

초인종 소리가 울린 것은 그때였다. 은주보다 호성이 먼저 나갔다. 그리고 지난번의 두 형사가 현관을 통해 들어왔다.

최형사는 한창 화제가 되고 있는 의사 부인 살인 사건을 지원하는 데 투입되었었다. 최형사가 보기에 의사 부인 사건은 단순한 사건이었다. 복잡한 것이 있다면 법의학적인 증명일 뿐, 진상은 누가 봐도 남편이 범인이었다. 최형사는 자신의 직관을 믿는 사람이었다. 그의 직관으로 볼 때 이해할 수 없는 것은 강인학과 박정기의 죽음이었다. 표면적으로 두 사건은 아무런 관련이 없는 것 같지만 최형사는 분명 두 사건 사이에는 연결되는 부분이 있을 것이라고 생각했고, 그 연결이란 다름 아닌 이은주라는 생각이 떠나지 않았다. 또한 최형사는 운명 같은 것을 믿는 사람이었다.

"될 것은 되고야 만다."

최형사는 언제나 그렇게 말하고 다녔다. 미제 사건으로 결론이 난다 하더라도 어떤 사소한 계기, 사소한 단서가 나타나 뒤집힐 가능성은 얼마든지 있다. 그것은 그 사건의 운명이고, 운명은 사소한 우연이 결정한다고 그는 믿었다.

강인학과 박정기의 죽음은 그냥 묻힐 운명이 아니었다. 박정기의 전처가 슈퍼마켓 주인의 손을 끌고 최형사를 찾아온 것이었다. 박정기의 전처는 처음부터 자살이라는 결론을 받아들이지 않았다.

"애 아빠가 자살할 리가 없어요. 애 점심 값은 안 줘도 자기가 먹는 영양제는 빼먹지 않고 챙기던 인간이었다고요. 그런 인간이 자살을 왜 해요? 저랑 이혼하고 딸이 가출해서 절망했다고요? 저 재결합하려고 했어요. 그랬더니 혼자 사니까 정말 편한데 어딜 다시 기어 들어오느냐면서 법원에 접근 금지 신청하겠다고 했어요. 못 믿으시겠어요? 그 사람 친구가 같이 들었어요. 물어보세요."

"아주머니, 우리가 알아본 바에 의하면 박정기 씨가 죽기 얼마 전 생명보험에 들었던데, 혹 그거 때문 아닙니까? 가입 이 년 이내에 자살하면 보험금이 안 나오니까."

박정기가 남긴 것은 그나마 은행에 저당이 잡혀 있는 스물 몇 평짜리 빌라와 생명보험 하나뿐이었지만 그것만이라도 지켜야겠다는 그녀의 의지는 수십억의 유산을 상속받은 사람의 그것보다 더 강했다. 이혼했으니 손 떼라는 시집 식구들의 협박에도 불구하고 온 동네를 헤매고 다니며 박정기가 자살할 사람이 아니라고 진술해줄 사람을 찾던 끝에, 지성이면 감천이라고 하필이면 슈퍼마켓 앞의 파라솔 밑에서 맥주를 마시며 누구에게랄 것도 없이 신세 한탄을 하던 그녀의 목소리가 슈퍼 주인의 귀에 들어간 것이었다.

"조금 찜찜한 일이 있긴 했는데……. 근데 그건 사건과는 아무런 상관이 없는 것 같은데……."

"그게 뭔데요?"

박정기의 전처는 나름대로 남자들에게 인기가 있다고 믿고 있었기 때문에 슈퍼 주인에게 찰싹 달라붙어 매달리고 사정하기를 주저하지 않았고, 슈퍼 주인은 원래 여자에게 약한 성격이었기 때문에 박정기가 이은주를 협박했다는 사실을 술술 말해주었다. 그러자 박정기의 전처는 다짜고짜 슈퍼 주인을 끌고 경찰서로 쫓아갔다.

"그러니까 이은주가 협박을 받고 있다고 말했고, 박정기의 사진을 찍어 전송했다는 말이죠? 그게 정확하게 언제였습니까?"

"박정기가 죽기 며칠 전이었죠. 저는 자살이라기에 이 사건과 무관한 줄 알았는데……."

하지만 무관하지 않았다. 무관하지 않을 뿐 아니라 어쩌면 결정적이었다. 슈퍼 주인의 진술은 최형사가 기다리고 있던 바로 그 계기이자 단서였다. 최형사는 그다지 내켜하지 않는 김형사를 데리고 은주의 집으로 갔다.

최형사는 이번에는 집의 외관과 내부를 찬찬히 살펴보았다. 집은 너무 크고 너무 낡아 기괴할 뿐 아니라 서글픈 느낌까지 주었다. 어린 시절 최형사가 살던 동네에도 그런 집이 있었다. 주변에 다닥다닥 붙어 있는 가난한 집들과는 어울리지 않게 담에는 쇠창살을 달고 위압적인 크기와 무게로 서 있던 집. 그 집 앞을 지나칠 때마다 도대체 이런 집에는 어떤 사람이 살까 최형사는 항상 궁금했었다. 가끔 열리는 대문 너머로 보이는 마당에는 파란 잔디가 깔리고 그 잔디를 밟고 대문을 나서는 사람들은 마치 별세계에 사는 존재처럼 보였다. 그 너머가 너무나 궁금해서 일부러 담 너머로 공을 던지고 초인종을 눌렀던 적도 있었다. 그때 끝내 대문은 열리지 않았고 담 안의 누군가 역시 담 너머로 공을 던져 되돌려주었다. 그때 공을 던져준 사람도 호성과 같은 사람일지 몰랐다.

"죄송합니다. 또 찾아오게 됐네요."

김형사가 집 안으로 들어서며 싹싹하게 말했다. 집이 커서 그의 목소리가 울렸다.

"무슨 일이시죠?"

"이은주 씨, 혹 박정기라는 택시 기사 아십니까?"

"몰라요."

"정말 모르세요?"

"네."

"알면서 왜 이러십니까? 이은주 씨를 협박한 남자 아닙니까? 슈퍼마켓 주인한테 누군가 이은주 씨를 협박한다며 사진을 찍어 전송해달라고 직접 부탁하셨다면서요. 슈퍼마켓 주인은 그래서 택시 기사 박정기의 사진을 찍어서 전송했고요."

"아, 그 사람. 제가 이름을 몰랐어요."

"그러셨군요."

김형사는 고개를 끄덕이며 은주를 쳐다보았다. 호성이 놀랍고 불쾌하다는 음성으로 물었다.

"협박이라니, 무슨 말이야?"

"별거 아냐. 장난 전화 같은 거였어."

"장난 전화를 받고 어떻게 하셨죠? 찾아가서 따지셨나요?"

"처음에는 그렇게 하려고 했지만 관뒀어요."

"왜요?"

"그 사람이 잡아떼면 할 말이 없는 데다 괜히 싸우기라도 하면 제가 경찰서에 다녀온 것만 소문나잖아요. 어차피 소문은 다 났지만……."

"그 사람이 며칠 전 뒷산에서 사체로 발견된 건 아시죠?"

"누가 죽었다고 듣긴 했는데 그 사람인 줄은 몰랐어요."

"별로 안 놀라시네요."

"왜 놀라야 하는데요? 저하고 아무 상관 없는 사람인데요. 아, 잠시만요."

은주는 갑자기 죽 생각이 나서 후다닥 부엌으로 뛰어갔다. 사건보다는 집에 더 관심이 있는 듯 이리저리 둘러보기 바쁘던 최형사가 말했다.

"나무 창문 참 오랜만에 보네요. 이 집을 언제 지었습니까?"

"제가 초등학교 사 학년 때니까 칠십사 년도인가? 그 정도일 거예요."

"그땐 참 보기 드문 집이었겠네요."

"오히려 요즘 더 보기 드물죠. 요즘 누가 이렇게 큰 집을 그냥 두나요?"

"하긴……. 마당 좀 구경해봐도 되죠?"

"그러시죠."

최형사는 밖으로 나가고, 은주가 주방에서 다시 나왔다. 호성이 김형사에게 양해를 구했다.

"저희 아버님이 편찮으셔서 집안이 어수선합니다. 가능한 한 빨리 끝내주세요."

"네, 알겠습니다. 이은주 씨, 지난 화요일 열한 시경에 어디에 계셨습니까?"

"그 시간이면 보통 집에 있거나 아니면······."

"뒷산에 운동을 가시죠?"

"네."

"그날도 가셨죠?"

"기억이 안 나요."

"기억나게 해드릴까요? 뒷산으로 올라가셔서 택시 기사 박정기와 마주치셨죠. 그리고 박정기가 마시는 생탁에 농약을 넣고 내려와서 목욕탕으로 가신 것 아닙니까?"

"아뇨. 제가 왜요?"

"박정기가 협박을 했으니까요. 그래서 박정기를 노리고 있었는데, 박정기가 산으로 올라가는 것을 보고 쫓아간 거죠."

"아니에요. 그 사람이 저에게 전화를 해서 황당한 협박을 한 것은 맞아요. 그렇다고 그 사람을 죽여요? 제가 잘못한 것도 없는데 왜 죽여요?"

"잘못한 게 있다면 사정이 달라지죠. 강인학의 죽음과 이은주 씨가 관련되어 있다면 동기는 얼마든지 있죠."

"그건 이미 다 끝난 이야기 아닙니까? 우리 집사람이 알지도 못하는 남자를 왜 죽이느냐고요? 이런 질문 하시려면 증거를 가져오세요."

호성이 화가 나서 소리쳤다. 그러나 자기 목소리에 놀란 듯 흠칫하며 입을 다물었다. 그때 최형사가 분무기를 들고 들어왔다. 최형사가 분무기의 뚜껑을 열고 냄새를 맡으며 물어보았다.

"이거 농약이죠?"

"그런데 왜 그러시죠?"

"뭘 기르시는데요?"

최형사는 거실창 너머로 온통 시멘트를 살벌하게 발라놓은 마당을 힐끔 보며 말했다.

"집 뒤 공터에 텃밭이 있습니다."

"아, 그렇군요. 그런데 분무기가 있으면 농약병도 있어야 하는데 농약병은 없네요."

"제가 다 써서 버렸습니다."

"직접 버리셨습니까?"

"네. 오래전에 버렸어요."

"이은주 씨는 손 댄 적 없고요?"

"텃밭은 저 혼자 가꾸고 있어요. 집사람은 그런 거 할 시간도 없고요."

"이은주 씨께 물었습니다. 농약병이나 이 분무기에 손 댄 적 없으세요?"

"네, 없어요. 그런 게 있는 줄도 몰랐어요."

"이 분무기는 저희가 잠시 가져가도 되겠죠?"

"좋으실 대로 하세요."

"말씀 다 끝나셨으면 일어나도 되죠? 죽이 끓고 있어서……."

"참, 어른을 모시고 사신다고 들었습니다. 요즘 그런 분들 참 드문데."

최형사가 존경스럽다는 듯 말했다. 빈말이 아니라 진심에서 하는 말이었다. 은주는 대답 대신 다른 곳을 쳐다보았다. 그 표정에서는 아무것도 읽을 수 없었다. 두 형사는 인사를 하고는 현관을 나섰다.

현관문이 닫히자 다시 집 안에 찾아든 정적과 함께 은주와 호성은 눈이 마주쳤다.

"저기……."

은주는 농약병이 어떻게 된 거냐고 물으려다 입을 다물었다. 은주가 농약병에 손을 댔을 때 그 안에는 제법 많은 양의 농약이 남아 있었다. 도대체 그 병은 어디로 간 것일까. 그 병이 사라졌다면 이유는 남편뿐이었다. 혹 호성이 무언가 눈치를 채고 그것을 치웠을까? 설마 호성이 모든 것을 알고 있는 것일까? 은주는 그럴 리는 없다고 생각하며 말을 삼켰다.

호성이 시선을 돌렸다. 아주 잠깐이었지만 벽시계의 초침 소리가 땅바닥이 갈라지는 소리처럼 크게 들렸다. 호성이 은주를 보지도 않은 채 입을 열었다.

"아버지한테 죽 가져다 드려."

"알았어."

호성은 황급히 주방으로 들어가는 은주의 뒷모습을 신경질적으로 쳐다보았다. 처음 호성은 지난번 사건 때문에 경찰이 다시 온 것이라고 생각했다. 그런데 아니었다. 경찰은 며칠 전 뒷산에서 자살했다는 남자의 죽음에 의혹을 가지고 있었다. 처음 은주가 경찰서로 갔을 때, 그때는 말 그대로 황당함을 느꼈을 뿐이지만 이번에는 달랐다. 논리적으로 설명할 수는 없지만 자신의 아내가 두 남자의 죽음과 어쩌면 관련됐을 수 있겠다는 의심이 들었다. 그렇지 않다면 며칠 전에 분명히 자신이 쓴 농약병이 왜 사라지고 없는 것인가. 은주가 농약병을 치웠음이 분명했다. 무슨 이유로 아내는 농약병을 치웠다는 말인가.

은주가 주방에서 죽을 뜨느라 달그락거리는 소리가 들렸다. 호성은 그 소리에 귀를 기울였다. 마치 그것만이 가장 중요한 일이라는 듯이.

*

은주의 집에서 나온 최형사와 김형사는 근처 시장에서 이른 점심을 먹다가 동시에 입을 열었다.

"진짜 이상하지 않아요?"

"그래, 이상해."

"윤창수 말씀하시는 거죠?"

"그래. 박정기는 목격자가 아니야. 그러니 협박을 했을 리도 없어."

"그럼 협박은 누가 했느냐는 거죠."

"이은주가 강인학을 죽였다고 생각하는 사람이지. 윤창수뿐이야. 근데 말이야."

"뭐요?"

"왜 우리는 강인학과 이은주의 관계만 생각했지? 좀 전에 이은주 집에서 느낀 건데 말이야, 이은주는 강인학의 아들과 또래야. 무슨 말인지 알겠어?"

"아하! 이은주가 강인학의 아들과 무슨 관계가 있다면, 그 아들은 아버지랑 사이가 더럽게 안 좋으니까……."

"강인학을 죽이고 싶지 않을까?"

김형사는 선배 최형사를 존경의 눈빛으로 쳐다보았다. 남들이 뭐라고 해도 경찰은 이런 맛에 하는 것이다. 다른 사람이 볼 수 없었던 사건의 이면을 들여다보고, 해답을 찾아내는 것. 두 형사는 가슴이 뛰었다.

"윤창수를 만나봐. 분명 이은주에게 전화를 했을 거야."

"그렇지만 더 중요한 건 강인학의 아들이죠."

"그렇지. 그 둘의 관계가 드러나면 이은주를 잡아들일 수 있어."

김형사는 밥을 먹다 말고 창수에게 전화를 걸었다. 한참 만에 창수가 전화를 받았다. 전날 과음이라도 했는지 목소리에 피로와 졸음이 잔뜩 묻어 있었다.

"지금 좀 찾아가도 될까요?"

"안 돼요. 오지 마세요."

"수사상 드릴 질문이 있습니다."

"그럼 찾아가도 되느냐고 왜 물어보는 거죠? 그냥 찾아오겠다고 하면 될 일을."

"더럽게 까칠하게 구네."

김형사는 전화를 끊으며 구시렁거리고는 후다닥 남은 밥을 먹어치웠다.

"어디든 웬만하면 된장찌개는 먹을 만한데 이 동네는 이것도 맛이 없어요."

"장사가 안 되면 맛도 없어져."

카드도 안 되는 식당이어서 김형사는 자기 돈으로 밥값을 내고 간이 영수증을 받았다. 최형사는 식당 밖에 먼저 나가 이쑤시개를 물고 있었다. 김형사가 영수증을 지갑 안에 챙겨 넣으며 나가자 최형사가 저만치 걸어가는 아이들을 턱으로 가리키며 말했다.

"애들이 재밌는 얘기를 하네."

"뭐라는데요?"

"이 동네에 연쇄 살인범이 산다는 거야. 강인학과 박정기 사건을 말하는 것 같아."

"드라마를 너무 많이 봐서 그래요."

"어쨌든 실족사니 자살이니 하는 걸 안 믿는다는 거 아니겠어?"

최형사는 마치 자신이 옳다는 것이 증명이라도 된 듯 흐뭇해했다.

"내가 이걸 해결하면 의사 부인 살인 사건보다 더 떠들썩할걸. 시아버지 모시고 사는 평범한 주부의 대담한 연쇄 살인. 뭔가 우리 사회의 숨어 있는 막장을 보여주는 것 같지 않아?"

"그걸로 진급도 하시고요."

"진급이야 부수적인 거고. 남들이 별거 아닌 걸로 결론 낸 사건을 내가 파헤친다는 게 핵심이지."

최형사는 끝까지 이은주가 수상하다고 주장하다 반장에게 무참하게 깨진 후 열을 받아서 며칠이나 툴툴댔다. 그 모습을 떠올리며 김형사는 피식 웃었다. 최형사 말대로 이은주의 범행으로 밝혀진다면 그것은 반장에게 보기 좋은 복수가 될 것이다. 최형사도 같은 생각을 하는지 신이 나서 앞장서서 걷기 시작했다.

까칠하게 말했음에도 불구하고 창수가 불러준 약도는 정확했다. 쇠계단을 밟고 올라가는 소리를 들었는지 문을 두드리기도 전에 창수가 문을 열었다. 푸석한 얼굴이 과음이 사실임을 말해주었다.

"혹 제가 목격한 내용 때문에 찾아오셨다면 그건 그냥 없었던 걸로 해주세요."

"없었던 걸로 해달라뇨? 왜 갑자기 진술이 바뀌셨죠? 백 퍼센트 확신하셨잖습니까?"

김형사는 어이없다는 듯 소리쳤다.

"인근을 다 뒤져서 유일하게 인상착의에 맞는 여자라고 하시니 저도 맞다고 한 거죠. 그렇지만 비슷한 용의자가 또 있을 수 있잖아요. 이 동네 사는 사람이 아닐 수도 있고."

"이보세요, 윤창수 씨. 윤창수 씨는 용의자 대조할 때 이은주 씨를 정확하게 짚었습니다. 기억나시죠?"

"감으로 그 여자라는 것을 알았어요. 정확하게 본 건 긴 머리카락을 묶고 있었고, 원피스를 입고 있었다는 것뿐인데, 솔직히 긴 머리도 한둘이 아니잖아요."

김형사는 김이 확 샌다는 표정으로 최형사를 쳐다보았다. 최형사는 창수를 쳐다볼 뿐 아무런 표정의 변화가 없었다.

"이은주 씨한테 전화하신 적 있죠?"

최형사가 물었다.

"네."

창수는 전화 문제로 거짓말할 생각은 애초에 없었다. 통화 기록만 떼보면 다 알 수 있는 내용이기 때문이었다. 형사가 전화를 걸어 만나러 오겠다고 했을 때 혹 그 때문이 아닌가 생각이 들어 미리 대답까지 준비해두었다.

"왜 전화하셨습니까?"

"처음에는 이은주라는 여자한테 화가 났죠. 사람을 죽이고 멀쩡하게 돌아다니니까."

"확신할 수 없다면서요?"

"그때는 범인일 거라고 믿었죠. 하지만 전화해서 제가 협박처럼 몇 마디 떠봤는데 대답하는 투가 죄지은 사람 같지 않더라고요. 내가 현장을 봤다고 하면 꼬치꼬치 캐묻거나 아님 만나자, 돈이 필요하느냐, 뭐 그런 대답이 나와야 하는데 그 여자는 경찰에 전화하지 왜 나한테 했느냐 그러더라고요."

"그래서요?"

"범인이 아닌데 내가 괜히 헛다리 짚은 게 아닌가 싶더라고요. 게다가 경찰도 아닌 내가 계속 관심을 가지는 것도 우습고요."

최형사는 고개를 끄덕이고는 방 안을 둘러보았다. 방 안 한쪽에 싱크대가 붙어 있고, 욕실이 딸려 있는 전형적인 옥탑방이었다. 눈에 띄는 가구라고는 컴퓨터 책상 하나와 침대 하나가 다였다. 가구가 단출하면 삶도 단출할 것만 같아서 최형사는 부러운 마음이 들었다. 최형사의 시선을 느꼈는지 창수가 말했다.

"아무것도 없어요. 밥도 안 해 먹으니까 필요한 것도 없고요."

"그럼 식사는 사서 해결하시겠네요."

"예. 집에서는 라면 정도나 끓여 먹는 게 다예요. 밥 한 끼 해 먹는 데 필요한 게 너무 많잖아요."

"그렇죠, 밥솥이며 쌀통, 냉장고에……."

"혹, 전부터 이은주 씨를 알고 있었던 건 아닙니까? 이은주 씨나 그 가족에게 개인적인 원한 같은 게 없느냐 이 말입니다."

김형사는 최형사와 창수가 나누는 이야기가 쓸데없다고 느꼈는지 다시 사건으로 말머리를 돌렸다.

"그건 왜 물으세요? 제가 무슨 원한이라도 있어서 모함했을까 봐서요?"

"그런 이유라도 있어야 말이 되죠."

"형사님, 형사님은 세상 모든 일이 다 말이 된다고 생각하세요?"

"세상 모든 일이 내 관심사는 아니죠. 나는 범행에 대해 말이 되는 해답을 찾을 뿐입니다."

"그럼 이은주가 범인이 아닌 게 맞잖아요. 도무지 말이 안 되니까."

김형사는 슬슬 짜증이 나기 시작했고, 얼굴에 그것이 드러났다.

"한 가지만 더 물어봅시다. 박정기라는 택시 기사 혹시 모르세요?"

"얼마 전에 뒷산에서 죽은 남자요?"

"네. 알고 지낸 사이 아닌가요?"

"제가 그 사람을 어떻게 알아요? 저 이 동네에 아는 사람 아무도 없어요. 알고 싶지도 않고요."

사건의 새로운 전개에 흥분한 데다, 최형사의 예측이 맞아떨어진 것에 더욱 고무되어 있던 김형사는 김이 팍 새서 쇠계단을 내려갔다. 최형사는 오히려 무덤덤해 보였다.

"저 또라이 새끼. 명문대까지 나와서 소설 쓴다고 처박혀 있는 꼬라지 보면 또라이가 분명하다니까요. 저 새끼한테 뭐 있는 거 아니에요? 수상한데!"

"……"

"형사님은 열 받지 않으세요? 이제 와서 말을 바꾸잖아요!"

"한 가지는 분명하잖아. 강인학은 절대 실족사가 아니야. 이은주가 아닐지는 몰라도 분명 어떤 여자가 강인학의 등을 떠밀었어. 그렇지?"

형사들이 돌아간 후 창수는 커피를 두 잔이나 이어 마셨다. 뜨거운 액체가 위장을 타고 내려가면서 술이 좀 깨는 것 같았다. 열어둔 창문으로 교회의 첨탑이 보였다. 첨탑 위에는 고양이 한 마리가 앉아 있었다. 그러나 그것은 창수의 상상이 만들어낸 그림일 뿐이었다. 이유는 알 수 없지만 창수는 교회의 첨탑을 볼 때마다 그 위를 기어오르는 고양이가 연상되곤 했다. 날카로운 발톱으로 십자가를 움켜쥐고 사냥감을 찾아 어둠 속에서 노란 눈을 반짝거리는 작은 야수. 개와는 달리 수천 년 동안 인간과 같이 살면서도 끝내 사냥 본능을 버리지 않고 야수성을 움켜쥐고 있는 고양이를 창수는 자신과 동일시했다. 그렇기에 과학 선생이 죽었을 때 자신에게 쏟아지는 혐의와 그로 인한 질시와 압박을 묵묵히 다 넘겼다. 만약 고향을 벗어나지 못한 채 그곳에서 견디라고 했다면 그렇게 했을 것이다. 그를 서울로 보낸 것은 아버지였다.

어제 동생이 전화를 했다. 동생과 통화하는 것도 오랜만이었다.

어렸을 때는 형인 창수를 절대자처럼 따랐고, 늘 창수의 편을 들어주던 동생이었지만 언제부터인가 데면데면하게 변했다. 동생은 지방 국립대의 의과대학으로 진학했기 때문에 인턴 생활로 너무 바쁜 탓이라며 서로 양해했다. 하지만 둘 다 그것이 거짓임을 알고 있었다. 동생은 아버지가 뇌출혈로 쓰러졌고, 수술을 받았지만 거동이 불편할 것이라고 담담하게 전해주었다. 마치 집안 소식을 전해주는 게 자신의 의무라고 믿는 것 같은 말투였다. 잠시 망설이던 끝에 창수가 물었다.

"내가 가봐야 되는데 말이지……."

"아니, 올 거 없어. 엄마도 오지 말래. 공부하는 데 방해될 거라고."

창수가 공부를 하고 있지 않다는 것은 어머니도, 동생도 모두 아는 사실이었다.

"그냥 알고나 있으라고 말해주는 거야. 형이 계속 아버지를 미워하고 있을까 봐."

"나는 아버지를 미워하지 않아. 뭘 새삼스럽게……."

"그래? 그럼 다행이고."

동생은 창수가 아버지를 미워한다고 믿고 있었다. 충분히 그럴 만했다.

과학 선생이 죽은 후 아버지와 과학 선생의 부적절한 관계가 드러났다. 과학 선생의 죽음 자체보다 그 일이 더 충격적이었고, 화제였다. 별 매력이 없어 보이는 사십 대 중반의 국어 선생과 섹시하고 미혼인 여선생 간의 뜨거운 관계, 다른 남자가 생겨 헤어지려는 여자와 질투에 눈이 어두워진 늙은 남자의 집착과 치정이라는 주요 테마는 성적인 분위기를 물씬 풍겼다. 아이들은 과학 선생과 아버지의 섹스를 흉내 내며 놀았다.

그래서 창수가 학교에 자퇴서를 냈을 때 집에서도, 학교에서도 아무도 그 이유를 따져 묻지 않았다. 아이들은 뒤에서 창수에 대해 계속 수군댔지만, 경찰조차 창수가 과학실에 들어갔던 것을 알고도 대충 조사한 후 풀어주었다. 모두가 과학 선생과 아버지의 관계로 인해 창수가 받았을 충격과 상처만 생각했고, 창수가 아버지를 지독히 원망할 것이라고 믿었다. 창수는 그 누구에게도 과학 선생의 죽음과 관련된 사실을 털어놓을 수 없었다. 차라리 아버지에게 실망하고 집과 인연을 끊은 냉정하고 이기적인 아들이자 형으로 남는 것이 모두에게 나았다.

"그 사건만 아니었으면 형도 학교를 편하게 다니고 뭐가 돼도 됐을 텐데."

동생의 말에는 형에 대한 안타까움과 동시에 실망감이 섞여 있었다. 동생과 어머니는 대학에 진학한 후 가족과 접촉을 끊고 지내는 창수를 한껏 이해해주었다. 창수가 그 사건을 잊고 다시 공부에 매진하기를 바라던 동생과 어머니는 창수가 집과 연락하지 않는 것을 오히려 다행으로 여기기까지 했다. 그러나 어머니와 동생은 창수가 공부와는 아예 담쌓고 살았다는 것을 알게 되었고, 고시에 합격하기는커녕 제대로 된 직장조차 갖지 못하자 노골적으로 실망감과 배신감을 드러냈다. 마치 창수가 당연히 돌려주어야 할 몫을 잘라먹기라도 한 것처럼. 어머니와 동생은 창수에게 억울함마저 느

160

끼는 것 같았다. 그 또한 창수는 묵묵히 받아들였다. 그래도 가끔 창수는 자신이 초라해진 것은 둘째로 치고, 동생과 그렇게 멀어져 버린 것에 가슴이 아팠다.

하지만 그런 감정도 이제 얼마 남지 않았다. 동생의 전화는 점점 드물어질 것이고, 나중에는 아버지, 혹은 어머니가 돌아가셨다는 전화나 받게 될 터였다. 동생은 날씨니 건강이니 하는 진부한 몇 가지를 더 물어보고는 전화를 끊었다.

고양이는 개와는 달리 군집 생활을 하지 않는다. 뜨거운 양철 지붕 위에 올라앉은 고양이도 분명 혼자였을 것이다.

동생의 전화가 준 충격 때문에 창수는 나갈까, 말까 망설이고 있던 대학 동창 모임에 나가게 되었다. 동창 중 한 명이 사법연수원을 마치고 변호사 개업을 했다고 했다. 그는 창수의 옛 여자 친구와 얼마 전에 결혼했다. 그들의 결혼에 관해서는 아무런 관심도 없었지만 그래도 창수는 혹 옛 여자 친구와의 관계 때문에 껄끄러워한다는 이야기는 듣고 싶지 않았다. 결국 약속 시간이 다가오자 창수는 주섬주섬 옷을 주워 입었다.

예상대로 친구는 옛 여자 친구와 함께 나왔다. 그녀는 예전과는 달리 단아한 정장을 차려입고 머리도 단발로 단정하게 잘라 마치 취업 면접을 보러 온 것처럼 보였다. 창수는 모른 척했다. 그런 말을 입 밖에 내지 않을 정도의 눈치는 있었다.

다소 어색해질 수 있는 자리였지만 다들 쿨했다. 특히 창수는 넉살 좋게 농담을 던지며 쿨한 분위기를 주도했다. 반백수나 다름없고, 미래에 대한 아무런 비전도 없는 한심한 자기 자신을 희화화하는 것이 주효했다. 다들 창수의 농담에 웃고 맞장구 쳐댔다. 옛 여자 친구는 담담히 미소만 지으며 역시나 쿨하게 응대해주었다. 너무 쿨하다 못해 술잔을 든 손끝이 다 시려오는 분위기 속에서 술이 여러 번 돌았다. 술에 점점 취해가면서 어디까지가 농담이고 어디부터 농담이 아닌지 알 수 없는 말들이 소란스럽게 오갔다.

"나는 여자한테 바라는 거 아무것도 없어. 돈만 벌어 오면 돼. 그럼 난 살림을 살아줄 만반의 준비가 되어 있어."

"야, 찌질한 소리 그만하고 기왕 논술 시작했으니 인강이라도 좀 해봐. 내가 소개시켜줄까?"

"그건 안 돼. 얼굴이 알려지면 나중에 작가가 되고 난 후 쪽팔리잖아."

"백수보다 낫지 뭘 그래?"

"모든 위대한 작가는 다 백수야. 그리고 빈둥거림은 나의 스타일이지. 이건 정말 소중하기 때문에 조심, 또 조심해야 돼."

"백수 스타일이 그렇게 소중한 거냐?"

"그렇지. 왜냐면 인간처럼 쉽게 사라지는 존재는 구절되지 않지만 진정 불멸하는 것은 한순간에 소멸될 수 있거든. 사람들은 그걸 몰라. 나의 빈둥거림도 그런 종류의 것이지. 한번 생활인이 되면 다시는 되찾을 수 없는 빈둥거림."

"도대체 무슨 궤변이야?"

"야, 작가를 하려면 그런 헛소리부터 배워야 되는 거냐?"

"미친 새끼."

창수는 낄낄거리며 일어나 화장실로 갔다. 콧노래를 흥얼거리며 화장실을 나오다 옛 여자 친구와 마주쳤다. 일부러 창수를 기다린 건 아닌 것 같았다. 남녀 화장실의 입구가 딱 붙어 있을 뿐이었다. 창수는 과장되게 웃으며 말했다.

"결혼 축하해. 내 진심인 거 알지?"

옛 여자 친구는 걸음을 멈추더니 창수를 쳐다보았다. 여전히 입가에는 은근한 미소가 걸려 있었다.

"알아. 근데 너무 애쓰지 않아도 돼."

"뭐?"

"우린 행복해. 창수 씨가 그렇게 웃으려고 하지 않아도, 우리는 다른 사람 생각할 겨를이 없을 만큼 만족하고 있어."

"행복하다니 다행이네."

"고마워. 창수 씨도 정말로 행복해지기를 바라."

창수 옆을 스쳐 화장실로 들어가던 옛 여자 친구가 다시 돌아보았다.

"아까 그 말. 사라지는 존재는 근절되지 않지만 불멸하는 것은 소멸될 수 있다는 말. 그거 전에 창수 씨가 나한테 읽어준 적 있지?"

"그래. 내가 단편에 썼던 문장이야."

"미시마 유키오가 쓴 거 아닌가?"

"……"

"남의 것만 읽지 말고 직접 써."

"쓰고 있어. 몰라?"

창수는 자기도 모르게 발끈해서 대답했다.

"그럼 다행이고. 난 언제나 창수 씨가 남의 것을 구경만 하고 있다고 생각했거든."

옛 여자 친구는 사과한다는 듯 방긋 웃고는 화장실로 들어가버렸다. 갑자기 창수는 열이 확 오르는 것을 느꼈다. 창수는 스스로를 비하하면서까지 옛 여자 친구의 행복한 새 출발을 축하해주려고 노력했다. 그런 창수의 헌신에 대해 그녀는 진심을 꺼내 들어 모욕을 가했다. 누구도 농담을 진심으로 대해서는 안 된다. 농담 속에 들어 있는 진실을 보도록 강요하는 것은 비인간적인 처사다. 창수는 속으로 외쳤다. 그냥 낄낄거리도록 내버려두란 말이야!

분노 때문에 창수는 화장실로 쫓아 들어가 옛 여자 친구를 확 강간해버리고 싶은, 그래서 그 담담한 미소에 정액을 뿌려주고 싶은 충동을 느꼈다.

그러나 창수는 다시 술에 취한 걸음을 옮겨 친구들에게로 돌아갔다. 그러고는 마구 술잔을 비우며 더더욱 자학적인 농담을 이어갔다. 진지해지면 지는 거다. 창수는 중얼거렸다. 옛 여자 친구는 남편이 된 창수의 친구와 함께 먼저 자리를 떴다. 술값은 물론 그들이 계산했다. 술값은 행복한 사람들이 내야 하는 법이다.

창수는 마지막까지 더 마시자고 고집하다 결국은 친구의 손에 떠밀려 택시에 올랐다. 누군가가 차창 너머로 만 원짜리 두 장을 던져주었다. 택시 문이 닫히자 거리의 소음이 일시에 사라지면서 물속 같은 침묵이 찾아왔다. 창수는 고개를 돌려 거리의 사람들에게 게슴츠레한 시선을 던졌다. 사람들은 마치 수족관의 물고기들처럼 질서 없이 어딘가를 향해 몰려가고 있었다. 환하게 빛나는 네온들이 물풀처럼 흔들렸다. 창수는 수족관의 유리인 양 택시의 차창을

톡 건드려보았다. 사람들의 모습에는 아무런 변화가 없었다. 결국 그들과 창수는 아무런 관련도 없었고, 관련이 있다 한들 그것에는 어떤 필연성도 없었다. 창수는 눈을 감았다. 창수를 태운 차는 잠수함처럼 조용하고 느리게 앞으로 밀려나갔다.

잠시 존 탓에 창수는 내려야 할 곳을 지나쳤다. 되돌아가기에는 너무 멀었기 때문에 창수는 가까운 버스 정류장에서 내렸다. 비가 내리고 있었다. 얼굴에 와 닿는 비의 차가운 감촉이 술기운이 달아나게 해주었다.

드문드문 가로등이 켜져 있고, 인적은 없고, 비로 불어난 물이 요란한 소리를 내며 흘러갔다. 맞은편 공터는 어둠에 잠겨 있었다. 문득 창수는, 은주가 강사장을 죽인 바로 그 장소를 걸어가고 있는 자신을 발견했다. 무엇에 끌린 듯 창수는 강사장처럼 개천가에 서서 바지를 내리고 오줌을 누었다. 비가 얼굴을 때렸다. 창수는 눈을 감고 자기 등 뒤로 다가오는 어떤 여자의 구두 소리를 들으려 했다.

그녀가 다가온다. 서두르지 않고 그렇다고 느리지도 않게. 고개를 십오 도 각도로 젖히고 눈을 감고 몸에서 빠져나가는 물의 느낌에 집중하고 있는 자신의 등을 쳐다본다. 누구나 뒷모습은 무방비다. 아무것도 꾸밀 수가 없다. 농담도 할 수 없다. 구경도 할 수 없다. 여자가 더 가까이 다가온다. 발자국 소리가 자기 등 뒤로 다가온다고 느끼고 돌아보려는 순간, 여자가 있는 힘을 다해 자신의 등을 떠민다. 떠민다, 떠민다, 떠민다……. 왜?

오래전 영화의 한 장면이 생각났다. 엄청나게 뚱뚱한 세일즈맨이 등장하는 영화였다. 항상 양복에 넥타이를 매고 사람 좋고 친절한 웃음을 지으며 주방 도구를 팔러 다니는 그는 사실 연쇄 살인범이었다. 커다란 가방 안에서 주방용품 대신에 검은 기관총을 꺼내 들고 사람 좋은 세일즈맨은 말했다.

"그 작은 머리로 생각하며 사느라 끙끙대는 게 불쌍해서 죽였어."

창수는 은주의 행동을 설명할 이유를 알아냈다는 생각이 들었다. 은주는 강사장이 불쌍해서 죽였을 것이다.

문득 창수는 은주가 그리웠다. 창수는 오줌의 마지막 줄기를 개천으로 쏟아내면서 은주를 불렀다. 누가 나에게 맞는 죽음을 선사해다오! 누가 죽어도 상관없는 세상이라면 그것이 왜 내가 되어서는 안 되는가! 아직은 냉소할 수 있을 때 나도 죽고 싶다.

그러나 아무도 창수의 등 뒤로 다가오지 않았다. 창수는 바지춤을 추스르고 먼 길을 돌아 집으로 가며 생각했다. 아침이 오면 은주에게 전화를 하리라. 그녀를 만나 그녀의 마음 안에 무엇이 들어 있는지 하나하나 확인하리라. 그 전에는 누구도 창수에게서 그녀를 빼앗아 갈 수 없을 것이다.

창수는 교회의 첨탑에서 고양이가 잔뜩 웅크린 몸을 용수철처럼 펴며 땅을 향해 뛰어내리는 영상을 보았다. 사뿐히 땅에 착륙한 고양이는 혼자서 어딘가로 사라질 것이다.

*

기현은 어둠 속에서 주위를 둘러보았다. 어둠 속 어디선가 버스

락거리는 소리가 들렸지만 이내 사라졌다. 사람의 그림자는 보이지 않았다. 다른 애들은 모두 어디로 가버렸을까.

철승은 칼을 들고 숲 속으로 달려갔다. 태성은 그 칼이 탐나 자기에게 달라고 했지만 철승은 이 정도는 들어줘야 연쇄 살인범 잡는 분위기가 난다고 말하고는 낄낄대며 뛰어가버렸다.

"칼침 안 맞게 조심해!"

그것이 철승의 마지막 목소리였다. 기현은 태성과 함께 철승을 잡기 위해 고려시대 무덤과 이어진 숲 속으로 들어갔다. 그 일대는 오래전부터 우범지대로 악명이 높았는데 인근 공장의 노동자들이 밤늦게까지 데이트를 즐기거나 술을 마시고 싸움을 벌이는 일이 종종 있었기 때문이었다. 구청에서는 민원을 받아들여 숲의 나무를 일부 베어내고 벤치와 운동 기구를 설치하여 건전한 여가 공간으로 바꾸어보려 했지만 오히려 놀기 좋아하는 아이들의 집합 장소가 되고 말았다. 누군가 그곳에서 강간을 당했다는 소문이 전설처럼 떠돌았고, 아이들은 무엇에 끌린 듯 더욱 그곳으로 모여들었다.

기현과 친구들, 아니 태성과 그를 쫓아다니는 아이들은 태성이 하자는 대로 야자를 빼먹고 공장 지대 공터에서 소주를 마셨다. 아이들은 요 며칠 새 단연 화제가 되고 있는 동네 연쇄 살인범에 대해 떠들어댔다. 연쇄 살인범은 분명 외국인 노동자일 거라고 철승이 말했다. 형의 친구인가, 친구의 형인가, 어쩌면 형의 친구의 친구일지도 모르지만 아무튼 누군가가 산에서 내려오는 외국인 노동자를 봤다는 것이다.

"근데 시시하게 개천에 빠트려 죽이고, 농약 먹여 죽이고, 이래서야 뜨겠냐? 외국처럼 칼이나 총, 뭐 이런 화끈한 장면을 보여줘야 대중의 관심을 끌지."

태성이 말했다. 태성은 다섯 명으로 이루어진 이 소집단의 우두머리이자 전제 군주였다. 태성 다음으로 두 명의 똘마니가 중간 계급이고, 나머지 두 아이는 최하위층이었는데 철승과 기현이 바로 그 계급이었다. 이들은 주로 돈을 가져오거나 온갖 심부름을 해야 하는 희생자 계급이었지만, 학교 내에서 다른 희생자를 찾았을 때는 그들 역시 힘과 권력을 행사할 수 있었기 때문에 누구보다 열심히 희생자를 찾아다녔다. 태성은 이 위계와 질서를 좋아했다. 질서, 그것은 언제, 어디서나 가진 자들이 좋아하는 것이다.

"야, 너네 엄마가 경찰서에 잡혀갔었다는 게 사실이냐?"

태성이 눈을 반짝이며 기현에게 물었다. 기현은 태성이 자신에게 관심을 보이자 기분이 아주 좋아졌다.

"말도 마. 그것 땜에 난리도 아니었어. 결국 우리 할아버지가 경찰서 가서 데리고 왔어."

"너네 할아버지 왕짱인가 보다."

"박정희 때 좀 잘나갔대. 지금은 골골해."

"돈 많아?"

"아 씨, 우리 할아버지는 돈 많았는데 우리 아빠가 다 깨먹었어. 우리 아빠는 아예 일도 안 해. 뭔 배짱인지."

"야, 네 몫 달라 그래."

"우리 아빠 돈 없다니까. 우리 할아버지 돈뿐이야."

"너 나중에 할아버지 돈 물려받으면 나하고 같이 장사하자."

"그게 언제냐고! 늦게 태어난 놈만 손해야. 내가 우리 아빠로 태어났으면 평생 놀고먹는 건데. 재수 열라리 없어, 씨바."

그러자 철승이 연쇄 살인범을 신고하면 거금의 현상금을 준다는 이야기를 꺼냈다. 태성의 관심은 재빨리 현상금 이야기로 옮아갔다. 기현은 태성의 관심을 채간 철승이 원망스러웠다. 희생자 그룹 내의 철승과 기현은 서로 태성의 호감을 얻기 위해 치열한 경쟁을 벌였고, 철승은 틈만 나면 기현을 무시하고 이죽거리곤 했다. 짜증이 치밀어 기현은 연거푸 소주를 마셨다.

"그 돈만 받으면 재수 없는 학교 때려치우고 확 장사나 할 텐데."

"겨우 몇천만 원으로 무슨 장사를 하냐?"

"원래 크게 되는 놈은 종잣돈 몇천만 원으로 시작하는 거야."

그들 중 한 명이 마치 대단한 비법이라도 아는 듯 떠들어댔다. 그때 누군가 공장 근처를 지나가는 소리가 들렸고, 아이들은 목소리를 낮추었다.

"뭐야?"

"어떤 남잔데? 저쪽으로 갔어."

"이 밤에 여긴 왜 돌아다녀? 연쇄 살인범 아냐?"

그러자 한 놈이 낄낄대며 말했다.

"야, 우리 저놈 잡아다 경찰서에 데려다 주고 현상금 받자."

"정말?"

아이들은 소주가 든 종이컵을 던지며 일어섰다. 하지만 남자는 그새 보이지 않았다. 공장 지대에는 제대로 된 방범등도 없었다.

"보이지도 않잖아."

"에이 씨."

"야, 아까 그 새끼 진짜 수상하다. 이 시간에 왜 여길 돌아다녀?"

"얼핏 보니까 외노 같았어. 외노 새끼들 우리나라에서 범죄 열라 리 지르고 처벌도 안 받는대!"

그러자 태성이 갑자기 좋은 생각이 난 듯 말했다.

"야, 우리 그 새끼 잡자. 니들은 저쪽으로 가. 우리는 반대쪽으로 갈게. 잡으면 소리 질러! 빨리 가!"

아이들은 시키는 대로 우르르 뛰어갔다. 두 똘마니가 공장 쪽으로 뛰어가자 기현은 태성과 함께 개천 반대편의 고려시대 무덤 쪽으로 뛰어갔다.

"잠깐만."

철승이 가방에서 무언가를 꺼냈다. 등산용 칼이었다. 철승은 칼날을 꺼내 보이며 말했다.

"이 정도는 들어줘야 진짜 연쇄 살인범을 잡으러 가는 분위기가 나지."

"야, 그 칼 나 줘봐."

철승은 못 들은 척 칼을 쥐고 어둠 속으로 뛰어갔다.

"칼침 안 맞게 조심해!"

태성은 욕설을 내뱉으며 뒤쫓아 갔다. 기현은 태성과 같이 갔기 때문에 기분이 아주 좋아졌다. 기현은 태성의 결단과 폭력, 그 폭력이 튀어나오기 전에 먹이를 노리듯 예민해지는 표정을 숭배했다. 태성의 잔인함을 사랑했다. 아이들이 자신을 태성의 똘마니라고 놀린다는 것을 알고 있었지만 그럼에도 태성과 같이 다니는 것이 기현으로서는 자랑스럽고 기뻤다. 그래서 숲 속으로 들어온 태성이 기현에게 반대편으로 가서 철승을 데려오라고 시켰을 때도 군말 한 마디 없이 기현은 따랐다. 나중에 알았지만 그때부터 무언가 잘못되기 시작했다.

숲은 어둡고 축축하고, 전날 밤 내린 비로 발걸음을 뗄 때마다 미끄러웠다. 기현은 무질서하게 서 있는 나무들의 잔가지를 헤치며 숲 속을 헤매고 다녔다. 저만치 낯선 사람의 그림자가 보였을 때는 깜짝 놀라 가슴이 쿵쾅거렸지만 이내 그것이 나무의 그림자라는 것을 알았다. 돌아보면 모든 나무가 사람처럼 서서 기현의 등을 내려다보고 있었다. 기현은 철승의 이름을 나지막이 불러보았지만 수상스레 메아리만 울릴 뿐, 목소리는 아무런 대답 없이 허공으로 사라졌다. 기현은 태성이 있는 곳으로 돌아가고 싶었지만 그러면 왠지 태성이 싫어할 것 같았다. 태성이 어디에 있는지도 알 수 없었다. 혹 아이들이 자기만 놔두고 가버린 것이 아닐까 조바심이 났다. 아이들은 기현을 상대로 종종 그런 장난을 쳤다. 그때마다 기현을 가장 조롱하는 것은 태성이었다. 태성의 조롱은 참을 수 있었다. 그의 옆에 붙어 있는 대가로 그 정도는 받아넘길 수 있었다.

기현은 아무런 소용 없이, 그리고 목적도 없이 숲 속을 헤매 다녔다. 시간이 얼마나 지났는지도 알 수 없었다. 그때 파열음과 함께 공터 쪽에서 희미하게 비쳐들고 있던 방범등의 불빛이 사라졌다. 기현은 그것이 신호인 듯 무작정 공터를 향해 뛰었다. 나뭇가지가 기현의 이마를 때렸다. 고개를 푹 숙이고 두 팔로 마구 잔가지를 잡아 밀치면서 기현은 숲을 빠져나갔다. 몸에 부딪혀 오던 나무가 사라짐과 동시에 갑자기 내리막이 나왔다. 중심을 잡지 못한 기현의 발이 미끄러진다 싶은 순간, 어둠 속에서 기현의 배를 향해 발이 날아왔다. 기현은 바닥으로 고꾸라졌다. 이어 발은 기현의 등에 꽂혔다.

"개새끼!"

태성의 목소리에는 잔뜩 악이 묻어 있었다.

"하지 마. 나야, 나라고."

기현이 겨우 대답했다.

"왜 갑자기 튀어나와!"

태성은 모든 것이 기현의 잘못이라는 듯 짜증스레 내뱉었다. 태성은 한쪽 손으로 뺨을 누르고 있었다.

"나뭇가지에 찔렸어. 얼굴이었기에 망정이지 눈을 찔렸으면 난 실명했을 거야. 철승이 이 새끼, 잡으면 내가 그냥 두지 않을 거야."

"다른 애들은 어디에 있어?"

"몰라."

"누가 방범등을 껐어."

"철승이 짓일 거야."

"진짜 연쇄 살인범이 있는 거 아냐?"

"닥치고 휴대폰이나 이리 내."

"왜?"

"빨리 달라니까!"

태성은 기현이 내미는 휴대폰을 손에서 잡아채 플래시를 켰다.

172

플래시 불빛에 비친 태성은 어둠과 대비되어 유난히 더 잔인하게 보였다. 술기운과 살이 찢어진 통증 때문에 태성은 잔뜩 열 받아 있었다. 태성은 휴대폰의 플래시 불빛을 비추며 다시 숲 쪽으로 내달았다. 기현도 쫓아갔지만 그의 둔한 몸은 잽싸게 움직이는 태성을 쫓아갈 수 없었다. 기현은 태성을 찾아 이리저리 두리번거렸다. 무슨 소리가 들렸다. 태성이 뭐라고 욕지거리를 내뱉는 소리도 들렸다. 하지만 방향을 알 수 없었다.

"야, 윤태성!"

기현의 목소리가 숲에 울려 퍼졌다. 아무런 응답이 없었다. 기현은 태성이 다시 자신을 버려두고 갔을까 봐 걱정이 되었다. 순간 짧은 비명 소리가 들렸다. 태성의 목소리였다. 이어 낮고 둔탁한 소음에 섞여 잔뜩 억눌린 듯한 새된 신음 소리도 들렸다. 바로 옆이다. 하지만 나뭇가지는 마치 기현을 가두기라도 하듯 그를 에워싸고 완강하게 기현이 숲을 벗어나는 것을 막았다. 낮고 둔탁한 소리는 더욱 다급하게 들려왔다. 지금 태성이 위험하다. 기현은 그것을 분명하게 느꼈다. 연쇄 살인범이 태성을 죽이는 것인지도 모른다. 순간 기현은 너무 조급한 마음에 눈물이 쏟아질 것만 같았다. 기현은 가방을 가슴 앞으로 돌려 꽉 끌어안고는 어깨로 나뭇가지를 헤치며 힘껏 내달았다. 잔가지들이 사나운 짐승의 발톱처럼 기현의 얼굴과 몸에 부딪혀 왔다. 갑자기 발밑에 물이 철벅거렸다. 기현은 자신이 고려시대 무덤가에 서 있다는 것을 알았다. 나뭇가지의 포위에서 풀려난 것이다.

그러나 기현은 발걸음을 떼지 못했다. 저만치에서 어떤 그림자가 다른 그림자를 발로 밟아 누르고 있었다. 발아래 깔린 그림자는 이미 움직임이 없다는 것을 기현은 직감적으로 알았다.

"윤태성!"

태성은 발길질을 멈추고 기현을 돌아보았다. 태성의 발은 여전히 검은 그림자 위에 놓여 있었다. 기현은 자석에 이끌리듯 태성의 옆으로 다가갔다. 태성이 그림자로부터 한 걸음 물러났다. 사방은 더할 수 없이 조용했다. 기현은 웅덩이에 얼굴을 처박고 있는 그림자를 보았다. 익숙한 교복이 보였다. 태성은 마치 도와주기라도 하려는 듯 손에 쥐고 있는 휴대폰 플래시를 비췄다. 얼굴은 웅덩이에 처박혀 보이지 않고, 어깨와 등, 엉덩이만 둥그렇게 드러나 있을 뿐이었다. 그럼에도 철승임을 알 수 있었다. 철승은 꼼짝도 하지 않았다.

"좆 됐다."

기현의 목소리가 나지막했다. 태성이 고개를 끄덕였다.

"그래, 좆 됐다."

잠시 무거운 침묵이 깔렸다. 자동차 소리조차 들려오지 않았다. 태성은 옆구리를 움켜쥐었다. 그제야 기현은 흙투성이가 된 태성의 교복이 피로 번져 있는 것을 보았다.

"칼에 찔렸어."

태성이 말했다. 기현은 아무 말도 하지 못한 채 교복 위에 묻은 피만 쳐다보았다.

"난 연쇄 살인범인 줄 알았어! 같이 엉켜 웅덩이로 굴렀어. 그 바람에…… 난 정말 연쇄 살인범이 날 공격한 줄 알았다고!"

태성은 설명하려 했다. 칼에 찔리자 너무 화가 나서 철승의 얼

174

굴로 발을 날렸다고. 갑자기 꼭지가 확 돌아서 정신없이 발로 차고 밟다 보니 순식간에 철승이 축 늘어져버렸다고. 정말 순간이었다고. 너무 화가 나서 이런 새끼는 그냥 죽어버려도 된다는 광폭한 확신이 온몸을 감쌌지만 그것은 정말 잠시였다고. 죽이려는 생각은 정말로 없었다고. 그러나 더듬더듬 튀어나오는 태성의 말은 두서없고 혼란스러웠다. 결국 그의 목소리에 울음이 묻어났다.

기현은 태성의 일그러진 얼굴을 쳐다보았다. 창백한 얼굴에는 공포가 가득했다. 태성은 마치 기현이 믿어주기만 하면 자신은 무죄가 되기라도 하는 듯 간절함을 담고 기현을 쳐다보았다. 기현이 불쑥 말했다.

"연쇄 살인범이 죽였다고 하자."

"뭐?"

"우리 엄마 보니까 경찰은 좆도 몰라. 우리 엄마 말이 끝까지 아니라고 버티니까 풀어주더라던데!"

잠깐 동안 기현의 얼굴을 멀뚱하니 쳐다보던 태성이 갑자기 머릿속이 환해진 듯 톤이 높아진 목소리로 말했다.

"너 좀 전에 이상한 남자 봤지?"

기현은 무슨 말이냐는 듯 태성을 쳐다보았다. 태성은 답답한 듯 외쳤다.

"어떤 남자가 이 새끼를 끌고 가는 걸 보고 우리가 여기로 뛰어왔잖아!"

그제야 기현은 무슨 말인지 알겠다는 듯 눈알을 굴렸다.

"으응……. 근데 난 얼굴은 못 봤어. 그냥 그림자만 봤어."

"그래, 나도 그래. 자, 잘 들어. 우리는 연쇄 살인범 놀이를 한 거야. 근데 진짜 연쇄 살인범이 나타난 거야. 넌 하나만 말해주면 돼. 어떤 남자가 저 새끼를 끌고 가는 걸 봤어. 어디서 봤어?"

"어디서……?"

"운동 기구 있는 데서 봤잖아!"

"그래."

"나머지는 있는 그대로 말해. 거짓말 만들어내지 말고, 있는 그대로 말하라고!"

"알았다니까!"

"네 기억 속에 하나만 끼워 넣어. 어떤 남자가 저 새끼를 끌고 가는 걸 본 거야. 넌 분명히 봤어. 맞지?"

"맞아. 나는 봤어."

기현은 몇 분 전 일을 머릿속에 다시 그려보며 그 안에 남자의 그림자를 집어넣고 재구성해보았다. 그사이 태성이 휴대폰을 눌렀다. 그러나 플래시를 계속 켜둔 탓에 배터리가 고갈 상태였다. 태성은 다른 아이들을 찾으러 달려갔다.

"어딜 가는 거야?"

"애들을 찾아서 경찰에 전화해야지!"

기현은 허겁지겁 태성을 쫓아갔다. 머릿속으로는 계속 처음 본 남자, 그의 그림자를 생각하면서.

*

　은주는 소파에 푹 파묻혀 꼼짝도 하지 않고 앉아 있었다. 오래된 소파에서는 곰팡이 냄새 같은 것이 났다. 돌아가신 시어머니가 당시로서는 최고 비싼 가격에 샀다는 그 소파는 이미 너무 낡았으나 시아버지는 바꾸거나 버리기를 거부했다. 단풍잎 무늬가 잔뜩 들어 있는 천을 자세히 들여다보면 온갖 얼룩과 찌든 때로 원래의 색깔은 하나도 남아 있지 않았다. 테두리가 요란한 나무 세공 장식으로 되어 있어 천갈이를 할 수도 없었다. 마치 어떤 타협도 거부한다는 듯 소파는 육중한 몸집을 뽐내며 은주가 이 집 안으로 들어서던 그날부터 거실에 버티고 있었다. 언제부터인가 은주는 소파의 비타협적인 자세에 순응하듯이 냄새나고 더러운 그 안에 푹 파묻혀 있기를 좋아했다. 그럴 때 집 안은 마치 살아 있는 짐승 같았다. 어디선가 집이 기지개를 켜듯이 뚝뚝 나무가 틀어지는 소리가 들리고, 먼지는 이불처럼 포근하게 은주의 어깨로 내려앉곤 했다.
　괘종시계가 울렸다. 그 역시 시어머니가 사서 걸어둔 것이고, 마찬가지로 크고 육중했다. 삐거덕 톱니가 맞물리는 소리가 마치 성문이 열리듯 울리더니 갇혀 있던 소리가 단단하고 육중하게 집 안의 정적을 쳐부수며 터져 나왔다. 괘종시계는 단 한 번만 울렸다. 그러고는 집 안의 정적을 닫아걸듯 나사가 찌그덕 제자리로 가는 소리가 들렸다.
　새벽 한 시. 기현은 왜 아직 돌아오지 않을까. 남편이 한 시간 전쯤에 경찰의 전화를 받고 아이를 데리러 갔다. 약간의 사고가 있어서 누군가 다쳤다고만 남편은 말했다. 하지만 아직 남편도 아이도 돌아오지 않고 있었다.

은주는 불안한 마음으로 일어서서 몇 걸음 서성이다 시아버지 방으로 들어갔다. 며칠 동안 시아버지는 죽 몇 술을 뜨자마자 토해내기를 반복하면서도 병원에 가는 것을 거부하고 있었다. 지난 수년 동안 몇 번이나 입원해야 할 상황이 있었지만 자식들이 의사와 짜고 자신을 노인병원에 처박아버릴지 모른다고 생각한 시아버지는 입원만은 한사코 거부했다. 대신 시아버지는 영양제가 포함된 링거를 줄기차게 맞았고, 머리맡에는 산소 호흡기와 산소통까지 갖추어놓았다. 그것들은 단 한 번도 쓴 적이 없었다.

은주는 시아버지의 코끝에 손을 대보았다. 손끝에 따뜻한 기운이 희미하게 느껴졌다. 은주는 손을 거두어들이며 낮게 한숨을 쉬었다. 빨리 이사를 가야 하는데……. 학군도 좋고, 순한 아이들만 모여 있는 동네로 가야 하는데……. 모든 게 이 동네로 오면서부터 잘못되기 시작했다는 생각이 들면서 시아버지가 새삼 원망스러웠다.

이사는 언제 갈 수 있을까 이 집은 언제 팔 수 있을 것인가. 저 낡고 육중한 소파도 갖다 버려야 한다. 아니, 내일 당장 저 소파만이라도 마당으로 끌고 나가 불태워버려야 한다. 모든 것이 너무 낡고 구역질 나리만치 끔찍했다. 은주는 방 안을 둘러보았다. 어디에도 돈을 숨겨둘 곳은 없었다. 오래전 호성이 시아버지를 목욕시킬 때 은주는 침대 매트까지 샅샅이, 몇 번이나 뒤져보았다. 아무것도 없었다. 아아, 시아버지는 현금을 어디다 감춰두었단 말인가.

은주는 다시 거실로 나왔다. 호성이 기현과 함께 집으로 온 것은 새벽 두 시가 거의 다 되어서였다. 은주는 놀라 아이의 얼굴부터 살폈다. 별다른 상처는 없었지만 싸운 흔적은 완연했다.

"어떻게 된 거야?"

"이 동네에서 이사를 가야지, 정말. 이제 끝난 거니까 당신은 신경 쓰지 마."

"무슨 일이냐니까? 기현아, 말 좀 해봐."

"내 친구가 당했어."

"당하다니 뭘?"

"그 새끼가 철승이를 끌고 가서 발로 밟고 있었어. 나와 태성이는 말리려고 했는데……."

"처음에 그 남자를 어디서 봤어?"

호성이 물었다.

"공장 근처 공터에서. 애들이 연쇄 살인범이라고 해서 잡으러 간 거야."

"뭐? 연쇄 살인범이라니?"

은주의 목소리가 비명처럼 터져 나왔다.

"우리 동네에서 남자 둘 죽었잖아. 그 연쇄 살인범."

그러자 호성이 침착하게 기현에게 질문을 던졌다.

"기현아, 정확하게 말해봐. 어떻게 봤어? 숲 속은 아주 어두웠을 텐데."

"그래도 희미하게 보였어."

"처음에 뭘 봤는데?"

"내가, 그러니까, 숲 속에서 어떤 남자가 철승이를 끌고 가는 모습이 보였어. 희미했지만 그렇게 보였다고."

"그래서 쫓아가보니 어떤 남자가 철승이를 발로 마구 밟고 있었다는 거지?"

"맞아."

"근데 태성이도 어떤 남자가 철승이를 끌고 가는 걸 보고 쫓아가다 너랑 마주쳤어. 자, 정리해보자. 너는 숲을 등지고 있었고, 태성이는 공터 쪽에 있었어. 그런데 그 이상한 남자는 네 앞에도 나타나고, 반대쪽에 있는 태성이 앞에도 나타났다는 거야. 이상하지 않니?"

기현은 눈을 멀뚱멀뚱 뜨고 호성을 쳐다보았다. 호성의 이야기가 이해가 안 된다는 표정이었다.

"난 몰라. 난 분명히 남자를 봤어. 봤다고! 어떻게 된 건지 내가 어떻게 알아?"

그때 이 층에서 작은아이가 휴대폰을 손에 쥔 채 우당탕 계단을 뛰어 내려왔다.

"엄마, 엄마! 들었어?"

"너 아직 안 잤어? 지금이 몇 신데!"

둘째 아이는 흥분 때문에 은주의 말을 듣지도 않았다.

"우리 동네 연쇄 살인범이 다시 나타났는데, 이번에는 고등학생 하나를 죽였대! 카톡에 떴어!"

기현이 씩 웃으며 입을 열었다.

"내가 그 연쇄 살인범을 직접 봤어."

"기현아!"

은주가 놀라 소리쳤다. 둘째 아이는 모처럼 오빠를 존경하는 눈빛으로 쳐다보며 큰아이에게 매달렸다.

"와, 진짜 대박이다! 정말이야? 인증할 수 있어?"

"조현아, 그만하지 못해?"

호성이 소리쳤다.

"어서 올라가서 자. 할아버지 주무셔."

아이들은 잠자코 이 층으로 올라갔다.

"도대체 이게 다 무슨 말이야? 죽다니? 누가?"

"사고가 있었어. 강인학과 박정기를 죽인 범인의 소행일지 모른대."

"뭐?"

"기현이가 범인을 봤대. 더 자세한 건 나도 몰라."

호성은 컴퓨터 방으로 들어가버렸다. 곧이어 죽은 아나운서가 진행하는 음악방송이 흘러나왔다.

연쇄 살인범, 그런 게 있을 리 없었다. 그것은 누구보다 은주가 잘 알고 있었다. 존재하지 않는 연쇄 살인범이 어떻게 기현 앞에 나타난다는 것인가. 은주는 도무지 어떻게 돼가는 일인지 이해할 수가 없었다. 그러나 그 와중에도 그 덕에 자신은 안전할 수 있겠다는 생각이 들었다. 이제 은주는 혐의에서 완전히 벗어날 것이었다. 하지만 아이까지 자신 때문에 시작된 일에 휘말리는 듯해서 은주는 몹시 불안하고 기분이 좋지 않았다. 혼란스러움은 항상 불쾌한 것이다.

그날 밤 가을로 성큼 다가가는 날씨임에도 불구하고 다시 많은 비가 내렸다. 빗속에서 불쾌하고 긴 밤이 지나가고 있었다. 다음 날 아침, 시아버지는 결국 의식을 차리지 못했고, 호성은 119를 불렀다. 은주는 시누이들에게 전화를 걸어 시아버지가 위독하다고 말했다.

Oh, Baby, Baby, It's a Wild World•

　"아버지는 돌아가시지 않을 거야. 내가 장담해. 아직 멀었어."

　큰시누이가 냉랭하게 말했다. 그러면서 자신은 바빠서 병원에 올 수 없다고 했다. 둘째 시누이는 미국에 있고, 셋째 시누이는 중국에 있었으며, 막냇시누이는 또 교사였기 때문에 올 수 없었다. 시누이들은 아무도 시아버지가 돌아가실 것이라고 생각하지 않았다. 사실 시아버지가 위독했던 순간은 과거에도 몇 번이나 있었고, 그때마다 시아버지는 벌떡 일어나며 기력을 회복했기 때문에 시누이들의 반응이 과하다고만 볼 것은 아니었다. 큰시누이의 말대로 아직 멀었는지도 몰랐다. 그런데도 병원 복도의 긴 의자에 멍하니 앉은 은주의 머릿속에는 만약 시아버지가 돌아가시지 않는다면 그것은 시누

• 캣 스티븐스의 노래 「Wild World」에서 인용.

이들이 오지 않았기 때문이라는 생각이 들었다. 죽음처럼 분위기를 타는 것도 없다. 그런데 그 분위기가 조성되지 않은 것이다.

시아버지의 병실로 찾아온 사람은 뜻밖에도 파출소장이었다. 누구에게서 소문을 전해 들었는지 모르겠지만 그는 박카스 한 상자를 들고 한편으로는 너무 황송하다는 듯이, 다른 한편으로는 너무 황송해할 것 없다는 듯이 과장된 웃음을 띠고 걸어왔다.

"아이고, 이를 어떡하나? 정말 훌륭한 분이신데, 이런 분께서 살아 계셔야 우리 동네가 다시 한 번 도약할 텐데, 이런 중요한 시점에 위독하시다니."

사람이 죽어도 좋을 시점이 따로 정해져 있는 것도 아닐 테고, 이런 중요한 시점이 어떤 시점인지 은주는 이해할 수 없었지만 가만히 있었다. 호성도 그다지 반가워하는 기색은 아니었다. 은주는 파출소장이 살인 사건에 대해 무언가를 캐기 위해 온 것이 아닌가 의심이 들었다. 파출소장은 은주와 호성의 반응에도 아랑곳하지 않고 혼자서 장광설을 늘어놓았다. 그는 자신이 통일주체국민회의 대의원 출신 정남일 사장님을 얼마나 존경하는가에서부터 말을 시작했다. 파출소장의 말에 따르면 지금 우리나라의 모든 문제는 은주의 시아버지 세대, 즉 의지와 신념을 가지고 무지한 국민들을 휘어잡아 산업화시킨 세대가 현역에서 물러나면서부터 시작되었다는 것이다.

"나는 항상 큰 흐름이 중요하다고 생각해요. 예전에 아버님께서 현직에 계실 때는, 불가능이란 없다는 정신이 있었거든. 요즘 놈들은 그때가 독재시대였다 어쩌고저쩌고 하지만 디테일은 중요하지 않아! 뭔 말들이 그렇게 많아! 흐름이 중요하고, 흐름에 따라가는 게 중요한 거지."

결론적으로 파출소장이 하고자 하는 말은, 은주의 시아버지 같은 분이 오래오래 살아서 그 좋았던 흐름을 되살려야 한다는 것이었다. 은주와 호성은 고개를 조금 숙인 채 고맙다고만 했다. 은주와 호성에게서 좀 더 열렬한 반응을 기대했던 파출소장은 조금 실망했는지 잠시 헛기침을 하더니 어젯밤에 발생한 연쇄 살인 사건 때문에 너무 바쁘다며 가봐야겠다고 말했다. 그러면서도 파출소장은 일어서지도 않은 채 말을 이었다.

"예전에는 우리 동네처럼 조용한 곳에서 이런 사건이 일어난다는 것은 상상도 못 했지. 연쇄 살인범이 한밤중에 돌아다닌다는 게 말이나 돼? 그나저나 연쇄 살인범 짓인지도 모르고 그동안 마음고생이 심하셨지요?"

"어제 사건, 연쇄 살인범 소행이 맞나요?"

은주가 물었다.

"애들이 봤다잖아요. 그놈이 애 하나를 죽이고, 다른 애를 칼로 찌르고 달아났다니까요."

"확실해요?"

파출소장은 오히려 은주의 말이 이해가 안 된다는 듯 멀뚱하게 쳐다보았다. 호성도 은주를 쳐다보았다. 은주는 시선을 떨어뜨렸다. 호성이 질문을 이어갔다.

"그럼 도대체 누가, 무슨 이유로 우리 집사람을 범인이라고 했는지 이유를 모르겠습니다."

"잘못 봤겠지. 한밤중에, 그것도 멀리서 봤으니 그럴 수도 있잖아."

"그럼 앞에 있었던 사건도 다 연쇄 살인범 소행으로 결론이 난 건가요?"

"결론 난 건 개뿔도 없어. 이번 수사형사들은 진짜 한심한 게, 수사 방향도 못 잡고 있어. 특히 이거 담당이라는 새끼는 지금 칼 맞고 당한 애들이 있는데 아직도 강인학 뒤를 캐고 있더라고."

파출소장은 말을 멈추고 호성과 은주에게 특별한 것을 가르쳐준다는 듯 목소리를 낮추고 은밀하게 말했다.

"강인학 아들이 수상하다더구먼. 돈 많은 아버지가 죽었으니 아들이 의심스럽긴 하지. 아들은 별 볼 일 없이 놀고 있거든."

호성과 은주는 아무 말도 하지 못한 채 가만히 있었다. 그제야 자신이 말실수를 한 것을 깨달은 파출소장은 이제 정말 가봐야 한다면서 벌떡 일어났다.

"어서 어르신께서 일어나셔야 되는데……. 교인이시니까 하나님께서 도와주시겠지."

"지난번에 제 집사람이 경찰서에 갔을 때, 직접 저희 집까지 오셔서 아버지한테 소식을 전해주셨다고 들었습니다. 여러 가지로 고맙습니다."

"뭘 그런 걸 가지고. 아버님 깨어나시면 내가 왔었더라고 꼭 얘기 좀 해줘요."

파출소장은 다시 한 번 시아버지가 정말로 대단한 사람이며, 자신은 진정으로 시아버지를 존경하고 있다는 말을 반복하고는 무언가 아쉬운 표정으로 자리에서 일어섰다. 호성이 여기까지 오셨는데 점심을 대접하겠다며 같이 일어섰다. 그러자 파출소장은 이 근처에 개고기가 아주 유명한 곳을 안다면서, 그리로 가자며 앞장을 섰다.

호성에게 좋은 점심을 대접받은 파출소장은 기분 좋게 파출소 안으로 들어섰다. 파출소 안에서는 어젯밤 사건 때문에 잠을 설친 최형사와 김형사가 머리를 맞대고 상의 중이었다. 최형사는 잔뜩 열 받은 얼굴이었다. 어젯밤 사건을 언론이 대대적으로 보도하면서 연쇄 살인이라고 몰고 가는 것에 대해 최형사는 불만이 많았다.

"이게 무슨 연쇄 살인이야? 어젯밤 사건은 우발적인 거라고!"

"어쨌거나 언론에서 연쇄 살인이라는 단어를 쓰기 시작한 이상 연쇄 살인범을 데려다 놔야 한다고요."

"어딜 가서 연쇄 살인범을 구해? 편의점에 가면 팔아?"

최형사의 이죽거리는 말에 김형사는 억지로 조금 웃어 보였다.

"의사 부인 사건이 해결될 것 같다가 미제가 되는 바람에 지금 분위기 제대로 나쁜 거 아시죠? 이거 해결 못 하면, 생각만 해도 끔찍해요."

"걔들 중 하나는 이은주 아들이야. 이건 어떻게 설명할 거야?"

"에이, 이것까지 이은주와 연결하는 건 무리예요. 아들 친구를 왜 죽여요?"

"어쨌든 이은주와 관련된 인물 아니야!"

최형사는 한숨을 쉬었다.

"일단 어젯밤에 고등학생을 죽인 범인부터 찾아야 되니까 인근 목격자들 탐문하고, 묻지마 식으로 사람들한테 덤빌 가능성 있는 놈들 좍 수배해. 칼은 어떻게 됐어? 찾았어?"

그때 막 파출소 안으로 들어서던 파출소장이 그들의 이야기를 듣고 눈이 휘둥그레져서 물었다.

"이은주라니? 그 교복집 며느리?"

"칼은 찾았어요?"

"순경들이 찾고 있어."

"소장님은 어디서 오는 길인데요?"

"교복집 병문안 다녀왔지. 방금 그 며느리를 만나고 왔는데."

최형사가 어이없다는 표정을 지으며 파출소장 앞으로 성큼 다가왔다.

"간밤에 살인 사건이 관할 내에서 발생했는데 지금 병문안 다녀오는 길이라는 거예요?"

"나야 어딜 갔다 오든!"

"정말 왜 이래요? 우릴 엿 먹일 생각이야, 뭐야? 혹시 그 여자한테 수사 기밀 다 까발린 거 아니에요?"

"수사 기밀이랄 게 있기는 해? 뭐 밝힌 게 있어야 까발리지."

"지금 말씀 다 하셨어요?"

"다 안 했다! 내가 자네보다 직급이 높아. 그건 알지?"

"아, 예, 경위님. 아, 씨, 꼰대들 때문에 될 일도 안 돼."

놀란 김형사가 최형사를 툭 쳤다. 파출소장이 얼굴을 최형사에게 바싹 들이댔다.

"너, 이 새끼, 방금 뭐라 그랬어?"

"새끼?"

"그래, 이 새끼야! 내가 꼰대면 너는 개쌥이냐? 너 직급이 뭐야?"

"그래, 한번 해보자고! 왜 현장에서 증거 안 찾고 어딜 싸돌아 다니느냐고! 그러니까 온 동네 사람들이 게을러빠졌다고 욕하지! 우리가 이은주 잡아왔을 때 왜 더 족치지 못한 줄 알아? 술값이나 뜯어내고 다니는 파출소장이 농간 부린 거래. 알고나 있어?"

"니들이 멍청해서 범인 못 잡은 거지, 내가 뭘! 증거도 니들이 찾아야지 어디서 지랄이야? 나이도 어린 게!"

"나이, 나이 하지 마. 나도 먹을 만큼 먹었어."

"먹을 만큼 나이 처먹고 아직 경사냐? 씹새끼야. 수사 그따위로 하니 아직 그 모양이지. 그래놓고 나더러 현장 가서 빨리 칼 찾으라고? 네가 찾아라, 네가! 이 병신 새끼야!"

파출소장이 잔뜩 열을 받은 채 현장으로 갔을 때 순경들은 나무 막대기를 하나씩 들고 진흙을 들쑤시고 있었다.

"지금 뭣들 하는 거야?"

"여긴 유적지라 삽 쓰면 안 된대요."

"집에서 밥숟가락 하나씩 들고 와야겠구먼."

"흉기를 현장에 흘리고 가는 범인이 어딨어요? 날도 더워죽겠는데."

"됐어. 가서 쉬어."

밤새 비상 대기 했던 순경들은 냉큼 차에 올라 잠이 들어버렸다. 파출소장은 달아오른 열을 식히기 위해 폴리스 라인 바깥을 빙빙 돌며 욕지거리를 내뱉었다. 수사과 형사와 먹살잡이하는 정도는 그래도 여기서 구력이 몇 년인데 하등 문제가 되지 않았다. 그러나 동네 사람들이, 자신이 술값을 뜯네 어쩌네 하면서 뒷담화를 했다는 것은 파출소장을 몹시 찜찜하게 만들었다. 공직자 사정 같은 것에 걸려 강제로 옷을 벗게 되고, 자칫 공무원 연금에 지장이 있지는 않을까 소심한 파출소장은 그것이 두려웠고, 그래서 불쾌하고 화가 났다. 이 지역을 누구보다 잘 알고, 지역민들과 친밀하게 지낸다는 것을 아주 자랑스럽게 생각해왔던 터라 심한 배신감과 함께 일찍 이 동네를 떴어야 한다는 후회가 물밀듯 밀려왔다. 설마 그렇게까지야 할까 하는 생각도 들었지만 알 수 없었다. 강사장도 설마 오줌 누다 죽을지 누가 알았겠는가.

파출소장은 심란한 마음을 안고 현장을 이리저리 돌아다녔다. 현장은 계속 내린 비로 온통 진창이어서 범인의 발자국이고 뭐고 나올 것도 없었다. 잘됐다, 어디 한번 엿 먹어보라고 중얼거리며 돌아서려는데 발아래 흙이 무너지면서 진흙 속으로 주르륵 미끄러지고 말았다. 파출소장은 온갖 육두문자를 쏟아내며 겨우 일어섰다. 그때 파출소장은 푹 파인 진흙 구덩이 속에 무언가 어색한 것이 걸려 있는 것을 보았다.

칼이었다. 칼이 왜 현장에서 한참 떨어진 그곳에 있는지 알 수는 없었으나 의미하는 것은 분명했다. 범인이 칼을 가져가지 않은 것이다. 최형사는 현장에서 칼이 발견된다면 그것은 연쇄 살인범의 소행이 아니라 아이들끼리 벌인 우발적인 싸움일 가능성이 높다고 목소리를 높였다. 최형사의 말이 옳았다는 것인가. 그것은 파출소장의 관심 밖이었다. 파출소장의 관심은 범인이 누구냐도 아니었고, 오직 최형사를 물 먹이는 것이었다. 그래야 그의 뒤끝 본능이 충족될 수 있었다. 파출소장은 주변을 한 번 둘러본 다음 발로 칼을 눌렀다. 칼은 간단히 진흙 속으로 들어가버렸다. 파출소장은 그 위를 다시 진흙으로 덮고 발로 꼭꼭 다졌다. 언젠가 최형사가 했던 말이 떠올랐다.

"될 것은 되고야 만다."

발견될 것은 발견될 것이고, 발견되지 않는다면 그것은 형사들의 소관이었다. 파출소장은 진흙투성이가 된 옷을 핑계로 찜질방으로 갔다. 아내에게 전화를 걸어 옷을 가져오라고 말하고 뜨거운 열기 속에 드러누워 증거를 인멸했다는 찜찜한 기분을 땀으로 풀어버리려고 한껏 편안한 자세로 드러누웠다.

다음 날 김형사가 다가와 같이 술 한잔 하자며 화해를 청했다. 파출소장은 못 이기는 척하며 따라갔다. 거나하게 술잔이 돌았다. 물론 그가 칼을 감춘 것은 말하지 않았다. 그것은 그냥 자신은 모르는 일, 없던 일이었다. 술에 취한 최형사가 중얼거렸다.

"난 사람들이 뭐라고 해도 이은주한테 뭔가 있다고 봐."

"아니에요. 이건 다 별개예요. 억지로 연결하려고 하니까 골치가 아픈 거라고요."

"윤창수는 분명 어떤 여자가 강인학을 떠밀었다고 했어. 그건 분명해."

"여자는 있었을지 몰라요. 강인학의 휴대폰을 조사했는데요."

"별다른 게 없었다며?"

"처음엔 그냥 넘어갔는데, 좀 걸리는 게 있어요. 강인학의 제수 되는 여자가 있는데요."

"제수?"

"강인학의 남동생이 얼마 전에 죽었는데, 죽기 전에 유산 문제로 강인학과 엄청 싸웠대요. 그러니까 강인학의 아들한테는 숙모가 되는데, 강인학 아들이 그 여자와 자주 통화했더라고요. 조카와 숙모가 무슨 통화를 그렇게 자주 하겠어요?"

"그럼 당장 만나봐야지."

"근데 반장님이 고등학생 건부터 해결하라는데요. 그거 해결하면 다 딸려 나올 거라면서. 강인학은 건드리지 말래요."

"에이 씨."

파출소장은 속으로 풋 하고 웃음을 흘렸다. 될 것은 되고야 만다.

*

시아버지는 응급실에서 중환자실로 옮겨졌다. 희미하게 눈을 뜨긴 했으나 사람을 알아보지는 못했다. 시누이들은 여전히 아무도 오지 않았다. 호성은 몇 번 문자를 확인하더니 휴대폰을 들고 밖으로 나갔다. 은주는 남편이 누구와 통화하는지 문득 궁금했지만 가만히 시아버지 옆에 앉아 있었다. 링거액이 똑똑 떨어지는 소리만 들렸다.

저녁 무렵에 교회에서 사람들이 왔다. 돌아가실 때라고 생각한 것인지 호성이 전화를 했다고 했다. 절대 안정을 요구한 병원에서도 기도를 허락해주었다. 목사는 시아버지의 머리에 손을 얹고 기도를 올렸다. 그는 시아버지가 무조건 하나님 아버지의 뜻에 따를 것이지만 여기 앉아 있는 착한 아들과 며느리를 봐서 좀 더 오래 우리 곁에 두어달라는 내용을 낮은 목소리로 길고 지루하게 읊었다. 은주는 잠을 제대로 자지 못한 탓에 목사의 낮은 읊조림이 이어지자 졸음이 쏟아졌다. 하지만 이 대목에서 존다는 것이 너무나 불경스럽게 생각되어 은주는 다른 사람들이 눈치채지 못하게 허벅지를 꼬집어가며 졸음을 참았다.

어디선가 울음소리가 들려왔다. 누군가 죽은 모양이었다. 그 소리를 듣고 신도들이 한숨을 쉬었다. 은주는 복도를 통과해 가는 이동 침대를 떠올렸다. 죽은 자는 이 병실 앞을 통과할 것이고 간호사실을 거쳐 엘리베이터를 타고 지하의 영안실로 내려갈 것이다.

그동안 은주는 워낙 자주 이 병원에 들락거린 터라 병원의 구조에 익숙했다. 시아버지가 꼬리뼈를 다쳐 수술을 받았던 적도 있었다. 그때 처음으로 은주는 시아버지의 속옷을 벗기고 기저귀를 직접 채웠다. 그리고 무수히 드나들었던 치과.

시아버지는 치과 치료를 받는 동안 자식이 옆에 붙어 있기를 요구했기 때문에 은주는 시아버지의 손을 잡고 서 있어야 했다. 은주는 시술 과정을 보지 않으려고 애썼다. 그러나 고개를 돌리거나 눈을 꼭 감고 있기도 민망해서 은주는 일부러 눈의 초점을 흐리게 하는 방법을 택했다. 그러자 눈이 금방 피곤해져 은주는 눈을 깜빡거려야 했고, 그러다 보면 시아버지의 입안이 훤히 다 보였다.

칼로 찢어, 벌어져 있는 검은 잇몸. 그 사이사이 어떤 것은 부러진 채, 어떤 것은 썩은 채 남아 있는 이. 그것들은 죄다 곰팡이가 핀 듯 누렇고 시꺼멓게 변색되어 아슬아슬하게 박혀 있었다. 필사적으로 입천장에 힘주어 붙이고 있는 혀 밑으로는 누런 타액이 고여 바깥으로 흘러내릴 듯 위태로워 보였다. 타액은 마치 입안에서 기어 나오는 구더기처럼 꿈틀거렸다.

시아버지의 입안을 본 순간 갑자기 구토가 치밀어 올랐다. 구토는 배 밑바닥에서 꿈틀거리며 가슴에서 다시 요동친 후 은주의 목을 타고 넘어왔다. 참아야 된다, 참아야지 했지만 자신도 모르게 배가 움찔거리면서 어깨가 들썩였다. 힐끔 간호사가 은주를 보았다. 은주는 더욱 이를 악물었으나 안에서 튀어나오려는 것을 막을 수는 없었다. 은주는 시아버지의 손을 뿌리치고 진료실을 뛰쳐나갔다.

은주는 손으로 입을 틀어막고 화장실을 향해 뛰었다. 약병을 들고 걸어오던 간호사들이 은주를 보고는 놀라서 몸을 피했다. 은주는 화장실 문을 밀치고 안으로 뛰어 들어갔다. 청소부가 밀대걸레로 청소를 하고 있었다. 은주는 팔을 뻗어 청소부를 밀치려 했으나 영문을 모르는 청소부는 뒤로 한 걸음 물러나며 심술궂게 은주를 노려보았다.

"죽여버리기 전에 비켜!"

은주가 소리쳤다. 그 순간 은주의 입안에 고여 있던 것이 밖으로 쏟아져 나왔다. 은주는 바닥에 무릎을 꿇고 모든 것을 게워냈다. 자신이 무언가에 패배했다는 느낌이 들면서 눈물까지 툭툭 떨어졌다.

그것이 벌써 몇 년 전이었다. 은주는 아주 먼 길을 돌아 이제 목적지에 다 온 것 같은 어떤 처량함과 뿌듯함을 동시에 느꼈다.

"자비로우신 주님. 오늘 저희는 정남일 형제의 회복을 간구코자 이 자리에 모였습니다. 주님께서 「욥기」 오 장에서 말씀하시길, '나 같으면 하나님께 구하고 내 일을 하나님께 의탁하리라. 하나님은 크고 측량할 수 없는 일을 행하시며 기이한 일을 셀 수 없이 행하시나니…….'"

신도들이 단체로 흐느끼듯 숨을 들이마시며 "주여!"를 토해냈다. 은주는 그 목소리에 정신이 들었다. 은주도 나지막이 "주여"라고 중얼거렸다. 목사의 기도는 계속 이어졌고 은주는 애써 목사의 말에 귀를 기울였다.

"오늘 많은 사람들이 설명할 수 없는 것을 설명하려고 하고, 이해할 수 없는 것을 굳이 이해하려 하고, 그 때문에 고통받고 절망에 빠지는 것을 목격합니다. 그러나 설명하기 전에 복종하고, 이해하기 전에 먼저 믿는다면 무슨 고통과 절망이 있겠습니까."

목사의 목소리가 은주의 귀를 파고들었다. 언젠가 남편을 따라 교회에 갔을 때, 우연히 듣게 된 한 구절이 운명을 바꾼다는 설교를 들은 적이 있었다. 그 말뜻을 알 것 같았다. 어젯밤 내내 은주를 불쾌하고 불안하게 만들었던 어떤 혼란이 정리되는 듯했다. 설명할 수 없고, 이해할 수 없는 것을 설명하고 이해하려고 하지 말자. 단지 받아들이면 되는 것이다. 그렇게 생각하자 은주는 마음이 편안해졌다. 왜 가공의 연쇄 살인범이 현실로 나타났는지, 자신은 왜 아무런 이유 없이 사람을 죽였는지, 사람을 죽이고도 왜 아무렇지도 않은지 이해하려 하지 말자. 단지 받아들이면 되는 것이다. 그뿐이다.

목사의 긴 기도가 끝났다. 목사의 지시로 다 같이 찬송가를 불렀다. 은주도 정확하게 알지도 못하는 노래를 삼 절까지 같이 불렀다.

시아버지는 만 하루를 더 의식불명 상태로 있었다. 꼬박 하루가 지나자 시아버지는 다시 의식을 차렸고, 다음 날에는 미음을 찾았다. 나중에 듣게 된 이야기지만 시아버지를 찾아왔던 목사는 안수기도로 암 환자까지 고친 일로 아주 유명해진 목사라고 했다. 아무래도 신은 있는 모양이었다.

시아버지가 퇴원한 후 집 안은 빠르게 지난날의 모습으로 돌아갔다. 시아버지는 죽을 먹는 속도가 더욱 느려졌으며 양이 줄었기 때문에 은주는 하루에 다섯 번 시아버지의 상을 차렸다. 호성은 여전히 점심 한 끼는 맡아서 처리해주었다. 아이들은 언제나처럼 자기들의 일과로 바빴지만 기현은 경찰서에 다녀온 후로 부쩍 말수가 줄고 짜증도 줄었다. 학교에 다녀오면 자기 방에 틀어박혀 나오지 않았다. 호성은 부쩍 외출이 잦아졌고, 종종 술에 취한 채로 들어왔다.

"어디서 오는 길이야?"

"그냥……."

"전화해도 받지도 않고. 전화기는 왜 꺼둬?"

"……."

"혼자 술 마셨어?"

"아냐."

"그럼 누구랑?"

"뭘 그렇게 꼬치꼬치 물어?"

"궁금하니까 물어보는 게 당연하잖아."

"그럼 나도 궁금한 거 물어봐도 돼?"

"물어봐."

호성은 망설이는 듯 은주를 잠시 쳐다보았다.

"뭔데? 빨리 물어봐, 뭐가 궁금해?"

호성은 피식 웃었다.

"빨리 물어보라니까."

"농약병, 어떻게 된 거야?"

"농약병이라니?"

"당신이 버린 거 아냐? 당신 말고는 손 댈 사람이 없잖아."

"미쳤어? 나는 정말 본 적도 없어. 당신도 알잖아!"

"나? 나는 아무것도 몰라. 정말 몰라. 특히 당신에 대해서는."

"무슨 말이야?"

"당신은 그날 아주 늦게 들어왔어."

"그날이라니?"

"처음 사건이 나던 날 말이야. 강인학이 죽던 날."

"……."

"그날 나는 잠들지 않고 있었거든. 아니, 자다 깼다 했지. 그러면서 정영음을 두 번 연속으로 들었어. 열한 시부터 들었으니까 분명 당신은 한 시가 되도록 돌아오지 않았어."

"당신이 착각한 거야. 난 열두 시에 왔어."

"그럴지도 몰라. 자신이 없어. 그런데 농약병은 확실해. 경찰이 두 번째로 방문하기 바로 며칠 전에 텃밭에 농약을 뿌렸거든. 그때는 농약병이 있었어. 내가 분명히 챙겨서 창고 안에 집어넣었다고. 그런데 경찰이 왔던 날에는 없어진 거야."

"그래서? 그래서 뭐? 당신 지금 이런 말을 하는 이유가 뭐야? 내가 두 남자를 죽였다는 거야? 아니지, 셋이지. 기현이 친구까지. 내가 범인이라는 말이야?"

"몰라, 모르겠어. 나는 아무것도 이해가 안 돼."

"누구랑 술 마셨는지 말하기 싫어서 이러는 거지."

호성이 약간 웃었다. 은주는 남편을 노려보았다.

"당신한테는 그게 중요해? 내가 누구와 술을 마셨는지."

"그래, 난 그게 중요해. 말 돌리지 말고 말해. 누구랑 있었냐고!"

"몰라! 당신이 뭘 했는지 내가 모르듯이 당신도 내가 뭘 했는지 몰라야 돼. 그래야 공평해!"

호성은 욕실로 들어가버렸다. 은주는 욕실 문을 노려보다 자기 방으로 와버렸다. 가을이 되었지만 은주의 방은 여전히 더웠다. 은주의 방은 서향이라 오후 내내 햇볕이 들어오는 데다 시이비지의 방에 달린 에어컨 실외기에서 나오는 열기가 은주의 방으로 고스란히 밀려와 그때까지 후텁지근했다. 은주는 더위가 자기만 끈질기게 따라붙는 것 같아 짜증이 치밀었다.

은주는 밖으로 나가 무작정 걸었다. 왜 강인학의 사건은 끝이 나지 않는 것일까. 대체 어디서부터 무엇이 잘못된 것일까.

은주는 모든 것이 이 동네로 이사 오면서부터라고 생각되었다. 이전 동네에 살 때는, 남편이 실직했을 때도, 학원 사업에 실패했을 때도 이렇지는 않았다. 그때는 불만이 많았을 뿐이었다. 지금은 전혀 다른 것이 남편과 자신 사이에 들어와 있었다. 그것을 사이에 두고 남편은 향수로 가득한 남편의 세계에, 자신은 살의라고 불러야 할 충동으로 가득한 자신의 세계에 살고 있었다.

그렇다, 살의. 자신이 살의를 느끼고 그것을 간단히 실행에 옮긴 것에서 모든 것이 시작되었다. 친구들과 술을 마시고 집으로 돌아가던 그 길. 기계적으로 발을 옮겼지만 집으로 가기가 싫었다. 생각해보면 단 한 번도 그 집을 자신의 집이라고 여긴 적이 없었다. 벽틈으로 끝없이 개미가 기어 나오고, 천장이 너무 높아 겨울이면 웃풍이 몰아치는, 너무 크고, 너무 낡고, 여름에는 너무 덥고, 겨울에는 너무 춥기만 한 집이었다. 집으로 가는 길은 아주 높고 높은 계단을 올라가는 것처럼 아득하고 힘들게 느껴졌다. 늦추고 싶었다. 가능하면 천천히 집에 도착하고 싶었다. 그래서였을까. 자신이 사람을 죽인 것은.

창수가 생각난 것은 그때였다. 은주는 충동적으로 창수의 전화번호를 눌렀다. 창수는 웃음기 묻은 목소리로 전화를 받았다.

"어디예요? 지금 나갈게요."

"아니에요. 너무 늦었어요."

"괜찮아요. 나가는 데 오 분도 안 걸려요."

은주는 창수와 아파트 단지 안의 어린이 놀이터에서 만나기로 하고 터벅터벅 걸음을 옮겼다. 동네는 익숙한 어둠에 잠겨 있었고, 차가운 형광등 불빛이 흘러나오는 남의 집 유리창은 아무런 사연도 없이 평화롭게만 보였다. 잔뜩 습기를 품은 공기는 눅눅했지만 집 안에서보다는 훨씬 상쾌했다. 어디선가 시원한 바람도 불어오는 것 같았다.

은주는 카페 성 앞을 지나갔다. 은주는 그곳에서 창수와 처음 만났던 날을 생각했다. 낯설고 어색하던 순간들이 추억처럼 감미롭게 다가왔다. 그들이 나누었던 중요하지도 않은 이야기들이 문을 열고 들어가면 먼지처럼 그대로 쌓여 있을 것만 같았다. 그러나 은주와 창수를 보았던 단 한 명의 목격자인 카페 주인은 떠났고, 성의 문은 닫혔다. 주인이 붙여둔 "잠시 휴업"이라고 쓰인 쪽지는 이미 낡아 너덜거리고 있었다.

은주는 아파트 단지로 들어가는 건널목을 지나갈 때, 한 무리의 고등학생들을 보았다. 그들은 왁자하게 떠들며 고려시대 무덤이 있는 쪽으로 몰려가고 있었다. 비가 한 방울씩 떨어지기 시작했다. 창수는 이미 도착해 벤치에 앉아 캔맥주를 마시고 있었다.

"신문 봤어요? 이 동네에 연쇄 살인범이 나타났다고 난리예요."

"비가 오는데……."

은주는 손바닥을 허공으로 펴 보이며 말했다. 연쇄 살인범 이야기는 하고 싶지 않았다. 창수도 손바닥을 펴 빗방울을 확인했다. 그러나 자리에서 일어날 생각이 없는지 하던 말을 계속했다.

"더 재밌는 게 뭔지 알아요? 애들이 연쇄 살인범 놀이를 벌이고 있다는 거예요."

"연쇄 살인범 놀이?"

"며칠 전에 애들이 장난으로 연쇄 살인범을 잡으러 나섰다가 정말로 연쇄 살인범을 만난 사건이 있었잖아요. 그게 소문이 나면서 애들이 연쇄 살인범 놀이를 하러 몰려든대요."

은주는 좀 전에 봤던 고등학생들을 떠올렸다. 빗방울이 계속 떨어졌다.

"이 동네는 정말 재밌어. 아니, 사람들이, 어쩌면 이 세상이 정말 재밌는 건가?"

"다른 데로 가요. 비가 와요."

창수는 벤치에서 일어나 캔맥주가 든 비닐봉지를 들고 앞장서 걸었다. 드문드문 차들이 지나갔다. 그러나 입주가 끝나지 않은 아파트 단지 안에는 사람이 거의 없었다. 찻길에 심어둔 어린 가로수들이 마치 부모를 잃어버린 아이들처럼 애처롭게 보였다.

"저리 가요."

창수가 공사 중인 상가 건물을 손으로 가리켰다. 은주는 그곳으로 빠른 걸음을 옮겼다. 빗줄기가 세졌다. 창수는 은주의 손목을 잡고 상가 안으로 들어갔다. 마치 그들을 맞이하듯 센서등이 켜졌다. 그러나 불이 켜지는 것은 일 층뿐, 다른 층은 아직 문도 달리지 않은 채 내부 공사 중이었다. 창수는 마치 갈 곳을 정해두기라도 한 사람처럼 성큼성큼 앞장서 계단을 올라갔다. 사 층으로 올라가는 계단에는 자질구레한 자재들이 잔뜩 쌓여 있었다. 창수는 삼층 실내로 들어갔다. 은주도 잠자코 창수의 뒤를 쫓아갔다.

축축한 시멘트 냄새가 코를 찔렀다. 출입구 근처에는 각종 자재들과 박스들이 질서 없이 쌓여 있었다. 그것들을 피해 조심스레 안으로 들어가자 휑한 공간이 나타났다. 카페를 만들기 위해 내부 장식 중인 듯했다. 사방으로 뚫린 벽면에는 아직 유리창이 달리지 않아 바람과 함께 아파트의 불빛이 어슴푸레 들어오고 있었다. 군데 군데 서 있는 기둥마다 거울이 붙어 있고, 벽에도 대형 유리가 여러 장 기대져 있어 마치 대결을 앞둔 장수들처럼 서로가 서로를 비추고 있었다.

은주가 신기한 공간에라도 들어온 듯 실내를 둘러보는 동안 창수는 어디서 찾았는지 작업용 나무 의자 하나를 가져와 은주를 앉게 했다. 창수는 뼈대뿐인 창틀에 걸터앉아 비닐봉지에서 캔맥주를 꺼내 은주에게 건넸다.

사방이 조용했다. 간간이 귀가하는 차들의 소음과 후드득후드득 떨어지는 빗방울 소리만 들려왔다. 은주는 아무 말 없이 맥주만 마셨다. 실내는 어두웠지만 은주의 얼굴이 더 어둡다는 것을 창수는 느꼈다. 무슨 일이 있었던 것일까. 며칠 전 뒷산에서 일어난 또 다른 살인 사건 때문일까.

"소설은 잘돼가요?"

맥주 탓인지, 아니면 어둠 탓인지 은주의 목소리가 떨렸다. 창수는 은주를 쳐다보았다. 은주는 맥주캔을 들고 어둠 너머 아파트이 창 어딘가에 시선을 던지고 있었다. 무언가를 보는 것이 아니라 그저 달리 둘 데가 없어 거기에 걸쳐둔다는 듯이.

"그럭저럭. 의외의 사건이 일어나 사태가 엉뚱하게 확대되는 부분을 쓰고 있어요. 그 바람에 사건의 진상은 더욱 오리무중이 되는 거죠."

"앞으로 어떻게 될 것 같아요?"

"글쎄, 잘 모르겠어요. 개인적으로 나는 범인이 잡히지 않고 잘

먹고 잘 살았으면 좋겠어요."

"왜 범인이 잘 살기를 바라죠?"

"그러면 왜 안 되는데요? 사람들은 살인 사건이라면 왜 갑자기 정의감이 넘쳐나는지 모르겠어요. 평소에는 누가 죽어도 별 관심 없잖아요. 안 그래요?"

"며칠 전 뒷산에서 고등학생이 죽었는데, 들었어요?"

창수는 고개를 끄덕였다.

"그 애가 우리 애 친구였어요. 같이 있었나 봐요. 혹 우리 애가······."

"그 사건에 연루되었을까 봐, 그게 두려운 거예요?"

은주는 고개를 끄덕이고는 갑자기 열렬한 목소리로 말을 쏟아냈다.

"우리 애는 정말 그럴 애가 아니에요. 같이 있던 애들이 연쇄 살인범을 잡으러 가자고 했대요."

"연쇄 살인범을? 연쇄 살인범이 정말 있어요?"

"모르겠어요. 하지만 애들은 분명히 그 남자를 봤대요."

창수는 은주를 쳐다보았다. 고등학생 사건에 은주의 아들이 연루되어 있다는 사실은 의외였다. 은주도 연쇄 살인범이 나타났다는 아들의 말을 믿지 않았다. 그렇다면 범인은 누구인가.

"고등학생이 죽던 날, 당신은 어디 있었어요?"

"집에 있었어요."

"다른 식구들과 함께? 남편도 같이 있었어요?"

"그럼요. 그건 왜 물어요?"

"그럼 당신이 다시 경찰의 의심을 받게 될 일도 없잖아요? 오히려 당신한테는 잘된 건지도 모르죠. 그렇잖아요?"

"아아, 내 말은 그런 게 아니에요. 나는 이해가 안 돼요. 왜 사건이 끝나지 않는지, 도대체 뭐가 뭔지, 그리고······."

은주는 말을 삼키며 정면의 불빛만 쳐다보았다.

"그리고 뭐요?"

"도무지 이해가 안 돼요. 모든 게······. 다 말할 수도 없고······."

"괜찮아요. 나한테 얘기해 봐요, 뭐든지. 얘기하고 나면 후련해질지 모르잖아요."

은주가 고개를 저었다. 은주의 눈가가 반짝거린다 싶더니 볼 위로 눈물이 후드득 떨어졌다.

"나도 하고 싶긴 한데······. 근데 할 수 없어요. 할 수 없어······."

은주는 어깨를 들썩이며 울었다. 창수는 은주의 어깨에 팔을 두르고 두어 번 토닥거렸다. 은주는 눈물을 그치지 않았다. 가슴이 은주의 눈물에 젖어 뜨듯해졌다. 창수는 바로 지금이 그녀에게서 무언가를 들을 수 있는 순간임을 직감적으로 알았다. 긴장과 불안이 그녀의 완고한 자기 보호 본능을 뚫고 나오려는, 창수가 애타게 기다려오던 바로 그 순간.

창수는 은주의 어깨를 돌려 안았다. 그리고 은주의 고개를 들고 그녀의 입술에 입을 맞췄다. 어둠 속에서 여자가 무방비로 울고 있는데 입을 맞추지 않는다면 그게 오히려 어색한 일이다. 어둠은 그러라고 있는 것이다.

은주의 입술은 생각했던 것보다 더 부드러웠다. 은주의 촉촉하고 따뜻한 혀가 창수의 혀에 닿자 창수는 순간 아찔한 현기증을 느꼈다. 창수는 자신도 모르게 은주의 고개를 바싹 끌어안고 은주의 목구멍 안으로 빠져 들어가기라도 할 듯 은주의 입술 안을 파고들었다. 예상치 못했던 욕망이 창수의 배 속에서 뱀처럼 고개를 들고 일어났다. 그리고 성급하게 튀어나갈 출구를 찾기 시작했다.

창수는 흥미로운 인간, 신기한 연구 대상으로서가 아니라 은주를 처음으로 한 명의 여자로 느꼈다. 여기서 이 여자를 가질 수도 있다고 창수는 생각했다. 그러나 알 수 없는 이 여자가 섹스 후 완전히 입을 다물어버린다면 어떻게 하나 하는 걱정도 머리 한구석에 떠올랐다. 창수는 어떻게든 은주를 구슬려 그날 밤 이야기를 먼저 들어야 했다. 그러기 위해서는 최소한 자신은 제정신이어야 했다.

"얘기해 봐요."

창수는 은주를 껴안은 채 호흡을 가다듬으며 말했다.

"정말 나는 뭐든 다 들어줄 수 있어요. 당신이 어떤 이야기를 해도 비난하지 않아요."

"뭐든지?"

창수는 대답 대신 은주의 목덜미를 혀로 핥았다. 은주는 낮은 한숨을 토해냈다.

"설명할 수 없는 것들이 너무 많아요. 왜 그런 일들이 일어났는지 도무지 이해할 수 없는 일들……."

"이를테면?"

"이를테면, 자신이 그냥 미친 것 같을 때, 잠시 정신이 어떻게 된 것 같을 때. 그런 적 있었어요?"

"당연히 있죠. 인간은 반쯤은 미치광이니까. 인간에게 이성이 있다고요? 그렇게 되기 위해 애를 쓸 뿐이죠. 나는 우리가 다 미친 존재라는 걸 알아요."

"그럼 정신이 어떻게 돼서 아무 이유 없이, 그냥 우발적으로 사람을 죽일 수도 있을까요?"

창수는 은주를 안았던 팔을 풀며 그녀를 쳐다보았다. 은주의 눈동자가 불안하게 흔들렸다. 그 밑에는 짙은 피로가 깔려 있어 누군가 그녀를 강제로라도 주저앉혀주기를 바라는 것 같았다.

과학실이 떠올랐다. 한때 살인자의 혐의를 썼고 지금은 뇌출혈로 병석에 누워 있을 아버지도 머리 한구석을 스쳐 지나갔다. 그리고 지난 십수 년간 과학실이 생각날 때마다 언제나 반복되던 중얼거림도 떠올랐다. 그것은 내 탓이 아니다, 나와는 무관한 일이다, 그것은, 그것은······.

결코 이해할 수 없었기 때문에 차라리 자신이 범인으로 잡혀버리기를 바란 적도 있었다. 그러나 정말 그렇게 된다면 그것은 너무나 억울한 일이라는 생각이 들었다. 자신은 분명 범인이 아니었다. 아버지도 수사 결과 혐의를 벗었다. 그러자 모든 것이 다시금 접근할 수 없는 우연과 이해 불가의 영역으로 들어가버렸다.

어쩌면 은주는 그 일을, 그 모든 것을 이해할 수 있을 것이다. 그리고 은주만이 이해할 수 있을 것이다. 창수는 손을 뻗어 은주의 얼굴을 어루만지며 천천히, 그리고 신중하게 단어 하나하나를 고르며 말했다.

"당연히 그럴 수 있어요. 설령 당신이 그런 상태에서 사람을 죽였다고 해도 나는 이해해요."

은주의 눈동자에 의심과 불신이 어른거렸다. 은주는 몸을 돌렸다. 그러자 기둥의 거울에 은주의 얼굴이 비쳤다. 자신의 얼굴을 본 은주는 마치 낯선 사람이라도 본 듯 흠칫하더니 벌떡 일어서 거울을 향해 한 발자국 다가가면서 중얼거렸다.

"거짓말이야, 그건. 아무것도 모르면서……."

창수에게 하는 말인지, 아니면 거울 속의 자신에게 하는 말인지 분간할 수 없는 억양이었다.

창수는 은주에게 다가갔다.

"안다고 이해가 되는 게 아니에요. 이해한다고 해서 다 알 필요도 없어요. 이해는 의지예요."

"왜 당신은 날 이해할 수 있다는 거죠? 이해는 의지라면서요? 당신한테는 왜 그런 의지가 있는 거죠?"

"그건……."

창수는 대답할 수 없었다. 은주가 그에게 다가왔다. 그러고는 팔을 뻗어 그의 뺨을 만지면서 나지막이 말했다.

"어떻게 사람을 죽였다는 것도 이해할 수 있어요? 나는 이해가 안 되는데……."

"……."

"혹 당신한테 비슷한 경험이 있는 거 아니에요? 맞죠?"

창수는 대답하고 싶지 않았다. 그래서 다시 은주를 껴안고 입을 맞췄다. 은주의 손가락이 창수의 머리카락 사이를 돌아다녔다. 창수는 은주의 손가락이 자신의 뇌 속을 파고들고, 이내 자신의 온몸속을 마구 휘젓고 다니는 느낌이 들었다. 몸 끝의 온갖 세포들이 일어서서 일시에 아우성쳤다.

"말해봐요. 당신한테 무슨 일이 있었던 거죠?"

"내 얘기 따위는 중요하지 않아요……."

창수는 손으로 은주의 가슴을 움켜쥐었다. 창수에게 이제 이야기 따위는 중요하지 않았다. 어디서 어떻게 이 욕망을 배출해낼 것인가. 창수는 은주의 몸을 핥으면서 공간 여기저기를 빠르게 둘러보았다. 은주의 입술이 창수의 귓불을 핥으며 속삭였다.

"중요하든, 그렇지 않든 나는 이해할 수 있어요. 얘기해봐요."

귓속으로 후끈한 숨이 밀려들자 창수는 다시 정신이 몽롱해졌다.

"별거 아니에요."

"어떤?"

"당신 얘기랑 비슷해요."

"내 얘기? 내 얘기가 뭔데요?"

은주는 창수에게서 몸을 빼며 정색을 하고 물었다. 은주의 눈은 그사이 평상시로 돌아와 단지 의심만 희미하게 반짝거렸다. 창수는 짧았던 마법의 시간이 끝났다는 것을 알았다. 그러나 창수는 아직 아무것도 끝나지 않았다. 흥분도 사라지지 않았다. 짜증이 치민 창수는 은주를 거울 기둥으로 몰아붙이고 은주의 옷 속으로 손을 집어넣었다. 은주가 달아나려는 듯 몸을 틀었지만 창수는 놓아주지 않았다. 창수는 은주의 옷을 마구 헤집어 입술로 가슴을 찾았다.

은주의 몸은 빳빳이 긴장해 있었다. 그녀의 입술은 더 이상 부드럽지도 촉촉하지도 않았다.

창수는 고개를 들고 은주를 쳐다보았다. 은주는 그를 보고 있지 않았다. 마치 유령이라도 본 사람처럼 은주의 시선은 허공의 어딘가에 꽂혀 있었다. 창수는 고개를 돌려 은주가 쳐다보는 곳을 보았다. 은주와 창수가 기대고 있는 것과 똑같은 거울 기둥이 정면에 서 있었다. 마주 보는 두 개의 거울 기둥은 서로가 서로를 비추어 아득한 소실점까지 두 사람의 얼굴이 이어져 있었다. 창수는 거울에 비친 자신의 얼굴을 보고는 깜짝 놀라 숨을 들이마셨다. 땀과 초조함으로 번들거리는 얼굴, 분노와 긴장으로 경직된 눈동자가 거기에 있었다. 그 얼굴, 그 눈동자는 바로 은주의 그것과 똑같았다.

은주는 창수와 헤어져 집으로 돌아갔다. 헤어지기 전 창수는 그녀에게 자신은 더 기다릴 수 있다고 말했다. 그것이 정확하게 어떤 의미인지 은주는 알 수 없었다. 단지 오늘 밤이 창수와 그녀 사이에서 아주 중요한 순간이 될 것이라는 인식만이 그녀에게 흐릿하게 남았다.

집으로 가는 길은 여전히 축축하고 무거웠다. 은주는 다시 한 무리의 고등학생들과 마주쳤다. 고등학생들은 은주에게 고려시대 무덤이 있는 곳을 물었다. 은주는 손가락을 들어 가르쳐주었다. 창수의 말대로 연쇄 살인범 놀이를 하러 가는 아이들 같았다.

은주는 순간 기현이 저런 무리 속에 끼어 어둠 속을 헤매고 다니지 않을까 걱정이 되어 서둘러 걸음을 옮겼다. 다행히 기현은 집에

와 있었다. 은주는 기현의 방으로 들어가려다 우뚝 멈추었다.

"알아. 경찰이 학교 주변에서 철승이에 대해 묻고 돌아다녀. 그렇지만 우리는 본 대로만 얘기하면 돼. 너하고 나는 그 남자를 분명히 봤잖아? 칼? 나는 칼 본 적 없어. 다른 애들도 철승이가 그 칼을 가지고 있는 걸 본 적 없어. 내가 분명히 물어봤어. 그건 범인 거야."

큰아이의 목소리는 나직했고, 상대방을 설득하려는 듯 자신감 넘쳤으며, 어른스러웠다. 은주는 왠지 기현의 목소리가 주는 그 무게감에 눌려 뒷걸음질 쳤다. 듣고 싶지 않았다. 들어서는 안 될 것 같았다.

범인은 연쇄 살인범이다. 은주는 중얼거렸다. 딸아이의 방문을 열었다. 조현은 학원에서 돌아와 노트북을 펴놓고 정신없이 자판을 두드리고 있었다.

"안 자고 뭐 해?"

"응, 이것만 끝내고 잘게."

"뭘 쓰는데?"

"우리 동네 연쇄 살인 이야기. 추리소설 사이트에 올리는 거야. 내가 생각하는 진상은 이런 거야. 범인이 강인학도 죽였고, 박정기도 죽였어. 박정기는 아마 목격자일 거야. 그러고는 자신의 범행을 위장하기 위해 고등학생을 습격한 거지. 마치 연쇄 살인범의 소행처럼 보이도록. 재밌지? 애거사 크리스티의 『ABC 살인 사건』에서 힌트를 얻었어."

"아아, 제발 연쇄 살인범 얘기 좀 그만할 수 없겠니?"

은주는 갑자기 극심한 피로감이 몰려들면서 현기증을 느꼈다. 은주는 자신의 뒤를 쫓는 연쇄 살인범으로부터 도망이라도 치듯 계단을 내려갔다.

죽음을 대하는 다양한 방식들

"엄마, 이것 좀 봐."

조현이 노트북을 들고, 저녁 준비를 하고 있는 은주 곁으로 호들 갑스럽게 뛰어 들어왔다.

"나중에."

"빨리 보라니까, 연쇄 살인범에 대한 기사가 났는데 진짜 죽여."

"엄마는 연쇄 살인범한테 관심 없거든."

"엄마는! 이 기사 때문에 엄마가 혐의를 완전히 벗을 수 있는데 왜 관심이 없어?"

"조현아!"

은주는 딸아이의 입에서 혐의라는 단어가 아무런 저항 없이 튀어나오자 경악했다.

"엄마는, 뭐 어때? 살다 보면 그럴 수도 있는 거지. 좀 보라니까."

은주는 일하던 손을 닦고 딸 옆에 앉았다. 일간지 기사가 아니라 개인 블로그 글이었다. 사진이 먼저 눈에 들어왔다. 개천가와 공장 뒤편 숲 속의 사진이었다. 개천의 사진은 은주가 강인학을 죽인 장소와는 상관없는 곳을 찍은 것이었다. 그것을 보자 은주의 마음이 조금 놓였다. 은주는 천천히 기사의 내용을 읽었다.

애거사 크리스티의 마을에 무슨 일이 일어났나
201X년 9월 X일
채정훈의 블로그, 하드보일드 원더랜드―각종 사건 사고의 이면 파헤치기

애거사 크리스티가 만들어낸 영국의 작은 마을 세인트메리미드는 천국의 얼굴을 가지고 있다. 교양 있는 중산층이 사는 집의 정원에는 장미가 자라고, 여인네들은 직접 구운 쿠키를 이웃과 나누며 차를 마시고, 화요일 밤에는 독서 클럽이 열린다. 모두가 친숙한 이웃들이며, 정다운 할머니들이 사소한 소문을 실어 나르는 곳. 그러나 그곳에서는 하루가 멀다 하고 살인이 벌어지며, 장미를 기르며 작은 망원경으로 새 관찰을 즐기는 할머니(그녀는 정말 새를 관찰하는 것일까) 한 명 때문에 살인자들은 줄줄이 감옥으로 간다.

얼마 전 고등학생들이 서바이벌 게임을 벌이다 직접 연쇄 살인범과 마주치는 바람에 유명해진 ○○동은 겉으로 보기에는 흡사 세인트메리미드 같은 곳이다. 오래된 주택들이 이어지는 골목들, 그 골목의 담장마다 꽃 넝쿨이 다정하게 얼굴을 내밀고, 동네만큼이나 낡은 재래시장에서는 이미 서로 잘 아는 가게 주인과 손님들이 익숙하게 안부를

묻고 소소한 대화를 나누는 곳. 정작 당사자들은 집이 팔리지 않아 다들 눌러살다 보니 그렇게 된 것이라고 쓸쓸하게 말한다. 그럼에도 마치 칠십 년대 혹은 팔십 년대가 그대로 남아 있는 듯한 장소가, 비록 서울의 외곽이긴 하지만 버젓이 존재한다는 것이 신비롭게까지 여겨지는 동네이다.

이 평화로운 마을에서 최근 세 명의 남자(그중 한 명은 고등학생이다)가 죽었다. 경찰은 연쇄 살인의 가능성을 부인하고 있지만 경찰의 부인 때문에 오히려 주민들은 연쇄 살인이라는 심증을 굳히고 있다.

연쇄 살인에서 가장 중요한 것은 피해자들의 특징이다. 그것을 통해 범인이 어떤 사람을 노리는가, 나아가 범인이 어떤 인물인가까지 파악할 수 있기 때문이다. 애거사 크리스티는 자신의 소설에서 이렇게 말했다. "피해자가 어떤 사람인가가 범인을 잡는 데 가장 중요하다." 살인이 일어났다면 범인을 잡아야 한다. 그렇다면 애거사 크리스티의 의견에 따라 피해자가 어떤 사람인지 살펴보자.

첫 번째 피해자 강모 씨는 독재자적인 성향이 강한 사람이었다. 그는 모든 재산을 틀어쥐고 가족들의 행복과 불행을 좌지우지했던 사람으로 보인다. 수십억의 재산이 있음에도 불구하고 그의 부인은 항상 돈이 없어 전전긍긍했고, 사업에 실패한 아들은 빚을 갚지 못해 늘 아버지에게 사정하고 매달려야 했다.

정신과에 환자가 오면 의사가 제일 먼저 판단하는 것은 '누가 진짜로 미쳤느냐'이다. 환자는 상황의 결과물일 뿐이고, 원인 제공자, 즉 진짜 미친 사람은 따로 있는 경우가 많다. 그리고 대부분의 경우 진짜 미친 사람은 집안의 독재자이다. 첫 번째 피해자 가족들 중 누구도 정신병원에 가지 않았다. 그러나 그 가족들은 아마 미치기 직전이었을 것이다.

두 번째 피해자 박모 씨의 경우는 폭력적인 인간의 전형이다. 박모 씨의 부인은 남편의 구타와 욕설에 늘 시달렸다고 증언하고 있으며, 그로 인해 결국 이혼하고 만다. 부인이 떠나자 그의 구타는 딸에게로 옮겨 갔고 견디다 못한 딸 역시 가출해버렸다.

세 번째 피해자는 앞의 두 경우보다 훨씬 조심스럽게 접근해야 한다. 아직 어린 고등학생인 그는, 부모의 이혼으로 인해 상처 입은 피해자인 동시에 학교에서는 자신보다 약한 아이들을 끝없이 괴롭히던 가해자였다. 같은 학교에 다니는 아이들은 그가 자신이 속한 패거리의 힘을 믿고 교실에서 제일 약해 보이는 아이들을 지능적으로 왕따시키고 괴롭혔다고 증언하고 있다.

이들 모두는 법의 눈으로 볼 때는 지극히 정상이며 처벌할 수 없는 사람들이다. 그러나 당신의 옆 사람, 당신의 가족, 당신의 급우가 바로 이들이라면 이야기는 달라진다. 그들은 증오와 공격적 충동을 부른다.

사람이 죽는다는 것은 엄청난 일이다. 그것은 하나의 세계가 파괴되고 사라지는 것을 말한다. 그리고 그 세계는 다시 복원될 수 없는 것이다. 그러나 동시에 그 엄청난 일은 사소한 일상의 분노로 인해 촉발될 수 있다. "우리는 왜 사소한 일에만 분노하는가"라는 질문은 어리석다. 인간은 본래 사소한 것에 분노하는 존재이기 때문이다.

지금 이 마을을 돌아다니는 살인자는 지극히 평화롭고 평범한 일상 속에 숨어 있는 잔인함을 보고 있는 것인지도 모른다. 법으로는 처벌할 수 없는 자. 그러나 다른 사람의 영혼에 상처를 주고 그 영혼을 죽게 만드는 자. 살인자는 바로 그를 노리고 있다. 이 조용한 애거사 크리스티의 마을에서.

"재밌지?"

"그래."

"이 사람한테 내가 제보했어."

"뭐?"

"내가 가는 카페 '미스터리 클럽'의 회원이거든. 그래서 내가 쪽지를 보내서 알려줬어. 나랑 만나서 취재도 했는걸."

"너 왜 잘 알지도 못하는 사람을 만나고 다녀?"

"재밌잖아. 추천 눌러줘야지."

둘째 아이는 손바닥 모양을 꾹 눌렀다. 추천 수가 벌써 천을 넘어서고 있었다. 은주는 화가 나서 계속 말했다.

"요즘 얼마나 괴상한 사람이 많은 줄 알아? 그리고 좀 있으면 중간고사 기간이라면서 왜 그런 데 시간을 써?"

"알았어, 엄마. 안 만날게, 안 만나. 이 댓글 좀 읽어봐. 정말 재밌어."

조현은 마치 자기가 쓴 기사라도 되는 듯 기뻐하며 주렁주렁 달린 댓글을 은주 앞에서 열었다. 은주는 건성으로 대충 읽었다. 살인을 미화한다는 비판도 적지 않았지만 글의 내용에 공감하며 살인자를 두둔하는 글도 많았다. 생활 속에 숨어 있는 원한과 상처, 그에 대한 보복이라는 드라마가 사람들의 마음을 사로잡은 것이었다. "이런 놈들은 죽여도 돼"라고 적은 댓글을 보자 은주의 마음은 다시 조금 편안해졌다.

"됐어."

은주는 노트북을 밀치며 일어났다.

"엄마, 어디 가?"

"시장."

은주는 반드시 무언가를 사야 한다는 생각도 없이 그저 시장을 한 바퀴 돌며 나물 두어 가지를 집어 들었다. 오늘따라 시장 안은 풍물 대마당 준비로 어수선했다. '우리 동네 풍물 대마당' 행사는 새로 부임한 구청장이 재래시장 살리기 목적으로 계획한 것이었다. 이름은 거창했지만 새로 입주한 아파트 주민들을 재래시장으로 끌어와보겠다는 취지로 작년에 급조된 행사였다. 특별히 볼 만한 것도 없었고, 도대체 무슨 풍물이 펼쳐지는지도 의심스러웠지만, 그래도 금요일부터 일요일 밤까지 노래자랑과 야시장에, 놀이기구까지 들어와 온 동네가 시끌벅적했다. 시장 입구에는 요란한 현수막이 걸리고 상인들은 먼지 나는 가게를 털어 팔 만한 것들을 가게 앞에 늘어놓았다.

문구점 앞에 붙어 있는 글씨가 눈에 띄었다.

"연쇄 살인범 오 종 세트."

"참 장사 잘 해먹는다, 잘 해먹어. 어떻게 이런 걸 만들어 팔 생각을 다 하냐?"

치킨집 주인이 커터 칼과 뿅망치, 장난감 총 따위가 들어 있는 비닐봉투를 집어 들며 말했다. 그 옆에는 슈퍼마켓 주인, 정육점 주인 등등이 모여 서서 낄낄대고 있었다.

"이런 건 불법 아니야?"

"연쇄 살인범 놀이 때문에 장사 잘된다고 좋아한 사람이 누군데 그래?"

"매상 올라봤자 몇 푼 올랐다고. 정말 집 사고 땅 샀어? 여자들은 동네 분위기 흉흉해져서 집값 떨어진다고 난리더구먼."

"이 사건 아니면 집값 오를까 봐? 대한민국 다 오를 때도 꿈쩍도 안 한 데야, 여기가. 솔직히 나야 재밌다. 나는 요즘 길 지나다니다가 좀 이상한 사람 보이면 저놈이 범인 아닐까 생각하는 재미로 산다니까. 덜 지겹고 얼마나 좋아? 경제도 활성화되고."

"그러니까 이걸 아예 지자체 행사로 지정해야 된다니까. 풍물 대마당 하듯이 제 일 회 연쇄 살인범 잡기 서바이벌 대회, 좋잖아?"

"너무 길다. 그냥 연쇄 살인범 대회가 나아. 꼬꼬치킨 배 연쇄 살인범 대회. 오, 이거 괜찮은데!"

"오산정육점 배 연쇄 살인범 대회가 더 낫다. 왠지 살점과 피의 냄새가 물씬 나는 것 같지 않아?"

"통합타이틀로 가자고. ○○동 통합 연쇄 살인범 대회. 트로피도 하나 만들까?"

"그러다가 연쇄 살인범한테 자네가 당하는 수가 있어. 그땐 재밌다는 소리 안 나올걸. 경제 활성화? 사람 죽고 경제 살면, 그게 경제냐? 사람 잡는 작두지."

"왜 그래? 이것도 하나의 문화야, 문화. 우리 동네에서『무한도전』을 한번 찍으면 좋은데 말이야! 그럼 완전히 뜰 텐데!"

문구점 주인이 아쉬운 듯 말하자 정육점 주인이 심각한 얼굴로 목소리를 낮췄다.

"근데 범인이 또 사건을 저지를 거 같지 않아?"

"원래 연쇄 살인범들은 잡힐 때까지 계속 사건을 저질러."

"정말?"

은주는 상인들의 이야기를 뒤로한 채 집으로 걸음을 옮겼다. 온 동네가 연쇄 살인범 이야기뿐이었다. 신문에서 연쇄 살인이라며 대서특필했고, 그러자 밤마다 아이들이 몰려와서 벌이는 연쇄 살인범 놀이까지 덩달아 관심을 불러일으켰다.

다행히 경찰은 은주에게도, 그리고 기현에게도 더 이상 아무런 연락도 취하지 않았다. 은주는 자신도 아이도 안전하다는 느낌을 받았다. 은주는 그것이면 충분하다고 중얼거렸다.

초가을의 저녁 햇살이 따갑고 길게 내리쬐고 있었다. 붉은 저녁 해를 등 뒤로 지고 누군가 길모퉁이에서 나타났다. 검은 그림자가 불길하게 도로 끝까지 드리웠다. 이어 그림자만큼이나 검은 실루엣이 길 끝에서 모습을 드러냈다. 마치 만화 영화 속 어둠의 대마왕처럼 그는 두 팔을 허공으로 번쩍 쳐들었다.

"회개하라, 아니면 너희는 개처럼 죽음에 이를 것이니라."

우렁찬 목소리가 울려 퍼졌다. 장을 보던 여인 몇이 그 서슬에 놀라 슬그머니 길가로 몸을 피하면서 눈을 동그랗게 뜨고 그림자를 쳐다보았다. 중년의 남자가 늦더위에도 아랑곳없이 검은 양복에 넥타이까지 졸라매고 걸어왔다. 더위 때문인지 아니면 스스로의 열기를 이기지 못한 탓인지 붉게 상기된 얼굴에는 땀이 줄줄 흘러내렸지만 반쯤 벗어진 머리는 꼼꼼하게 빗겨져 머리통에 찰싹 붙어 있었다. 그의 손에는 나무에 대롱대롱 매달린 개가 그려진 그림

위로 "예수를 믿지 않는 자, 땅에 묻히지 못할 것이니"라고 쓴 나무판이 들려 있었다. 그림은 너무 원색적이어서 경건함이나 공포심보다는 실소를 불러일으켰지만 남자의 얼굴은 더없이 비장했다. 은주는 그를 알아보았다. 전도사라고 불리는 교회의 광신도였다.

"여호와의 율법에 따르지 않는 자들아! 너희가 하늘의 별처럼 많을지라도 네 하나님 여호와의 말씀을 순종치 아니하므로 남는 자가 얼마 되지 못할 것이라!"

은주는 그와 아는 체를 하고 싶지 않아 고개를 돌렸다. 그러나 그는 은주를 알아보았는지 그녀를 똑바로 쳐다보며 외쳤다.

"손에 피를 묻힌 자, 영원히 이마 위에 그 표식이 사라지지 않을 것이니, 네 마음의 두려움과 눈이 보는 것으로 인하여 아침에는 이르기를 '저녁이 되었으면 좋겠다' 할 것이고, 저녁에는 이르기를 '아침이 되면 좋겠다' 하리라!"

은주는 화가 나서 그를 노려보았다. 전도사는 은주의 시선에 아랑곳하지 않고 더욱 목청을 높이며 외쳤다.

"저 위에서 우리 주 하나님께서 모든 것을 지켜보고 계십니다. 하나님께서는 우리가 무슨 죄를 짓는지 다 보고 아십니다!"

은주는 고개를 들어 노을이 지는 하늘을 올려다보았다. 저곳에 어떤 절대자가 있어 자신이 한 행동을 모두 지켜보고 있다고 생각하니 가슴을 짓눌러 오던 일말의 불안이 분노로, 분노는 다시 오기로 슬며시 바뀌는 것을 느꼈다. 지켜봐서 뭘 어쩌겠다는 것인가. 지켜보는 것 외에 무엇을 할 수 있다는 말인가.

은주의 눈이 다시 전도사와 마주쳤다. 전도사의 눈은 마치 은주의 속마음을 읽은 듯 분노로 일렁이고 있었다. 은주는 보라는 듯 가슴을 똑바로 펴고 몸을 돌렸다. 길게 늘어진 그림자가 앞장서 걸었다. 은주는 마치 그림자에게 붙잡혀 끌려가듯 다시 집으로 향했다.

*

창수는 노란 띠가 둘러쳐진 고려시대 무덤가를 천천히 걸었다. 순경들은 보이지 않았다. 초동 수사는 범행에 쓰인 흉기는커녕 제대로 된 발자국 하나 건지지 못한 채 끝났다는 기사가 아침에 떴다. 컴퓨터 앞에 붙어 있던 창수는 현장을 직접 봐야겠다는 생각으로 뒷산을 넘어 무덤가까지 갔지만 별달리 볼 것도 없었다. 경찰이 보이지 않는 것으로 봐서 이미 흉기 수색을 포기하고 철수한 것 같았다. 연쇄 살인범이 나타났다는 잡목 숲은 어둠 속에서는 어떨지 몰라도 아침의 햇빛 아래서는 시시할 정도로 평범한 모습이었다.

아이들은 잡목 숲 저편의 공터에서 술을 마시다 어떤 남자를 보고 쫓아갔다. 그 남자가 실제로 존재했든 아니든, 연쇄 살인범일 리는 없으니 그와는 무관하게 아이들 사이에 무슨 일인가 일어났을 것이다. 오인이든, 싸움이든, 장난이든 그 무엇이든. 칼은 어떻게 되었을까. 경찰은 범인이 흉기를 가지고 갔을 것이라고 추정했다. 만일 범인, 즉 연쇄 살인범이 존재하지 않는다면 칼은 아이들 중 하나가 들고 있던 게 분명했다.

그때 흙더미에 무언가 파묻혀 있는 모습이 창수의 눈에 들어왔다. 창수는 주변을 둘러보고는 나무 막대기 하나를 주워 흙을 파 보았다. 그러나 그것은 누군가 흘리고 간 병따개였다. 창수가 병따개를 집어 던지고 일어서는데 파출소장이 다가왔다.

"자네 여기서 뭐 해?"

"현장 한 번 둘러봤어요."

"왜?"

"둘러보면 안 돼요? 재밌잖아요?"

"자네한테는 재미있어 보여?"

파출소장의 목소리는 은근히 날카로웠다.

"왜요? 무슨 일 있으셨어요?"

창수가 잔뜩 열 받은 것처럼 보이는 파출소장의 얼굴을 쳐다보며 물었다. 파출소장은 한숨을 길게 내쉬더니 창수를 붙잡고 하소연하기 시작했다.

"내가 정말 이 동네를 떠야지, 살 수가 없어. 연쇄 살인범 놀인지 뭔지를 한다는 애들 때문에 밤마다 난리법석이야, 난리법석."

어젯밤에도 순경들은 연쇄 살인범 놀이를 하다 패싸움을 벌인 한 무리의 고등학생들을 잡아 파출소로 끌고 왔다. 파출소장은 한 번만 더 이런 일을 일으키면 폭력 사범으로 소년원에게 처넣어버리겠다고 으름장을 놓았다. 소년원이라는 단어가 나오자 몇몇은 움찔했고, 몇몇은 그래봤자 허풍일 테니 마음대로 하시라고 대꾸해서 파출소장의 속을 뒤집어놓았다. 고등학생들의 일부는 이 동네 아이들이었고 나머지는 다른 동네에서 원정 온 아이들이었다. 이달만 해도 이런 사건이 벌써 한두 건이 아니었다. 아이들은 죄다 연쇄 살인범에 대해 종잡을 수 없는 진술들을 늘어놓았다. 어제 패싸움을 벌인 아이들은 연쇄 살인범을 봤다고 바락바락 우겼다.

"어디서 봤는데?"

"공장 뒤에서요."

"연쇄 살인범이라는 건 어떻게 알았는데?"

"얼굴을 수건으로 가리고 손에는 등산칼을 들고 있었다고요."

그러자 다른 아이가 말했다.

"외국인이었어요. 동남아나 파키스탄 같은 데 있잖아요."

"얼굴을 가리고 있었다면서 외국인인지 어떻게 알아?"

"느낌이란 게 있잖아요."

파출소장은 코웃음을 쳤다. 며칠 전에는 한 무리의 대학생들이 연쇄 살인범을 보았다고 신고를 해 왔다.

"정말이에요. 어떤 남자가 저를 쫓아오더니 마구 욕을 하면서 패려고 하는 거예요."

"뭐라고 했는데?"

"이 새끼들이 등산칼에 장난감 총이 뭐냐면서, 우리 때는 시작했다 하면 최소한 사시미 칼이었다, 하려면 좀 제대로 해라. 이러는 거예요."

"그렇게 훌륭한 분이 이 동네에 사신단 말이야?"

그러자 다른 아이들이 소리쳤다.

"우리도 봤어요. 애가 비명을 질러서 쫓아가봤더니 어떤 남자가 숲 속으로 달아났어요."

한 여대생은 빈 공장 뒤편에서 연쇄 살인범에게 붙잡혔으며 그가 자신을 죽이겠다고 협박했다고 말했다.

"갑자기 어떤 남자가 제 등 뒤에서 나타나 목을 감고 칼을 들이대는 거예요. 그러면서 말했어요. 죽기 싫거든 당장 꺼지라고. 아, 전 정말 그 자리에서 죽는 줄 알았어요."

파출소장은 대학생이든, 고등학생이든 아이들의 진술은 전혀 믿지 않았다. 놀이를 하는 아이들 중 몇은 얼굴을 가리고 연쇄 살인범인 양 돌아다녔기 때문이었다. 심지어 어떤 아이는 휴대폰으로 연쇄 살인범을 찍었다며 파출소로 직접 찾아오기도 했다.

"이게 연쇄 살인범이라고?"

실제로 사진에는 상당히 큰 키의 남자로 보이는 누군가의 뒷모습이 찍혀 있었다. 하지만 그뿐, 어두컴컴한 그림자에 가까운 사진으로는 아무런 세부 사항도 확인할 수 없었다. 경찰의 반응이 시큰둥하자 아이는 그 사진을 자신의 블로그에 올렸는데 그 때문에 블로그 방문자 수가 폭증했다. 컴퓨터 화면으로 보는 사진은 휴대폰 화면에서와는 사뭇 다르게 무시무시하고 고독한 아우라를 보여주었다. 사진 밑에는 이 연쇄 살인범은 간지가 장난 아니라는 식의 댓글이 주렁주렁 달렸다.

그러자 사진 확인을 요청하는 기자들의 전화가 빗발쳤고, 급기야 방송국에서 연락이 왔다. '미스터리 극장—믿거나 말거나'라는 제목의 다큐드라마 프로그램이 있는데, 이 사건을 내보내고 싶으니 협조해달라는 것이었다. 경찰은 아직 수사 중인 사건이라며 정중하지 못한 태도로 거부했다.

"이걸 방송으로 내보내겠다고? 누굴 물 먹이려고 작정했나! 정말 별 사건 같지도 않은 게 사람 스트레스 줘!"

최형사가 버럭 소리를 지르며 불평을 터트렸다. 최형사를 비롯해서 수사에 참여하고 있는 경찰들은 모두 의기소침해 있었다. 연쇄 살인이 점차 기정사실로 받아들여지면서 수사의 문제점을 지적하는 윗선의 압력이 점점 거세지고 있었다. 특히 연쇄 살인설을 강력하게 부인하던 최형사는 동네북처럼 난타당했다.

최형사가 고집을 부려 강인학의 제수를 불러다 수사를 한 것이 결정적인 자충수가 되었다. 그녀가 용의자가 된 것은 인상착의가 창수의 진술과 엇비슷하고, 강인학의 아들과 친밀한 관계라는 것 때문이었는데, 결과적으로 강인학의 부인이 한밤중에 병원으로 실려 가는 소동만 있었을 뿐 혐의가 없는 것으로 판명되었다. 강인학의 제수는 사건 당일 확실한 알리바이가 있었던 것이다. 그러자 언론에서는 강인학의 살해 현장에 목격자가 있었음에도 왜 실족사라고 판단했느냐고 목소리를 높였다. 경찰의 축소 수사, 수사 회피, 무사안일이라는 등등의 비난이 줄줄이 딸려 나왔다. 하는 수 없이 경찰은 실수라고 인정하지 않을 수 없었다. 내부 회의가 몇 번이나 열렸다. 그 결과 연쇄 살인범의 소행이라고 해야 제일 욕을 덜 먹는다고 윗선에서는 판단했다. 최형사도 연쇄 살인범을 찾고 있다고 기자들에게 말했지만 여전히 속마음은 달랐다.

"여기에는 우리가 미처 파악하지 못한 뭔가가 분명히 있다고! 봐, 애들 진술도 앞뒤가 안 맞아. 이은주의 아들과 태성인가 하는 애, 둘 다 연쇄 살인범이 죽은 애를 끌고 가는 것을 보고 쫓아가다 마주쳤어. 이게 말이 돼? 이은주 아들과 태성이는 서로 반대쪽에 있었는데 연쇄 살인범이 이은주 아들 앞에도 나타나고, 태성이 앞에도 나타난 거야.”

“어수선한 와중에 애들이 시간을 헷갈릴 수도 있죠.”

최형사는 끙 하고 한숨을 내쉬며 돌아섰다. 그러고는 공연히 파출소장을 붙잡고 뒷산 현장에서 고등학생을 찌른 칼을 아직 못 찾았다면서 불평불만을 쏟아냈다.

“도대체 그깟 칼 하나, 못 찾는 거예요, 안 찾는 거예요?”

파출소장은 다시 멱살잡이를 벌여볼까 하다 당뇨가 걱정되어 꾹 참고 자리를 벗어나 현장으로 왔다. 파출소장은 요사이 자주 현장에 들르곤 했는데, 느닷없이 칼이 발견되면 어떡하나 하는 불안과 끝내 칼이 나오지 않으면 또 어떡하나 하는 걱정을 동시에 안고 있었다.

“지들이 멍청해서 범인 못 잡는 걸 왜 나한테 지랄이야? 칼이 그렇게 중요하면 지들이 찾아야지! 그리고 칼이 무슨 소용이야? 지들이 용의자를 데리고 와야지. 그런데도 우리 순경들이 며칠을 찾아 헤맸거든. 수사본부에서는 빨리 찾으라고 난리지, 구청에서는 유적 발굴지라 훼손하면 안 된다고 난리지. 나중에는 순경들이 밥숟가락 들고 흙을 파면서 칼을 찾아 다녔다고!”

창수는 웃으며 파출소장의 긴 이야기를 들었다. 창수는 자신을 찾아왔던 최형사의 얼굴을 기억했다. 그는 여전히 은주를 의심하고 있지만 창수가 예상한 대로 새 사건으로 인해 은주는 혐의를 벗은 것이다. 그때 파출소장의 무전기가 울렸다.

"소장님. 빨리 좀 오세요, 빨리요."

"왜?"

"범인이 잡혔어요."

"또 범인이 잡혔다고?"

"이번에는 진짜예요."

"알았어, 갈게."

파출소장이 무전기를 끊자 창수가 물었다.

"범인이 잡혔다고요?"

"그놈의 범인은 매일 잡혀, 매일."

그러면서도 파출소장은 창수와 헤어져 서둘러 파출소로 걸음을 옮겼다. 파출소에는 검은 점퍼 차림의 남자가 앉아 있었다. 익히 얼굴을 알고 있는 전도사였다. 파출소장은 김이 팍 샜다.

"범인 잡았다며? 이자야?"

순경이 파출소장의 귀에 대고 말했다.

"칼을 가지고 있었어요, 등산용 칼."

순경이 파출소장에게 비닐봉투에 든 칼을 보여주었다. 평범한 등산용 칼이었다. 파출소장은 잠시 혼란에 빠졌다. 이 칼 때문에 이자가 정말로 연쇄 살인범이 될 수도 있겠다는 생각이 들었다. 그때쯤에는 서바이벌 게임을 벌이다 경찰이 누군가를 끌고 가는 것을 보고 몰려온 고등학생과 대학생, 그리고 동네 사람들이 파출소 앞에 진을 치고 있었다.

"이자를 어떻게 잡았어?"

"좀 전에 차를 몰고 그 주변을 도는데요, 얼굴에 검은 비닐을 둘

러쓴 남자가 튀어나오더니 산으로 뛰어 올라가더라고요. 그래서 혹
사고라도 나는 거 아닌가 싶어 차에서 내려 산으로 올라가봤어요.
근데 그 남자는 없고 어디서 누군가 소리를 지르더라고요. 둘러봤
더니 이자가 구덩이에 빠져 있지 않겠어요? 꼴을 보니 어젯밤부터
내내 거기 빠져 있었나 봐요."

　파출소장은 전도사 앞에 앉았다. 전도사는 온통 흙과 먼지로 더
러웠지만 가만히 눈을 감은 채 표정 하나 흐트러뜨리지 않고 앉아
있었다.

　"이봐, 전도사. 나 알지?"

　"……."

　"당신이 뒷산에서 애 죽였어?"

　"……."

　"이런 칼을 왜 들고 다녀? 괜히 의심받게!"

　"내가 했소."

　"뭐?"

　"하나님이 시키셨소. 탐욕에 사로잡힌 자, 믿음이 없는 자, 타락
에 빠진 자."

　"쓸데없는 소리 하지 말고, 부모님 걱정시킬 거야?"

　"내 아버지는 한 분뿐이오."

　"그만하라니까! 연쇄 살인범 되고 싶어?"

　"내가 했다잖소!"

　"왜?"

　"하나님께서 두려워하지 않는 자를 벌주라 하셨소! 강인학은 믿

음이 없고 오만한 자요! 그래서 그놈부터 시작한 거요."

파출소장은 전도사를 쳐다보았다. 전도사는 정신이 온전치 못하니 용의자가 되고도 남았다. 자백까지 했으니 더 물어볼 것도 없었다. 동시에 칼 때문에 전도사가 범인이 된다면, 그건 정말 아니다 싶었다. 순경이 다가와 말했다.

"이자는 작년에 교회 근처에서 강인학과 대판 싸운 적이 있어요. 소장님도 기억하시죠?"

파출소장은 기억하고 있었다.

"최형사한테 전화할까요? 용의자 잡았다고."

파출소장은 멍하니 고개만 끄덕였다.

*

문자가 왔다. 기현이 보낸 것이었다. 경찰이 학교로 찾아왔고, 태성과 함께 용의자 확인을 위해 경찰서로 간다는 내용이었다. 은주는 놀라서 호성에게 전화를 했다. 호성은 받지 않았다.

은주는 택시를 잡아타고 경찰서로 갔다. 하지만 경찰서 안까지 들어가고 싶지는 않았다. 입구에서 순경에게 물어보니 잠시만 기다리면 된다고 말해주었다. 순경 말대로 잠시 후 기현과 태성이 나왔다. 태성은 얼굴이 핼쑥했다. 은주가 다가가자 기현은 용의자 확인을 했다고 말했다. 놀랍게도 그는 전도사였다는 것이다. 기현도 동네의 명물인 전도사의 얼굴은 알고 있었다. 경찰은 기현에게 왜 지난번에는 알아보지 못했는가를 물었다고 했다. 기현은 그때는 어두워서 전혀 누구인지 몰랐다며 다만 키가 비슷한 것 같다고 대답했고, 태성도 비슷하게 말했다고 했다.

"엄마도 해봤으니까 알 거잖아. 지난번 경찰서 갔을 때."

"으응, 나는 좀 달랐지."

은주는 얼버무렸다. 태성이 기현을 쿡 찌르며 말했다.

"너네 엄마는 용의자로 갔었다며? 우리는 단순 목격자니까 다르지."

"그만 얘기하고 어서 택시 타자."

거북해진 은주는 아이들을 데리고 황급히 택시에 올랐다. 뒷좌석에 탄 태성과 기현이 나지막이 이야기를 주고받았다.

"그 남자가 가지고 있던 칼이 내 옆구리 상처와 모양이 일치한대."

"그래?"

"그건 결정적인 증거래."

기현은 그것에 대해서는 아무 말도 하지 않고 태성을 쳐다보더니 말했다.

"근데 그 남자, 지능이 좀 모자라 보이지 않았어?"

"몰라."

"정상이 아닌 것 같았어."

"그러니까 사람을 세 명이나 죽였지."

"맞아. 그러니 감옥에 가도 별 느낌 없을 거야. 우리는 거기 가면 미치겠지만."

"응."

"불안해하지 마. 범인이 잡혔다는데 뭘."

기현의 목소리는 나지막하고 힘이 있었다. 태성은 가만히 듣고 있었다. 은주는 기현의 입에서 그런 어른스러운 말투가 나오는 것을 처음 보았다. 언제나 자라지 않을 것 같던 아이가 갑자기 어른이 된 것이었다. 은주는 상황이야 어떠하든 아들의 어른스러운 모습에 감동을 받아 가슴이 먹먹해졌다.

"그 얘기 그만해라. 이젠 잊어버려."

"네."

두 아이는 고분고분하게 대답했다.

"엄마, 뭐 좀 먹고 가면 안 돼?"

기현이 말했다.

"뭐 먹을래?"

"치킨."

기현은 시장 입구에 있는 치킨집을 유난히 좋아했다. 은주는 택시 기사에게 시장 입구에서 내려달라고 부탁했다.

풍물 마당이 펼쳐지는 시장은 평소와는 달리 불빛이 휘황했고, 노점상에서 켜둔 스피커에서 메들리 가요가 요란하게 울려 퍼졌다. 얼굴에는 피에로 분장을 하고 누더기 한복을 입은 젊은 남자가 춤을 추며 엿가락을 팔았다. 그 옆으로 온갖 장사치들이 노점을 펴고 손님들을 불러 세우고 있었다. 잠시 후에 주민 노래자랑을 한다면서 사람들이 개천가 공터로 몰려가고 있었다. 치킨집 앞 테이블에도 평소보다 많은 사람들이 맥주잔을 기울이며 앉아 있었다. 은주도 테이블 하나를 차지하고 치킨 두 마리를 따로 포장해달라고 부탁했다. 그곳에서도 사람들의 대화는 온통 연쇄 살인범에 관한 것이었다.

"전도사가 그럴 리가 없어. 정신이 좀 온전치 못한 인간이긴 하지만 누구한테 해코지해본 적이 없는 사람이라고."

"경찰이 해도 너무했어. 정신이 모자란다고 연쇄 살인범으로 몰아? 나쁜 놈들."

"보나마나 동네 시끄러우니까 아무나 잡아간 거지. 파출소장이 잡았다면서? 알 만하다, 알 만해. 게을러터져서 온 동네 다니면서 공짜 밥이나 먹는 주제에, 이걸로 실적 한번 올려보려는 거지."

"설령 범인이라 해도 그놈 참 불쌍해. 죽은 놈들은 죄다 악질이었다며?"

"그렇대."

"그런 놈 몇 죽으면 어때? 나쁜 놈들이 벌 받는 일도 한 번씩은 있어야 그래도 살맛이 나지."

"삼천포로 빠지지 마. 전도사는 범인이 아니라니까! 죽은 놈들이 나쁜 놈이냐, 아니냐가 중요한 게 아니라 엄한 사람을 가둔 게 문제라고!"

잠시 후 주인이 포장된 닭을 들고 나왔다. 두 아이에게 한 마리씩 들게 하고는 계산을 하려는데, 시장 저편으로 걸어가는 창수의 모습이 보였다. 다른 사람처럼 노래자랑을 보러 공터로 가는 듯했다.

"삼만 원이요."

주인이 재촉하듯 말했다. 치킨집 주인은 은주가 물끄러미 쳐다본

쪽으로 시선을 돌렸다. 은주는 마치 무언가를 들킨 사람처럼 깜짝 놀라서 서둘러 돈을 건넸다.

집에 들어가자마자 기현은 다시 어린아이 같은 모습으로 돌아가 상자를 펼치고 닭을 먹기 시작했다. 닭을 먹으면서 기현이 혼자 중얼거렸다.

"또 한 사람이 더 죽을 거야. 또 한 사람이……."

"기현아. 무슨 얘길 하는 거야?"

"그 남자가 진짜 범인이 아니라면."

"그 얘긴 그만해. 신경 쓰지 말라니까."

"또 한 사람이 죽으면 풀려날 거야. 다른 사람이 또 죽으면 풀려날 거라고."

"사람 죽는 걸 그렇게 농담처럼 말하는 거 아냐. 어서 먹고 올라가."

기현은 양손에 닭을 한 조각씩 들고 계단을 두어 개씩 껑충껑충 뛰어 올라가며 소리쳤다.

"잡히면 안 돼, 잡히면 안 돼. 사건은 계속돼야 해!"

"기현아!"

은주는 호성에게 다시 전화를 걸었다. 여전히 전화를 받지 않았다. 은주는 지친 듯 소파에 앉아 멍하니 허공을 바라보았다. 호성은 어디에 있는 것일까. 은주는 오늘은 무슨 일이 있어도 어디에서, 누구를 만나고 왔는지 물어보리라 생각했다. 호성은 언제나처럼 귀찮다는 듯 얼버무리며 자기 방으로 들어가버릴 것이다. 호성에 대한 분노가 치밀었다. 호성은 기현에 대해서도, 집안일에 대해서도,

아무것에도 관심이 없다. 어디에 있었는지조차 말하지 않는다. 그 때문에 은주는 두 번 다시 가기 싫었던 경찰서에 혼자서 가야만 했다. 돈도 안 벌고 그냥 놀면서…… 무책임하고 게으른 인간. 은주는 호성에 대한 미움 때문에 진저리를 치는 자신을 발견했다. 차라리 그가 집에 들어오지 않았으면 더 좋겠다고 생각했다. 안 볼 수 있었으면 좋겠다. 그것도 영원히!

그러자 습관처럼 창수 생각이 났다. 창수의 매끄러운 뺨과 자신의 입술에 와 닿던 마르고 따뜻하던 입술이 떠올랐다. 창수를 보고 그와 이야기를 하고 싶다는 충동이 은주의 가슴을 휘저었다. 은주는 창수에게 전화를 하려고 휴대폰을 열었지만 통화 버튼을 누르기 전에 포기하고 말았다. 오늘은 보는 눈이 너무 많아 다른 사람들 눈에 띌지 모른다는 생각이 들었다. 만날 수 없다고 생각하자 더욱 창수가 그리웠다. 창수는 아직도 노래자랑을 보고 있을까? 아니, 좀 전에 보았던 사람이 창수가 맞기는 한 걸까? 혹 창수도 자신을 보았고, 그래서 노래자랑 하는 데서 은주를 기다리고 있는 것은 아닐까?

은주는 충동적으로 벌떡 일어나 황급히 신발을 발에 걸치고 공터로 갔다. 가설무대와 놀이기구가 설치된 개천가 공터는 평소와는 달리 색색의 전구와 조명등으로 환했다. 놀이기구에서는 아이들의 비명 소리가 규칙적으로 들려왔다. 은주는 가설무대 주변을 둘러보았다. 노래자랑 무대 주변에는 의외로 사람이 많지 않았다. 일부는 앉아 있고, 더러는 서 있는 사람들 틈에서 창수를 찾아보았지만 그는 보이지 않았다. 어쩌면 그사이 집으로 가버린 것인지도 몰랐고, 아니면 그녀가 잘못 본 것인지도 몰랐다. 창수는 사람이 많이 모이는 곳을 싫어한다고 자주 말했었다.

요란하고 조잡한 반주에 맞춰 어떤 여자가 노래를 부르고 있었다. 여자는 한껏 자기 감정에 도취해 노래를 불렀다. 어딘가 눈에 익어 자세히 보니 옆방 아줌마였다.

"태워도 태워도 재가 되지 않는 사랑을 태우리라아아아."

옆방 아줌마는 마지막 구절을 부르며 거의 가슴을 쥐어뜯었다. 은주는 생뚱맞다는 듯 잠시 그녀를 쳐다보았다.

"연쇄 살인범 잡아라!"

아이들이 장난감 칼을 들고 달려가며 소리쳤다.

"살인범 잡혔다, 이놈들아! 이제 뭐 하고 놀래!"

의자에 앉은 어떤 남자가 달려가는 아이들을 향해 소리쳤다. 옆방 아줌마는 노래를 끝내고 여러 번 고개를 숙이며 인사를 했다. 몇몇이 일어서서 "앙코르, 앙코르" 소리를 질러댔다. 무대에서 내려온 옆방 아줌마는 상기된 얼굴로 은주의 옆을 스치고 지나갔다. 은주는 그녀와 마주치고 싶지 않아 얼굴을 돌리며 그곳을 빠져나갔다. 창수를 만난다 해도 이렇게 사람이 많은 곳에서는 이야기도 할 수 없을 것이다.

은주는 다시 집으로 걸음을 옮겼다. 여전히 조잡한 음악 소리가 들려왔지만 불빛은 사라지고 익숙한 어둠이 펼쳐졌다. 바람이 새는 듯한 소리와 함께 무언가 허공으로 날아올랐다. 펑. 폭죽이 어두운 허공에서 터졌다. 형형색색의 불빛이 허공에서 반짝이는 동시에 소멸되면서 희미한 연기만 남기고 사라졌다.

"살인범이 저기 있다! 잡아라!"

은주는 놀라 뒤돌아보았다. 어둠 속에 흰 마스크를 쓴 남자가 서 있었다. 그는 유령처럼 은주를 내려다보고 있었다.

"아악!"

은주의 비명 소리가 어둠을 울렸다. 남자는 몸을 돌려 어둠 속으로 달아났다. 곧이어 중학생 정도로 보이는 아이들이 그 남자의 뒤를 쫓아 우르르 달려갔다. 다시 폭죽이 날아올랐다. 펑, 펑, 펑. 불꽃이 어둠 속에서 흘러내렸다. 화약 연기가 잡히지 않는 진실처럼 눈앞에서 어른거리다 사라졌다. 불꽃은 그보다 더 빨리 사라졌다. 은주는 불꽃이 사라지는 것을 멍하니 쳐다보았다. 마치 할 수 있는 것이라고는 그것밖에 없다는 듯이.

희고 긴 복도*

전화벨이 울린 것은 새벽녘이었다. 벨소리에 눈을 뜨고 보니 소파에서 잠이 들어 있었다. 호성을 기다리다 잠이 든 것이다. 은주는 다른 식구들의 잠을 깨울까 봐 황급히 전화를 받았다.

"정호성 씨 댁이죠? 부인 되십니까?"

"네, 그런데요."

"경찰입니다. 남편께서 사고를 당하셨습니다. 지금 XX병원으로 와주십시오."

"사고라뇨? 무슨 사고요? 생명에는 지장이 없나요?"

"죄송합니다. 지금 바로 와주십시오."

은주는 전화를 끊고 잠시 멍하니 서 있었다. 시계는 새벽 네 시

---

* 가와다 야이치로의 소설 『희고 긴 복도』에서 따옴.

를 향해 가고 있었다. 아이들을 깨워야 하나? 만약 큰 사고가 아니라면 평상시처럼 학교에 보내는 것이 더 낫지 않을까? 시아버지의 아침은 어떻게 하지? 은주는 두서없는 생각들을 하며 허둥지둥 옷을 갈아입었다. 곧장 현관을 나서려다 콜택시를 불렀다. 택시가 오는 동안 은주는 둘째 아이의 방으로 갔다.

"조현아, 조현아."

"왜에?"

조현이 부스스 눈을 뜨며 물었다.

"아빠가 사고를 당하셨대. 엄마 지금 병원에 가니까 너 오빠 아침 좀 챙겨줘. 알았지?"

"큰 사고야?"

"몰라. 병원에 가서 전화할게."

"나도 같이 가."

"아냐, 아냐. 너는 더 자."

은주는 그렇게 말하고 황급히 계단을 내려갔다. 잠시 후 택시가 도착했다.

택시는 차가운 새벽 공기를 가르며 동네를 빠져나갔다. 어둠은 은주가 병원에 도착할 때까지도 여전히 가시지 않았다. 드문드문 차들이 질주하는 도로에는 규칙적으로 가로등들이 늘어서 있었다. 가로등들은 마치 모든 것을 알지만 아무 말도 하지 않겠다는 듯 냉담하게만 보였다. 그래도 은주는 가로등만 쳐다보려고 애를 썼다.

생명에 지장이 없느냐는 질문에 경찰은 죄송하다고 말했다. 그것은 지장이 있다는 말일까. 지장이 있다는 것은 죽을 수도 있다는 말인가.

죽음. 죽는다. 죽는다. 죽는다…….

그러자 머릿속에서 두 남자의 이름이 스치고 지나갔다. 강인학과 박정기. 다 정리되었다고 생각할 때쯤이면 어김없이 좀비처럼 다시 살아나는 이름. 그들의 죽음은 무엇인가. 그들은 자신의 손에 의해 목숨을 잃었다. 그날 새벽이나 저녁, 그 가족들도 지금 자신처럼 전화를 받고 병원으로 향했을 것이다. 상상하지 못한 소식을 듣고.

아니다, 아니다. 은주는 머리를 절레절레 흔들었다. 지금은 양심의 가책과 싸워야 할 순간이 아니다. 양심의 가책을 느낀다고 그들이 다시 살아나는 것도 아니다. 양심의 가책을 회피하려는 것이 아니다. 남편이 살아 있기만 하다면 양심의 가책 같은 건 얼마든지 느껴도 좋다. 만약 남편의 생명이 위험한 지경이라면, 그렇다, 모든 것이 자신이 지은 죄의 대가라는 것을 인정하자. 인정할 수 있다. 남편이 살아 있기만 하다면. 자신은 평생 희생자들을 위해 참회하며 살 것이다. 아무도 모르겠지만 평생 그들을 위해 용서를 빌 것이다. 마음 안에 어떤 기쁨도 담지 않고 속죄하면서 살아갈 것이다. 그렇지만 만약 남편에게 무슨 일이 있다면…….

아이들은 어떻게 할 것인가. 아이들은 아무런 죄도 없는데.

죄가 없을까. 은주는 처음으로 그 가능성을 응시했다. 큰아이는 정말 연쇄 살인범을 보았을까. 전도사가 진짜 범인일까. 은주는 며칠 전 엿들은 큰아이의 통화 내용을 다시 떠올렸다.

"우리는 본 대로만 얘기하면 돼. 너하고 나는 그 남자를 분명히 봤잖아? 칼? 나는 칼 본 적 없어. 다른 애들도 철승이가 그 칼을 가지고 있는 걸 본 적 없어. 내가 분명히 물어봤어. 그건 범인 거야.”

그때 기현의 말투는 나지막하지만 힘 있고 설득력이 있었다. 그렇다, 기현은 상대방을 설득하고 있었다. 칼을 본 적이 없다고. 그것은 기현이 칼을 보았다는 의미였다. 은주는 다음 날 몰래 기현의 휴대폰을 열어보았다. 통화목록에는 단 한 개의 번호만 좌르르 찍혀 있었다. 은주는 직감적으로 그것이 같은 반 아이 태성의 전화번호임을 알았다. 문자 메시지 저장함은 텅 비어 있었다. 텅 빈 문자 메시지함은 어둠처럼 섬뜩하고 차가웠다. 은주는 지워진 문자 메시지를 찾으려는 듯 그 어둠을 오래 쳐다보았다.

어둠 속에서 기현과 같이 있던 태성의 얼굴이 떠올랐다. 은주는 기현이 그 아이를 숭배한다는 것도 알고 있었다. 그러나 지난번 경찰서에서 데리고 나올 때 기현은 더 이상 숭배자의 얼굴이 아니었다. 오히려 숭배받는 사람에 가까웠고, 태성이 기현에게 의지하는 것처럼 보였다. 무엇이 기현을 그토록 위엄 있게 만들고, 그 둘의 관계를 단번에 역전시켰을까. 그날 밤에 도대체 무슨 일이 있었다는 말인가.

은주는 머리를 싸쥐고 신음 소리를 내뱉었다. 운전기사가 백미러로 은주를 힐끔 보더니 속도를 더욱 올렸다. 택시가 병원 앞에 도착했다. 은주는 지갑에서 손에 집히는 대로 돈을 꺼내 주고는 잔돈도 받지 않고 병원 출입문을 향해 내달았다. 제일 먼저 마주친 간호사를 붙잡고 용건을 말하자 간호사가 형사를 불러주었다. 형사는 은주를 데리고 복도를 걸어갔다.

복도는 길고 하얬다. 일정한 간격으로 붙어 있는 천장의 형광등에서 폭포처럼 눈부신 빛이 쏟아져 내리고, 새로 칠한 페인트 냄새가 희미하게 났다. 우레탄 재질의 밑창이 붙어 있는 은주의 신발은 걸음을 내딛을 때마다 뽀드득뽀드득 눈 밟는 소리가 났다. 은주는 역시 일정한 간격으로 붙어 있는 여러 개의 문을 지나 복도 끝만을 보며 걸었다. 복도는 끝이 없을 것처럼 아득한 소실점까지 이어져 있었다. 은주는 그 소실점까지 계속 걸어갈 작정이었다. 복도는 끝이 없고, 은주는 그 끝에 도착하지 못할 것이고, 그 끝에 무엇이 있는지 영원히 알지 못하리라.

그러나 앞서 가던 형사는 끝까지 가지 않고 도중에 걸음을 멈추었다. 그러고는 문을 열고 어느 방으로 들어갔다. 방 안은 여느 입원실처럼 보였다. 역시 희미한 페인트 냄새가 나는 방구석에 하얀 천을 씌어둔 침대가 보였다. 은주의 등 뒤에서 문이 닫혔다. 형사가 침대 옆으로 다가가 흰 천을 들어 올렸다.

검버섯이 가득 피어난 주름 가득한 얼굴. 입가에는 죽이 말라붙어 있었다. 배 위에 얌전하게 얹혀 있는 손에는 핏줄이 도드라져 있었으나 이미 굳어진 듯 거무스레했다. 그 안에 식어 있는 피는 이제 다시는 흐르지 못할 것이다. 채 닫히지 않은 입가에는 미처 빠져나오지 못한 탄식이 걸려 있는 듯했지만 그조차도 입안의 차가운 어둠, 임플란트로 만든 이의 감옥 속에 머물러야 할 것이다, 영원히.

은주는 희미하게 미소를 지으며 형사를 돌아보았다. 은주는 가슴을 쓸어내렸다. 이제 모든 것이, 묘하게 비틀리고 인위적으로 연장되었던 시간들이 끝난 것이다.

그리고 모든 것이 은주의 망막에서 사라졌다.

호성은 종종 은주를 처음 만났던 날 이야기를 하곤 했다. 은주와 호성은 대학 시절 어느 연합동아리의 회식 장소에서 만났는데 은주가 일어나 무슨 노래를 불렀다는 것이다. 그 노래는 호성이 평소에 특별히 좋아하던 노래였고, 노래를 썩 잘하지는 못하지만 성의를 다해 부르는 모습에 호성은 반했다고 했다. 그가 회상한 내용은 그의 성향만큼 낭만적이었다. 노란 백열등 불빛과 그 불빛이 만드는 무거운 음영, 실내에서 미처 빠져나가지 못한 자욱한 담배 연기, 막걸리의 쉰 냄새가 한데 뒤섞인 팔십 년대식 학사주점 한쪽에서 은주의 나지막한 음성이 퍼져 나갔노라고, 마치 영화의 한 장면을 떠올리듯 호성은 묘사하곤 했다.

　　그런데 은주는 그 노래를 불렀던 기억이 없었다. 처음에 호성이 그 이야기를 할 때는 자신이 그랬나 하면서 넘어갔다. 적당히 맞장구도 쳤다. 그러나 아무리 생각해도 은주는 그 노래를 불렀던 기억이 없었다. 은주는 그 노래 자체를 몰랐다. 아무리 생각해도 단 한 줄의 가사도, 한 부분의 멜로디도 생각나지 않았다. 은주가 자신은 그 노래를 모른다며 사실을 말하자 호성은 그럴 리 없다며 그날 일을 다시 차근차근 설명했다. 끝내 은주가 기억해내지 못하자 호성은 급기야 화를 냈다. 은주는 기억이 나는 척할 수밖에 없었다. 그날 장면을 곰곰이 생각해보면서 그것을 기억 속에 집어넣고 계속 회상해보았다. 몇 번 반복하자 그것은 정말 자신의 기억처럼 느껴졌다. 그날 담배 연기 자욱한 학사주점에서 노래를 부르던 자신의 모습이 보이는 듯했고, 가끔은 그날 노래를 부르던 자신이 그립기까지 했다. 멀리 어디선가 그 노래가 희미하게 들리는 것도 같았다.

그것은 은주가 부르는 노래였다. 그리고 노래에 섞여 누군가의 목소리가 들렸다.

"엄마, 엄마."

은주는 억지로 눈을 떴다. 조현이 은주의 손을 잡고 울고 있었다.

"엄마……."

"오빠는?"

조현이 몸을 옆으로 틀자 의자에 앉아 있는 기현이 보였다. 기현은 울고 있지 않았다. 화난 사람처럼 잔뜩 얼굴을 찌푸리고 있었다.

"기현아, 아버지는? 아빠 어디 계셔?"

"……."

"엄마, 왜 그래……."

둘째 아이가 울음을 터뜨렸다. 은주는 울지 말라고 아이를 달래며 자신이 마지막으로 본 장면을 기억해내려고 애썼다. 죽어서 침대에 누워 있는 사람은 분명히 시아버지였는데, 왜 아이들이 이토록 우는 것일까. 남편은 어디에 있을까. 장례 절차를 밟고 있을까.

갑자기 속이 울렁거렸다. 택시 안에서 자신이 했던 생각이 떠올랐다. 남편에게 무슨 일이 있으면 그것은 자신이 벌을 받는 것이라는. 그런데 자신이 벌은 왜 받는 것인가? 사고, 죽음, 벌, 살인, 피해자 등등, 은주의 머릿속을 빙빙 돌아다니는 단어들은 아무것도 연결이 되지 않았다.

잠시 후 형사가 왔다. 은주가 처음 보는 형사였다. 형사는 그렇게 밖에 말할 수 없다는 듯이 낮고 무미건조한 어조로 호성이 알 수 없는 흉기로 두개골을 가격당해 사망했다고 말했다. 그제야 은주는 자기가 본 주검이 시아버지가 아니라 남편이었다는 것을 깨달았다. 은주는 울음을 터뜨렸고 형사는 기다려주었다.

"누가, 도대체 누가 그런 짓을 한 거죠?"

"아직은 모릅니다. 하지만 인근에서 연쇄 살인이 발생한 것으로 보아 연쇄 살인범의 범행일 가능성을 염두에 두고 있습니다."

"말도 안 돼, 그런 게 어딨어요? 연쇄 살인범이라니, 그게 말이 돼요? 그런 게 어딨느냐고요? 그럴 리 없어, 절대로 그럴 리 없다고요!"

은주는 미친 듯이 소리를 질렀다. 아이들이 은주를 붙잡고 진정하라고 소리쳤다.

"내가 연쇄 살인범 그 새끼를 붙잡아 죽여버릴 거야!"

기현이 나지막이 말했다.

"나는 그놈을 봤어. 분명히 봤어. 가만히 안 둘 거야."

기현은 주먹을 꽉 쥔 채 어딘가를 노려보았다. 마치 그 앞에 연쇄 살인범이 서 있기라도 한 듯이. 그 모습을 본 순간 은주는 다시 정신을 잃었다.

*

새롭게 발견된 변사체가 은주의 남편이라는 사실을 창수가 알게 된 것은 바로 다음 날이었다. 오후에 창수는 어머니와 통화를 했다. 창수는 아버지의 안부를 묻고 수술 경과는 좋은지 물어보았다. 어머니는 당황하는 것 같았다. 몇 마디 어색한 대화가 오간 후에 창수는 아버지를 만나러 가겠다고 말했다.

"괜찮아. 일부러 내려올 거 없어. 아버지도 원치 않으시고."

"엄마는 괜찮아요?"

"우리 곁에는 하나님이 같이 계셔."

"……."

"잘 지내니? 돈은 있어?"

"있어요. 걱정 마세요."

"다행이다. 너는 뭐든 알아서 잘하니까. 그럼 된 거지 뭐. 우리도 다 잘 있으니 신경 쓰지 마."

어머니가 먼저 전화를 끊자 뚜 하는 신호음이 귀를 울렸다. 창수는 그것으로 가족과는 완전히 끝났다는 것을 알았다.

어린 시절, 창수는 어머니의 연인이었다. 어머니는 창수가 가방을 메고 집을 나설 때마다 자랑스러운 마음에 가슴이 뛰었고, 피곤한 얼굴로 집으로 돌아올 때는 안타까움 때문에 심장이 아프다고 말했다. 창수에 대한 그녀의 애착은 너무도 강해서 누구도 끊을 수 없는 끈이라고 생각했다. 과학 선생이 죽고, 아버지가 혐의를 쓰고, 창수가 더 이상 집을 찾지 않게 된 후에도 어머니는 창수를 믿었고, 창수에게 미안해했다. 그러나 지금은 아니었다. 창수가 집을 떠난 후 보여준 무심한 태도, 불성실한 삶에 많은 상처를 받았을 것이다.

그러나 진짜 이유는 따로 있다고 창수는 생각했다. 가족들은 창수가 과학 선생을 죽였다고 생각하는 것이다. 사건 후, 창수가 과학 선생을 죽였다는 소문이 처음에는 아이들 사이에서 떠돌다 나중에는 어른들 사이로 퍼져 나갔다. 그 소문이 그의 아버지와 어머니에게까지 도착하지 말라는 법은 없었다. 창수의 집에서는 누구도 과학 선생의 이야기를 꺼내지 않았다. 창수는 아버지에게 실망하여 방탕한 생활에 빠져버린 아들 흉내를 냈고, 아버지는 가족들에게 상처를 준 가해자인 동시에 누명을 쓴 피해자로서 완강하게 침묵만 지켰다. 그 침묵 속에는 수많은 오해와 해명되지 못한 사실들이 뒤엉킨 채 방치되어 있었다. 그러나 창수가 바꿀 수 있는 것, 바로잡을 수 있는 것은 아무것도 없었다.

창수는 벌떡 일어나 책을 집어 던지고 방을 나섰다. 자전거를 타고 무작정 페달을 밟았다. 이미 문을 열지 않은 지 오래인 카페 성 앞을 지나, 은주와 함께 가곤 했던 새 아파트 단지를 한 바퀴 돌아 현수막이 펄럭이는 신도로를 달렸다. "당신이 꿈꾸는 모든 것" 현수막은 이미 낡아 군데군데 찢어져 있었다.

한참을 달린 창수는 생수를 사기 위해 동네 슈퍼마켓 앞에 멈추었다. 동네 사람 몇이 슈퍼 앞에 서서 심각한 얼굴로 연쇄 살인범에 대해 이야기하고 있었다. 얼굴이 눈에 익은 슈퍼 주인이 창수에게 아는 체를 하며 계산을 하기 위해 안으로 따라 들어왔다.

"이제 사람들을 무차별적으로 죽이나 봐요."

"그게 무슨 말씀이세요?"

"어젯밤 사건 소식 못 들었어요?"

"아뇨. 누가 또 죽었어요?"

"교복집 아들이 죽었대요. 교복집 알아요?"

창수는 고개를 끄덕였다.

"그 집 며느리가 강사장 죽었을 때 경찰서 불려가고 그랬잖아요. 근데 이번에 그 여자 남편이 죽은 거예요."

창수는 정말로 충격을 받았다. 지능이 약간 모자라는 남자가 자수를 했다는 이야기는 들었지만 창수는 별 의미를 두지 않았다. 다른 사람의 관심을 끌기 위해서든, 오해를 받았기 때문이든 간에 유명한 사건에는 항상 거짓으로 자수하는 사람이 등장한다. 그러나 은주의 남편이 죽다니. 도대체 범인은 누구일까? 모방범일까? 밤마다 연쇄 살인범 흉내를 내는 아이들이 몰려들고 있었다. 그들 중 하나가 정말로 사고를 쳤을 가능성은 얼마든지 있었다. 아이들 사이에 떠도는 소문처럼 외국인 노동자가 연쇄 살인범 흉내를 냈는지도 모른다. 창수는 그것이 유일한 대답이라고 생각했다.

'유일'이라는 단어 앞에서 창수는 잠시 망설였다. 또 하나의 가능성을 창수는 일부러 외면하고 있었다. 은주였다. 은주가 남편을 죽인 것이 아닐까? 물론 그 여자의 성향을 보면 남편을 죽인다는 것은 생각하기 어려웠다. 하지만 정말 그런가? 창수가 은주에 대해 무엇을 알고 있다는 말인가. 그 여자의 충동, 그 여자의 무책임함, 그 여자의 알 수 없음, 창수가 끌린 것은 그 모든 것이 아니었던가.

슈퍼 앞에 모여 있던 사람들이 어딘가로 몰려갔다. 누군가 새로운 소식을 전해준 모양이었다. 생수병을 들고 충격에 빠져 있던 창수가 정신을 차리고 슈퍼 주인에게 물어보니 다들 파출소로 갔다고 말해주었다. 그 앞에서 난리가 났다는 것이다. 창수는 다시 자전거를 타고 파출소로 달려갔다.

파출소 앞은 몰려든 동네 사람들로 가득했다. 교회에서 나온 사람들이 찬송가를 부르고, 늙은 여자가 땅바닥에 주저앉아 대성통곡을 하고 있었다. 다른 사람들은 그녀를 달래며 경찰을 욕했다. 늙은 여자는 체포된 전도사의 어머니라고 했다. 전도사의 어머니는 대성통곡을 하면서도 할 말을 다 했다. 그녀의 아들이 지능이 모자라긴 하지만 바로 그 이유 때문에 자신은 더 씻기고 닦아 키웠으며, 그녀한테 돈이 조금만 있었어도 아들을 범인으로 몰고 가진 않았을 것이라는 가난하고 늙은 어머니의 호소는 사람들의 가슴을 자극하기에 충분했다. 동네 사람들은 분노에 사로잡혀 파출소 밖으로 나온 순경을 둘러싸고 이럴 수 있느냐며 마구 항의를 해댔다.

"어제 다시 사건이 발생했잖아요. 그럼 그 사람은 범인이 아니잖아요?"

"왜 여기 와서 이러세요? 그 사람이 범행을 자백했다고요."

"정신이 온전치 못한 사람이 하는 말을 다 믿어요?"

"범행에 쓰인 무기도 가지고 있었는데 어떡해요?"

"집에 등산칼 하나 없는 사람이 어딨어?"

그러자 순경 하나가 한숨을 쉬고는 말했다.

"현장에서 칼만 찾았으면 이런 일이 없었을 텐데……."

"그것만 찾으면 되는 거야? 그럼 풀려나?"

"칼이 결정적 증거래요."

"제대로 찾아보기는 했대요? 경찰이 못 찾은 거 아니에요?"

신도들을 데리고 파출소를 찾은 목사가 말했다. 그러자 한 남자가 외쳤다.

"그럼 칼을 찾으러 가자고. 경찰을 어떻게 믿어? 우리가 가서 그

248

일대를 다 뒤지면 나오지 안 나오고 배겨? 가자고, 가."

그 남자의 선동에 몇몇 남자들이 우르르 따라갔다. 교회 신도들
도 우르르 쫓아갔다. 동네 사람들이 사라지자 파출소장이 밖으로
나왔다. 그는 창수를 보더니 씁쓸한 웃음을 던졌다.

"사건만 나면 자네가 안 빠지는군."

"소문 듣고 와봤어요. 어제 사건, 동일범의 소행일까요?"

"아, 몰라. 형사들이 알아서 하겠지. 자네는 왜 그렇게 이 사건에
관심이 많아?"

"재밌잖아요."

파출소장은 비위가 상한 듯 투덜거렸다.

"재미? 자넨 이게 재밌어?"

"칼만 찾으면 범인이 밝혀지나요?"

창수의 말에 파출소장은 창수를 물끄러미 쳐다보았다.

"칼이 왜?"

"사람들이 칼을 찾으러 간 모양인데요."

"그 사람들 정말! 함부로 고분을 훼손하면 문화재청에 고발당한
다고!"

"그래도 결정적 증거라면서요?"

"결정적은 무슨! 칼에 이름이라도 새겼겠어? 아무 소용 없는 짓
이야. 그자가 자백했는데 어쩌라고?"

파출소장은 투덜대며 안으로 들어가버렸다. 창수는 자전거를 끌
고 자신의 옥탑방으로 돌아갔다.

그날 오후 동네 사람들은 기어코 칼을 찾아냈다. 동네 사람 중에

건설 일을 하는 사람이 있어 놀고 있는 포클레인을 동원하고 온 동네 사람들이 그 뒤를 쫓아가며 닥치는 대로 흙을 파헤쳤다. 어떤 사람들은 그 모습을 태안반도에서 기름을 닦던 자원봉사자들의 숭고한 모습에 비유했다. 그러자 한 교회 신도는 예수가 오병이어의 기적을 보이실 때의 모습과 같다고 다른 의견을 말했지만, 주민들의 신성한 참여를 특정 종교로 몰아서는 안 된다며 당장 닥치라는 반론에 부딪히고 말았다. 어쨌거나 주민들의 열의에 찬 모습에 예수가 기적을 일으킨 것인지 사람들은 결국 칼을 찾아냈다. 그때 몇몇 사람들은 감격한 나머지 눈물까지 흘렸다고 했다.

파출소장의 말처럼 창수도 그 칼은 아무 소용이 없을 것이라고 생각했다. 하지만 파출소장과 창수의 생각은 빗나갔다. 나중에 형사들이 그 칼을 증거로 가져다 흙을 씻어냈을 때 칼 손잡이에서 다른 칼로 새긴 흔적이 발견되었다. CS. 범인의 이니셜이었다.

*

부검 때문에 장례식은 이틀 후에나 시작되었다. 장례가 어떻게 지나갔는지 은주는 전혀 기억나지 않았다. 미국에 있는 시누이는 오지 못했고, 중국에 있는 시누이는 남편과 함께 와서 은주의 손을 잡고 펑펑 울었다. 친정 식구들도 모두들 다녀갔다. 친정 엄마를 붙잡고 울면서 은주는 다시 한 번 정신을 잃었던 것 같다. 눈을 떠보니 병실에서 링거를 맞고 있었다. 커튼 너머로 목소리를 낮춰 조곤조곤 속삭이는 소리가 들려왔다. 큰시누이와 막냇시누이였다.

"경찰이 연쇄 살인범한테 당한 것 같다 그러더라. 기가 막혀서."

"그러게 진작 이사를 갔으면 이런 일이 없었잖아. 다 아버지 고집 때문이야."

"아버지가 너무 오래 사셨어. 자식 잡아먹었다고 남들이 그러지 않을지."

"호성이한테 여자가 있을 줄은 정말 몰랐어. 어떻게 올케는 아무것도 몰랐을까?"

"알면 어떡할 건데? 이혼할 수 있어? 경제적 능력 없이 무슨 수로?"

"아버지는 이제 어떻게 해? 올케가 계속 모실까? 노친네, 병원으로는 절대로 안 가겠다고 버틸 텐데."

"버티고 자시고가 어딨어? 노인병원으로 가셔야지. 유산 분배도 끝내야 하고."

"언니네는 다 가져갔잖아."

"나만 가져갔니? 너는 집 산다고 안 가져갔어? 호성이도 학원 한다고 땅 하나 팔아먹었잖아. 우린 똑같은 입장이야."

"근데 지금 아버지 재산이란 게 나누고 자시고 할 게 있나?"

"집도 있고 현금 가지고 계시잖아. 액수는 아무도 몰라."

큰시누이는 막냇시누이 귀에 대고 뭐라고 귓속말을 속삭였다. 은주는 미동도 하지 않고 하얀 천장만 뚫어져라 쳐다보았다. 머릿속에 와이퍼가 지나간 것처럼 정신이 또렷해졌다. 남편이 죽었다는 소식을 들은 후 처음으로 제정신이 돌아온 느낌이었다.

시누이 말대로 아들이 죽고 없는데 시아버지의 마음이 어떻게 변할지는 모르는 일이었다. 시아버지는 지극히 상식적인 동시에 지극히 타인을 믿지 못하는 사람이었다. 그 불신이 시아버지로 하여금 끝까지 돈을 지키게 한 힘이었을 것이다. 은주는 처음으로 시아버지를 이해할 것 같은 기분이 들었다. 남편이 죽고 없는 지금 시누이들이나 시아버지한테는 기대할 것도, 신뢰할 것도 없었다. 아이 둘을 데리고 그냥 길바닥으로 나앉지 말라는 법도 없었다. 모든 것은 변덕스럽고 탐욕스러운 시아버지의 마음, 그것 하나에 달려 있었다.

남편의 사고 이후 은주의 숨통을 쥘 것처럼 달려들던 양심의 가책, 자신이 사람을 죽였고 그 때문에 벌을 받는다는 자책이 싹 사라졌다.

은주는 사람을 죽였다. 그것도 두 사람이나. 하지만 그 살인 때문에 덕 본 사람들도 분명히 있다. 이렇게 저렇게 대차대조표를 작성하면 호성의 죽음으로 인해 은주가 받는 벌은 결코 작은 게 아니라는 생각이 들었다. 자신은 오래오래 시아버지 옆에서 살아야 할 것이다. 아이들을 키우기 위해. 그것이 은주의 행위에 대해 어느 절대자가 내민 계산서였다. 은주는 계산서대로 지불하기로 결심했다. 이제 계산은 끝났다.

장례를 마치고 집으로 돌아온 날, 큰시누이는 앞으로 어떻게 살 것이냐고 물었다. 아버지를 잘 설득해줄 테니 작은 식당이라도 해보면 어떻겠냐는 것이었다.

"이억 정도면 충분할 것 같은데……."

은주는 시누이의 얼굴을 보았다. 은주를 빤히 쳐다보며 떠보는 그 표정은 시누이가 건네는 결산서였다. 은주도 담담히 시누이를 쳐다보았다. 그리고 차분하게 말했다.

"아뇨. 저는 애들과 아버님 모시고 살 거예요."

"그거야 우리가 알아서 해도 되고, 병원에 모시면 되지. 올케는 올케 걱정만 해. 그동안 고생했는데 앞으로 계속 고생할 거야?"

"고생해야죠. 남편도 없는데."

"그러면 뭐, 그렇게 하든지……. 암튼 잘 생각해봐."

"알았어요. 그만 돌아가보세요."

시누이는 고분고분 은주의 말에 따랐다. 그러나 분명 그것이 끝은 아니라는 것을 은주는 알고 있었다.

시누이를 돌려보내고 은주는 시아버지의 방으로 들어갔다. 시아버지는 아들이 죽었다는 소식을 듣고 극심한 충격을 받았지만 잘 버텼다. 시아버지는 장례식장에 나타나지 않았으며 은주에게 장례비를 보내주었다. 봉투에는 시아버지가 직접 붓펜으로 적은 부의(賻儀)라는 글씨가 선명했다. 손이 조금 떨린 흔적이 보였다.

은주는 부엌에서 죽을 끓여 시아버지에게 들고 갔다. 은주는 얼굴을 가린 흰 천을 벗기고 시아버지를 안아 일으켰다. 시아버지는 죽어 있다가 아무렇지도 않게 일어나 천천히 죽 그릇을 비웠다. 어딘가에서 뉴스가 흘러나오고 있었다. 환율, 주가, 그리고 연쇄 살인범 소식. 연쇄 살인범은 잡히지 않았다.

시아버지는 천천히 죽을 입으로 가져갔다. 그 사이사이 구운 고기를 꼼꼼히 씹고, 다 씹은 고기를 밥상 위에 뱉어냈다. 침이 입가로 흘러내렸다. 은주는 시아버지의 입을 수건으로 닦아드렸다. 주름 잡힌 얼굴이 남편과 많이 닮았다는 생각이 들었다. 식사를 마친 시아버지는 물로 입안을 헹구고 다시 침대에 누웠다.

"등이 계속 결리는구나."

"좀 주물러드릴까요?"

"도통 잠도 안 와."

"좀 전에 주무셨어요."

"눈만 감고 있는 거야. 정말로 잠든 적은 없어. 조금만 자면 좋겠는데……."

은주는 시아버지를 측은한 듯 내려다보았다. 은주는 시아버지의 이불을 걷고 그 옆에 누웠다. 침대가 너무 좁았다. 은주는 시아버지에게 몸을 포개고 누웠다. 그러고는 남편에게 하듯 시아버지의 얼굴을 꺼안고 등을 쓰다듬었다.

"눈을 감고, 하나둘 세보세요. 잠이 올 거예요."

"하나, 둘, 셋, 넷, 다섯, 여섯……."

시아버지는 착한 아이처럼 은주의 말에 따랐다. 어디선가 콧노래 같은 소리가 들려왔다. 은주가 내는 소리였다. 그 멜로디는 은주가 큰아이를 키울 때 종종 불러주던 자장가와도 비슷했다. 시아버지의 낮은 숨소리가 규칙적으로 들려왔다. 은주도 잠이 쏟아졌다.

눈을 떠보니 은주는 소파 위에서 배 속의 아이처럼 잔뜩 웅크린 채 누워 있었다.

우연의 효과

"이은주의 남편 정호성은 대학 동창인 여자와 여섯 달 전부터 육체적인 관계를 가져왔습니다. 상대방이 맞은편 아파트로 이사를 왔거든요. 그날도 근처에서 만나 시간을 보낸 후 같이 택시를 타고 아파트 입구 버스 정류장에서 내렸습니다. 그곳에서 헤어져 각자 집으로 갔다고 합니다. 여자의 증언에 의하면 헤어진 시간은 밤 열한 시경입니다."

"그리고 사체로 발견된 거로군."

"네. 한 가지 이상한 것은 정호성의 사체가 발견된 곳은 뒷산 너머 다른 동네 근처인데, 거긴 택시에서 내린 지점에서 꽤 떨어진 곳이고, 집에서도 먼 곳이라는 점입니다. 왜 거기까지 갔는지 이유를 모르겠습니다."

"지갑에서 돈이 없어졌으면 강도 아냐? 요즘 그 일대에 연쇄 살인범 놀이를 하는 애들이 우글우글하니까."

"원한에 의해 죽인 후 강도처럼 위장하려고 돈을 가져간 것일 수
도 있죠."

"목격자는 없어?"

"아직은 없지만 확인하는 중입니다."

"외국인 노동자 소행일 가능성은?"

"그것도 조사 중입니다."

"조사 중이라고 말하지 말고 조사 결과를 말해봐."

"……."

"어서 말해보라고!"

"이 사건은 이은주를 중심으로 생각해야 합니다."

"또 그 소리!"

"또 그 소리가 아닙니다. 정체불명의 연쇄 살인범이라는 생각에
서 빠져나오지 못하면 이 사건은 안 풀립니다. 지난번에 자수한 용
의자도 결국 범인이 아니었습니다."

"주민들이 현장에서 칼을 찾았다며? 정말 무슨 일을 이따위로
하는 거야!"

"죄송합니다. 하지만 이은주를 중심으로 생각하면 달라집니다.
강인학이 죽은 장소에서 이은주를 목격한 자가 있고, 이은주는 박
정기가 자신을 협박한다고 오해했으며, 세 번째 피해자 고등학생은
이은주의 아들을 늘 괴롭혔다고 했습니다."

"확인했어?"

"네. 반 아이들을 탐문해서 알아냈습니다. 그런데…… 정호성 건

은 좀 걸립니다."

"그거야말로 이은주 소행 같은데? 남편이 바람피우는 걸 알고 죽인 거 아냐?"

"자기보다 키가 큰 남편의 뒤통수를 뭉개서요? 그건 불가능합니다. 게다가 무엇보다 남편의 사망을 알았을 때 이은주가 보인 반응들, 혈압이라든가, 발한 증세 같은 걸로 봤을 때 극심한 충격을 받은 게 분명합니다. 의사도 그렇게 진술했습니다."

"그럼 뭐야? 처음 세 사건은 분명히 이은주의 소행인데?"

"정호성은 우연히 모방범에 의해……."

"거, 우연 같은 소리 좀 하지 마!"

"저도 하기 싫은데요, 그것 말고는 설명할 방법이 없습니다. 사건 네 개를 다 엮으려다가는 범인을 못 잡습니다."

그때 김형사가 헐레벌떡 뛰어 들어왔다.

"뭐야?"

"이은주의 통화 목록을 다시 뒤져봤거든요. 그랬더니 뭐가 나온 줄 아세요?"

"뭐가 나왔는데?"

"윤창수요."

"그건 이미 확인했잖아."

"아니요. 그 후로도 윤창수와 이은주가 계속 전화를 주고받고 있었다니까요."

"윤창수가 이은주에게 정말 흑심을 품은 거 아냐? 아님 둘이 미리 짠 건가?"

"지난번에 진술을 뒤집어엎은 것도 수상하고 해서 윤창수를 좀 캐봤죠. 사실 처음부터 이 사건에 개입되어 있는 건 이은주와 윤창수, 두 사람이잖아요."

"그래서? 뭐가 나왔어?"

"윤창수는 고등학교 때 자살 사건에 연루되어 수사를 받은 적이 있어요."

"자살 사건?"

"윤창수가 다니던 고등학교의 여선생이 과학실에서 수은을 먹고 죽은 채로 발견되는 사건이 있었는데요, 윤창수의 아버지가 얽혀 있었습니다. 나중에 아버지는 무혐의가 됐지만 그 과정에서 윤창수도 조사를 받았대요."

"그럼 윤창수가?"

"자살로 결론이 나긴 했지만 유서도 없고 좀 이상한 사건이었대요. 어딘가 박정기 사건과 비슷하지 않아요? 실제로 그 당시에 아이들 사이에서는 윤창수가 범인일 거라는 소문이 파다했대요!"

*

"윤창수 씨. 정호성, 그러니까 이은주의 남편이 피살되던 날 밤 어디에 있었습니까?"

"집에 있었어요."

"증언해줄 사람은 있나요?"

"없죠. 있어야 하나요?"

"혹 사건이 발생하기 전부터 이은주 씨를 알고 있었던 것 아닌가요? 이를테면 내연의 관계를 가져왔다던가."

창수는 어이가 없어서 피식 웃었다. 창수는 조사실을 둘러보았다. 장식 없는 벽면, 일방향 거울, 거울 너머의 어둠. 모든 것이 은주가 처음 불려왔던 날과 똑같았다. 경찰이 창수의 집으로 다시 찾아왔을 때 창수는 놀라지 않았다. 은주의 남편이 죽었다는 소식을 들었을 때 왠지 경찰이 자신을 다시 찾아올 것 같은 느낌이 들었다. 하지만 창수는 자신이 용의자가 될 것이라고는 예상하지 못했기 때문에 알리바이 같은 것은 전혀 신경을 쓰지 않았다.

"분명히 기억하는데 내가 이은주 씨에게 전화를 한 건 불과 두세 달 전이었어요. 그 전에는 그 여자가 누구인지도 몰랐다고요."

"그 전에는 다른 번호로 했겠죠. 슈퍼마켓 앞 공중전화 같은 거. 이은주의 집 전화번호를 추적해봤더니 그것도 몇 개 있던데."

"그래도 그건 강사장이 죽은 후예요."

"공중전화로 전화를 건 사실은 인정하는 거죠?"

"지난번에 말했잖아요. 순전히 호기심이었다고."

"박정기는 왜 죽었어요?"

"누가 죽여요? 내가요?"

"증거가 있습니다."

"그 증거 한번 봅시다, 어디."

김형사는 유리병을 하나 꺼내놓았다.

"이건 농약병이에요. 상표가 아직 붙어 있죠? 이 농약은 박정기를 죽인 것과 성분이 똑같습니다. 이게 왜 당신 집에 있는지 설명

한번 해보시죠."

그것은 창수가 은주의 남편이 텃밭에서 일할 때 가져온 농약병이었다. 그것을 재활용 쓰레기 봉투에 넣어두고 까마득히 잊고 있었다는 것을 그제야 알았다. 그사이 창수는 단 한 번도 재활용 쓰레기를 버리지 않았던 것이다. 키득, 어울리지 않게 웃음이 터져 나왔다. 너무 어이가 없었다. 김형사는 미소를 띤 창수를 기분 나쁜 듯 쳐다보았다.

"모르겠어요. 어쨌든 난 안 죽었어요. 내가 그 사람을 왜 죽여요?"

최형사가 입을 열었다.

"등산하시죠? 싱크대 안에 코펠과 버너가 있던데."

"오래전에 몇 번 했어요. 코펠, 버너 같은 거 한두 개 없는 집도 있나요?"

"등산칼도 있겠군요."

"없어요. 등산 안 한 지 오래됐어요."

최형사는 말없이 등산칼을 꺼내놓았다. 평범한 등산칼이었다.

"이거 윤창수 씨 거죠?"

"아니요."

"손잡이에 칼로 새긴 이니셜을 봐요. CS, 창수의 약자잖아요."

창수는 다시 웃었다. 하지만 웃음은 스르르 사라졌다. 자신이 사태를 과소평가했다는 생각이 들었다. 최형사는 마치 혼잣말을 하듯 창수의 등 뒤에 있는 흰 벽면을 향해 시선을 던진 채 다시 입을 열었다.

"나는 모든 사건이 이은주와 관련되어 있다는 생각을 떨칠 수가 없었어요. 그런데 이 사건과 처음부터 연결되어 있던 인물이 또 있더라고요. 윤창수 씨, 바로 당신이죠. 당신은 사건을 목격했다고 하지만 당신이 봤다는 여자는 어떤 식으로든 입증된 바가 없어요. 하지만 당신이 현장 가까이에 있었다는 건 분명하죠. 내가 왜 진작 이 생각을 못 했는지."

최형사는 시선을 돌려 창수를 쳐다보았다. 최형사의 표정은 전혀 변하지 않았지만 창수는 왠지 그가 자신을 비웃고 있다는 느낌을 받았다.

"게다가 당신은 강인학과 안 좋은 인연도 있어요. 파출소장에게 이야기를 들었는데 오래전에 강인학과 대판 싸운 적이 있다면서요?"

"이보세요, 그건 사소한 말다툼이었어요. 게다가 그게 몇 달 전인데, 그런 걸로 사람을 죽여요?"

"네, 사람들은 사소한 일로 살인도 합니다. 아시지 않습니까? 과학 선생의 일도 사소한 거였잖아요?"

창수는 느닷없는 일격을 맞고 숨을 멈추었다. 정적이 조사실을 가득 채웠다. 창수는 그 침묵이 최형사에게는 승리의 신호처럼 받아들여질 것임을 알고 힘들게 입을 열었다.

"그건 우연이었을 뿐이에요."

"그럴 수도 있죠. 우연일 수도 있어요. 하지만 우연으로 보이는 것이라 해도 그 안에는 필연적이고 논리적인 설명이 반드시 존재한다고 나는 생각합니다. 우리는 그걸 찾아내는 사람이죠. 처음에 나는 이 사건은 모든 것이 이은주를 중심으로 일어나고 있다고 믿었어요. 그런데 그 경우 정호성의 죽음이 설명이 안 돼요. 그건 우연히 일어난 모방범이나 강도 소행이 되겠죠."

"……."

"하지만 당신을 중심으로 사건을 생각해보면 우연을 끌어올 이유가 없어요. 모든 게 논리적으로 설명됩니다."

"말도 안 돼."

"당신은 강인학을 죽이고 이은주에게 덮어씌우려고 하죠. 그러고는 그것을 빌미로 이은주에게 접근했습니다. 동시에 당신은 이은주를 위기로 몰아가려고 시도하죠. 박정기를 죽인 것도 바로 그 때문이죠?"

"나는 박정기가 누구인지도 몰랐어요!"

"아니죠. 당신은 박정기의 집 근처를 배회했고, 일부러 그에게 시비를 걸어 싸움을 한 적까지 있습니다. 박정기의 이웃이 증언을 했어요."

"그, 그건……."

"당신은 이은주로 하여금 목격자가 박정기라고 계속 믿게 하고 싶었겠죠. 하지만 이은주가 박정기의 정체를 안 이상, 박정기가 목격자가 아님을 알아낼 가능성이 생겼습니다. 어쩌면 그 때문에 이은주가 당신을 의심하게 될지도 몰랐죠. 당신은 그게 싫었던 겁니다."

"그건 억지예요, 억지! 그럼 고등학생 사건은요? 그건 뭐죠?"

"아이들은 공장에서 술을 마실 때 어떤 남자가 지나갔다고 했습니다. 그자를 쫓아간 거죠. 당신이 이은주의 아들을 미행해서 죽이려다가 엉뚱한 사람을 잘못 죽인 거 아닙니까? 사건이 발생하고 며칠 후 당신은 현장에 가서 증거를 찾았죠. 이 또한 파출소장이 말해주었습니다. 이 칼을 찾고 있었던 거죠?"

"그건 단순히 호기심으로 간 거예요. 소설에 묘사하려면 직접 보는 게 중요하니까."

최형사는 담담하게 미소를 지었다. 무언가 씁쓸해하는 듯한 미소였다.

"파출소장의 말에 따르면 당신은 처음부터 이 사건에 관심이 많았다더군요. 종종 찾아와서 이것저것 캐묻기도 하고. 자, 모든 증거가 당신을 가리키고 있습니다. 등산용 칼, 농약병, 알리바이의 부재."

창수는 어이가 없어서 웃었다.

"지금 농담하십니까? 도대체 그럴 이유가 뭔데요? 동기를 설명해봐요. 논리적으로 설명한다면 동기도 반드시 있어야죠."

"당신 컴퓨터를 열어봤습니다. 이은주의 사진이며 이은주에 관한 글들이 수북하더군요. 이게 동기가 아닐까요? 이은주에 대한 독점욕과 편집증. 당신 소설도 읽어봤어요. 동기 없는 살인, 그로 인한 완전범죄. 정말 흥미롭더군요. 게다가 고등학교 때 과학 선생도 박정기와 비슷한 방법으로 죽었잖아요?"

최형사의 이야기를 듣던 창수는 최형사의 빈틈없는 논리에 자신도 설득당하는 것을 느꼈다. 논리적으로 따지면 정말 자신이 범인임에 틀림없다고 생각했다. 농약병을 집에 가져다 두고 까마득히 잊어버리고 있었던 것은 정말 말도 안 되는 실수였다. 그럼 이제 자백을 해야 하는 것일까?

"이은주에 대한 것은……"

창수의 목소리가 떨렸다. 두려움이 그를 휩쌌다. 문득 그의 눈앞에는 과학 선생의 죽음에 대한 책임을 추궁당하는 아버지의 모습이 떠올랐다. 아버지라면 이 상황에서 뭐라고 했을까. 혹 그때 이미 아버지는 창수의 짓이라고 생각하고 있었던 것은 아닐까. 창수는 한숨도 탄식도 아닌 호흡을 내뱉었다.

"저는 단지 이은주에 대해 호기심을 느꼈을 뿐이에요."

"왜죠?"

"그 여자가 강인학을 죽이는 것을 목격했기 때문이죠."

"정확하게 보지 못했다고 당신 입으로 뒤집지 않았습니까?"

"아니요, 봤어요. 내가 처음의 진술을 뒤집은 이유는 그 여자가 잡히는 것을 원하지 않았기 때문이에요."

"현장을 목격하고, 범인이 누구인지 알면서 잡히는 것을 원치 않았다? 지금 그 말입니까?"

"나는 그 여자가 어떤 사람인지 알고 싶었어요. 형사님은 이해하지 못하시겠지만……. 나한테 진범은 중요하지 않았어요. 누가 죽였는가가 아니라 무엇이 사람을 죽이게 만들었는가, 나한테는 그것만이 관심사였어요. 나는 그냥 관찰자였다고요, 관찰자!"

"그런데 자신이 누명을 쓰게 되자 생각이 바뀌었다?"

"나는 사실을 말하는 거예요. 나는 아무도 죽이지 않았다고요! 아무도!"

"그게 뭐가 중요해?"

최형사가 버럭 소리를 질렀다. 창수는 최형사를 쳐다보았다.

"진범이 누구인가는 중요하지 않다면서! 호기심 때문에 시치미 떼고 있었다면서! 나한테도 진범은 중요하지 않아! 나한테는 검찰이 기소할 수 있는 용의자가 중요할 뿐이야! 관찰자라고? 사람이 죽어가는데 관찰하고 있었다고? 그건 살인보다 더 나빠! 그것만으로도 당신은 벌 받아도 싸!"

"그렇다고 내가 범인이 될 순 없어요!"

최형사는 조금 웃어 보였다. 아무런 악의도 없는 담담한 미소였다. 그는 목소리도 높이지 않고 차분하게 덧붙였다.

"될 수 있어, 얼마든지."

그 말을 듣자 창수는 정말 자신이 범인이 될 수도 있겠다는 생각이 들었다. 이미 증언을 뒤집은 적이 있기 때문에 그의 말은 더 이상 신뢰받을 수 없을 것이다. 강인학의 살해 현장에서 이은주를 봤다는 증거는 어떤 것도 없었다. 게다가 은주에 대한 그의 호기심, 그의 진정한 동기는 그가 설명하면 할수록 불신만 더욱 가중시킬 것이다. 최형사의 말대로 사람이 죽어가는 상황에서 단지 관찰자로서 구경만 하고 있었다는 것을 누가 곧이곧대로 믿어줄 것인가.

창수는 절레절레 고개를 흔들며 시선을 돌렸다. 창수는 놀라 숨을 들이마셨다. 일방향 거울에 은주의 얼굴이 들어 있었다. 순간, 이 방에 은주가 와 있는 것인가 하는 생각이 들어 창수는 뒤를 돌아보았다. 아무도 없었다. 창수가 잘못 본 것이었다. 창수는 다시 고개를 돌려 일방향 거울을 쳐다보았다. 그 속에는 창수의 얼굴만 있었다. 하지만 저것이 자신의 얼굴이 분명한가, 창수는 의심스러워졌다. 그는 은주의 입장에 서려 했고, 은주의 눈으로 보려고 했다. 자신만이 은주를 이해할 수 있다고 생각했고, 은주만이 그를 이해할 수 있다고 믿었다. 은주는 곧 그였고, 그는 곧 은주였다. 그렇다면 그가 은주 대신 처벌받지 못할 이유는 무엇인가.

그의 속마음을 모두 읽은 듯 최형사가 일어나며 창수의 어깨를 툭툭 두드렸다. 그것은 창수의 유죄를 선고하는 판결봉과 같았다.

*

은주가 최형사로부터 전화를 받고 경찰서로 찾아간 것은 그다음 날이었다.

"윤창수를 알고 계시죠?"

"그런데요."

"어떻게 알게 되셨습니까?"

"그냥 어쩌다가……. 동네에서 오가다 마주쳤어요."

"윤창수가 먼저 접근했죠?"

"네, 그런 셈이죠."

은주는 창수를 처음 만나던 때를 떠올렸다. 창수는 한밤의 공터에서 불쑥 그녀 앞에 나타났다.

"언제부터 만나셨습니까?"

"얼마 되지 않아요. 두어 달 전쯤?"

"그 전에는 만나신 적이 없고요?"

"없어요. 정말이에요."

"평소 윤창수 씨의 행동이나 말에 이상한 점은 없었습니까?"

"어떤 걸 말씀하시는 건지?"

"이은주 씨에게 과도한 집착을 보인다거나."

"글쎄요. 그다지 불편한 건 없었어요. 왜 그러시죠?"

최형사는 A4 용지에 프린트된 사진을 은주에게 건넸다. 은주는 한 장 한 장 넘겨보았다. 모두 자신의 사진이었다. 집에서 나와 시장에 가는 모습, 뒷산에 운동하러 가는 모습, 목욕탕에 가는 모습 등 지극히 일상적인 은주의 모습들이 그 안에 담겨 있었다. 최형사는 어리둥절해하는 은주의 얼굴을 보며 말했다.

"자신이 스토킹당하고 있다는 생각, 안 해보셨죠?"

"스토킹이요?"

"제 생각에는 이은주 씨에게 접근하기 훨씬 전부터 윤창수는 이은주 씨를 스토킹하고 있었던 것 같습니다."

도대체 창수가 왜 자신을 스토킹했을까. 은주는 납득이 가지 않았다. 하지만 생각해보면 창수가 그녀에게 보인 호감도 납득이 가지 않기는 매일반이었다. 그날 밤, 목격자가 있다는 공포에 질려 깜깜한 공터를 걸어가던 자신에게 창수가 다가왔을 때, 은주는 자신이 살인 사건의 용의자로 경찰서에 끌려갔었다는 것을 창수가 알고 호기심에 쫓아왔다고 생각했다. 그날 창수가 뭐라고 했더라? 미장원에서 은주 이야기를 우연히 들었다고 했던가. 그렇다. 미장원 이야기를 했었다. 박정기를 처음 미행하던 날 엉겁결에 들어갔던 미장원. 은주가 들어간 후 곧장 다른 남자가 들어왔다. 그는 거울속으로 은주를 쳐다보며 빙긋 웃었다. 이제야 모든 것이 떠올랐다.

은주는 창수를 공터에서 처음 만난 것이 아니었다. 하지만 미장원도 아니었다. 창수는 분명 더 전부터 은주를 쫓아오고 있었다. 언제부터일까. 언제부터 창수가 자신의 뒤를 밟고 있었던 것일까? 언제나 자신의 일거수일투족을 지켜보며 모든 행동을 지켜보았다면?

그러자 새로운 하나의 가능성, 단 한 번도 생각해보지 못했던 무시무시한 가능성이 은주의 머릿속을 스치고 지나갔다. 창수는 자신이 강인학과 박정기를 죽이는 것도 봤을까? 목격자는 박정기가 아니라 창수였나? 은주는 목격자가 전화로 하던 말을 떠올렸다. "이은주 씨, 당신이 살인하는 것을 봤다고요!" 목격자는 그렇게 말했다. 잡음이 심해서 정확하게 알아들을 수는 없었지만 그 말투가 기억이 났다. 그것은 박정기의 말투가 아니었다. 아, 어떻게 그것을 생각하지 못했을까? 그때, 박정기를 죽이고도 무언가 찜찜하게 마음에 남아 있던 것, 그것은 바로 말투였다.

은주는 가늘게 한숨을 내쉬며 눈을 감았다. 다리가 후들거렸다. 그러자 최형사는 은주의 마음을 다 안다는 듯 고개를 끄덕이며 말을 이었다.

"우리는 윤창수가 남편분을 살해했을 거라고 봅니다."

"남편을요?"

"남편뿐만 아니라 앞서 일어난 세 건의 사건도 윤창수의 범행일 가능성이 높습니다."

"말도 안 돼! 정말 말도 안 돼!"

"혹시 남편께서 즐겨 가던 곳이나 습관 같은 걸 자주 묻지 않던가요?"

"아뇨, 전혀. 그건 말도 안 돼요, 말이 안 돼……."

"부인께서는 그날 집에 계속 있었다고 하셨죠?"

문득 풍물 대마당이 열리던 날 저녁 치킨집 앞에서 걸어가는 창수를 본 기억이 떠올랐다. 그런데 자신이 분명 창수를 보았던가, 은주는 자신이 없었다. 나중에 창수를 만나려고 공터의 가설무대로 갔을 때 창수는 없었다. 그때가 몇 시경이었던가. 그때 창수는 남편을 죽이고 있었다는 말인가. 은주는 천천히 대답했다.

"애를 데리러 경찰서에 다녀왔어요."

"그 후에는 집에만 계셨나요?"

은주는 그렇다고 거짓말을 하려다 멈칫했다. 혹시 노래자랑에 참가했던 옆방 아줌마가 자신을 봤을 수도 있다는 생각이 스쳤다.

"저녁때쯤 잠시 산책을 나갔어요. 노래자랑 하는 걸 잠깐 보고 집으로 돌아왔어요."

최형사는 은주가 하는 말을 받아 적었다. 심문은 그렇게 끝났다. 은주는 인사를 하고 일어섰다.

"안색이 창백한데 택시를 불러드릴까요?"

"아뇨, 괜찮아요."

은주는 최형사의 도움을 뿌리치고 복도로 걸어 나왔다. 복도는 어두웠다. 은주는 고개를 돌려 복도 끝을 보았다. 그 끝에는 밖으로 이어진 문이 열려 있어 환한 빛이 비쳐들고 있었다. 역광을 받아 검게 보이는 한 무리의 그림자가 은주 쪽으로 달려왔다. 그들은 이동식 침대를 양쪽에서 끌고 있었다. 한 여자가 울며 침대 끝에 매달리듯 쫓아오고 있었다. 저 침대는 복도의 다른 끝에 있는 시체

안치실로 들어갈 것이고, 침대에 누워 있는 남자는 이미 죽었으며, 그는 울며 쫓아오는 여자의 남편이라는 것을 은주는 직감적으로 알았다. 이동 침대는 은주를 향해 점점 다가왔다. 조급한 바퀴 소리가 은주의 귀를 때렸다. 사람들이 알아들을 수 없는 소리를 내며 은주 앞을 유령처럼 스쳐 지나갔다. 비로소 사람들의 얼굴이 보였다. 어딘가 눈에 익었지만 정확하게 기억나지 않는 그 얼굴들 사이에서 은주는 단 한 사람의 얼굴만 알아보았다. 울며 쫓아가는 여자의 낯익은 얼굴. 그것은 자신의 얼굴이었다.

은주는 눈을 감았다. 이곳은 병원 복도가 아니라 경찰서의 복도이다. 그리고 자신은 이 복도에서 벗어나 집으로 돌아가야 한다. 시아버지가 점심을 드실 시간이다. 은주는 억지로 발을 옮기려 했으나 허공을 딛은 것처럼 휘청거렸다. 이를 악물고 다리에 힘을 주려 했지만 결국 은주는 복도에 쪼그리고 앉고 말았다. 현기증은 줄어들지 않았다. 복도가 뱀처럼 은주를 휘어 감는 것 같았다. 누군가 은주의 팔을 잡아주었다. 여순경이었다.

"괜찮으세요?"

"밖으로 나가려고 하는데……. 밖으로 나가야 하는데……."

"저랑 같이 가세요."

은주는 여순경의 부축을 받으며 어둑어둑한 복도를 걸어갔다. 현기증은 더욱 심해졌다. 그러자 지나가던 순경이 와서 은주의 다른 팔을 부축했다. 은주는 거의 들려 가다시피 했다. 순경들이 은주에게 뭐라고 말을 했지만 은주는 한마디도 알아들을 수가 없었다. 긴 복도가 마치 살아 있는 짐승의 내장 안처럼 꿈틀거리는 것 같았다.

그때 갑자기 차가운 바람과 함께 눈부신 빛이 은주의 눈에 아프게 들어왔다. 은주는 눈을 감고 가만히 서 있었다. 눈을 뜰 자신이 없었다. 얼마나 시간이 지났을까, 옆에서 말하는 소리가 웅얼웅얼 들려왔다. 은주는 돌아보았다. 여순경이 걱정스러운 눈빛으로 은주를 보고 있었다.

"여기가 출구예요. 나가시겠어요?"

그제야 은주는 여순경이 열어준 출입문 앞에 서 있다는 것을 깨달았다.

*

은주는 앓아누웠다. 고열이 덮쳐 은주는 계속 잤고 계속 악몽을 꾸었다. 꿈에서 그녀는 강인학의 등을 보았다. 강인학의 등 뒤에서 왜소하게 서 있는, 초등학교 사 학년의 몸뚱이에 쉰이 다 되어가는 늙은 얼굴을 한 자신의 모습을 보았다. 다른 여자와 함께 있는 남편의 얼굴도 스쳐 지나갔다. 그 여자는 시종일관 아름다운 목소리와 정확한 발음으로 흘러간 옛 영화에 대해 이야기하고 있었다. 은주는 그녀가 죽은 아나운서 정은임일 것이라고 생각했다. 아들의 모습도 보였다. 은주가 어두운 계단을 올라 아들의 방 앞에 겨우 도착했을 때 아들은 또다시 나지막한 목소리로 통화 중이었다.

"신경 쓰지 말라니까. 우리가 본 남자 기억하지? 키가 크고 마른 남자였어. 지난번 사람과 비슷하든, 비슷하지 않든 그게 무슨 상관이야? 우리는 본 대로만 얘기하면 돼. 경찰에서 몇 번을 불러도 마찬가지라니까."

은주가 살며시 방문을 밀었다. 기현이 휴대폰을 든 채 놀라 은주를 쳐다보았다.

"엄마, 왜?"

"그날, 너희들이 봤다는 남자. 그거 거짓말이지?"

"무슨 소리야, 엄마?"

"연쇄 살인범은 없어. 그러니까 그 남자도 있을 리가 없어. 그 칼은 누구 거야? 철승이 거니?"

"……."

"아, 근데 그렇다면 누가 아빠를 죽였을까. 경찰은 창수 씨가 죽였다고 하지만 거짓말이야. 경찰은 아무것도 몰라. 기현아, 넌 몰라? 누가 아빠를 죽였는지?"

"엄마는 왜 그걸 나한테 묻고 그래? 난 몰라, 모른다고!"

발바닥에 차가운 감촉이 느껴졌다. 찬바람이 불어오기 시작하는 계절이다. 아, 발이 시리다, 발이 시려. 왜 아들의 방은 이렇게 얼음장일까. 그러자 누군가 은주 옆으로 다가와 이불을 바로 덮어주었다. 조현일까?

"조현아, 오빠 방 창문 닫아줘. 감기 걸릴지 몰라."

"알았어. 내가 애들 챙길 테니 좀 더 자."

그것은 큰시누이의 목소리였다. 그녀가 왜 왔을까. 몇 년간 단 한 번도 찾아오지 않았는데……. 시누이가 슬리퍼를 끌고 부엌으로 걸어가는 소리, 이어 그릇이 달그락거리는 소리가 들렸다. 그녀는 여기 있으면 안 된다. 집으로 돌려보내야 한다. 이곳은, 이 큰 집은 은주와 아이들이 계속 살아갈 곳이다. 이제 누구도 그것을 바꿀 수는 없다. 혹 시누이가 시아버지를 병원으로 옮겨버린 것이 아닐까. 만일 그랬다면 이렇게 누워 있어서는 안 된다. 시아버지를 찾아서 은주가 그 옆에 붙어 있어야 한다. 그러나 자신의 의지와는 전혀 상관없이 은주는 다시 자신을 뒤덮은 고열과 수면의 바다 속으로 빨려 들어갔다.

잠이 들기 직전, 은주의 눈에 보인 것은 오래전 시아버지와 함께 남편이 운전하는 차를 타고 교회에 다녀오던 장면이었다. 그날 예배를 마치고 빠져나가려는 차들로 가득 차 있던 골목. 어느 집 담 안에서 뻗어 나온 목련나무의 가지 끝에는 검게 변해가는 꽃잎이 곧 떨어질듯 위태롭게 매달려 있었다. 은주가 멍하니 창밖에 시선을 던지고 있는 동안 주변을 손금처럼 환하게 아는 호성이 골목 안을 요리조리 돌아서 간신히 사고가 난 곳을 빠져나왔다. 사고 당사자인 어떤 남자가 교회 신도들과 시비가 붙었는지 골목을 빠져나가는 차량들을 향해 소리쳤다.

"나는 내일 아침 해가 동쪽에서 뜬다는 것도 안 믿는 사람이야!"

호성이 큭 웃었다. 시아버지도 콧소리 같은 것을 냈다. 은주는 남자를 쳐다보았다. 자그마한 키에 우람한 몸집, 살이 쪄서 둔한 곡선으로 이어진 두꺼운 목과 어깨는 시아버지를 그대로 닮았다. 남자는 고개를 돌려 자신의 뒤를 빠져나가는 호성의 소나타를 힐끔 노려보았다. 그 얼굴, 그 얼굴……. 은주는 사진을 보듯 그 얼굴을 분명히 볼 수 있었다. 그것은 강인학이었다.

이 개 같은 년아! 강인학이 내지르던 고함 소리가 은주의 귓가를 울렸다. 그리고 그는 검은 물속으로 떨어졌다. 은주도 잠 속으로 빠져들며 스르르 미소를 지었다. 그동안 그토록 자신을 괴롭히던 의문, 왜 자신과 아무런 관련도 없는 한 인간을 죽이려 했는지 그 이유를 이제야 알 수 있을 것 같았다.

시누이가 은주를 깨웠다. 며칠이나 앓았던 것인지 가늠도 되지 않았지만 열이 떨어졌다는 것을 알 수 있었다.

"뭘 좀 먹어야지. 오늘도 못 일어나면 119를 부르려고 했어."

날짜를 보니 거의 열흘이나 지나갔다. 눈가에 새까맣게 기미가 앉은 자신의 얼굴을 은주는 한참 동안 낯선 듯 바라보았다.

"경찰이 전화를 했어. 최형사라던데? 알아?"

"네."

"올케를 만나러 오후에 오겠대. 만날 수 있어?"

"네. 만날게요."

최형사는 정확하게 두 시에 은주를 찾아왔다. 시누이는 현관을 들어서는 최형사를 붙잡고 그런 흉악무도한 놈은 사형에 처해야 한다며 거품을 물었다. 최형사는 묵묵히 듣기만 했다. 머쓱해진 시누이는 커피를 끓여다 주고는 주방을 왔다 갔다 하며 최형사의 말에 귀를 기울였다.

"한 가지 확인할 것이 있어 왔습니다."

"말씀하세요."

"정호성 씨가 사망하던 날 밤에 잠시 밖에 나갔다 들어왔다고 하셨죠?"

"네."

"그때 윤창수를 만나지 않았나요?"

"아뇨."

"분명합니까?"

"그 사람이 저와 함께 있었다고 주장하나요?"

"네."

은주는 창수가 왜 그런 말을 했을까 잠시 생각했다. 이유는 간명했다. 창수에게는 알리바이가 없는 것이다. 알리바이가 없는 창수가 은주에게 메시지를 던지고 있었다. 자신을 도와달라는. 한편으로 그것은 협박일 수 있다. 창수는 강인학의 살해 현장을 목격한 유일한 사람이다. 은주가 그를 도와주지 않는다면 그는 은주의 범죄를 까발릴지도 모른다. 그렇다면 은주는 다시 위험해질 수도 있는 것이다.

그러나 창수의 말을 경찰이 믿어줄까. 진실을 말하기에 창수는 너무 늦었다. 이제 창수는 유일한 현장 목격자가 아니라 용의자였다. 경찰은 창수가 은주에게 일부러 혐의를 뒤집어씌웠다고 믿고 있다. 창수는 그것을 부정할 만한 아무런 증거가 없다. 은주는, 안전한 것이다.

물론 그 안전이 진짜 안전인지는 아직 알 수 없었다. 경찰이 자신에 대한 혐의를 완전히 지웠다는 보장은 없다. 그렇다면 창수의 알리바이를 인정하는 것은 곧 자신의 알리바이가 될 수도 있었다. 혹 창수도 같은 이유에서 은주를 알리바이로 댄 것이 아닐까. 서로가 서로의 알리바이가 되어주는 것이다. 혹시 창수는 은주가 호성을 죽였다고 생각하는 것일까?

생각이 꼬리에 꼬리를 물고 이어졌다. 지금 최형사가 은주를 찾아와 확인하는 알리바이 자체가 함정일 수도 있었다. 자신이 창수와 함께 있었다고 거짓말을 하면 왜 그런 거짓말을 하느냐고 따져 묻는 게 아닐까.

너무 많은 생각과 가능성으로 인해 은주의 머릿속에 과부하가 왔다. 은주는 지쳤다. 이제 그만하고 싶었다.

창수의 얼굴이 떠올랐다. 어린아이처럼 뽀얗고 매끄럽던 그 얼굴. 어느 날 밤이던가, 자신의 입술에 와 닿던 마르고 따뜻하던 입술의 감촉도 떠올랐다. 그때는 창수가 자신을 진심으로 좋아하고 있다고 믿었다. 그날의 따뜻함은 사랑에 빠진 모든 남녀가 느끼는 그것과 조금도 다르지 않았다.

애초에 창수는 그날 밤 자신을 왜 보았다는 말인가. 모든 것의 발단이 그것이라는 생각이 들면서 창수에 대한 원망의 감정이 솟구쳤다. 창수는 그녀의 살해 동기를 알아내기 위해 그녀의 주변을 맴돌았다. 그리고 그는 은주를 모델로 소설을 쓰고 있었다. 그렇다. 그의 목적은 소설이었다. 그의 얼굴, 그의 목소리, 그의 입술은 그녀를 향한 것이 아니라 그의 책을 위한 것이었다. 그 책이 은주에게 어떤 의미가 될지는 전혀 안중에 없었던 것이다. 그러자 가슴 한쪽이 싸늘해졌다. 창수를 도와줄 이유가 없다. 은주는 마음속으로 속삭였다. 은주가 그녀 앞으로 온 계산서를 혼자 처리하듯이, 창수도 자기 앞에 닥친 계산서의 비용을 스스로 치러야 할 것이다. 분명 네 건의 살인에 대한 모든 책임을 창수에게 지운다는 것이 그에게는 가혹하고 잔인한 일이다. 그러나 누군가는 호성의 죽음에 대해 책임을 져야 한다. 창수는 그날 밤 알리바이가 없다. 그가 남편을 죽이지 않았다는 증거는 어디에도 없다.

은주는 눈물이 흐르려는 것을 꾹 참으며 천천히 입을 열었다.

"만나지 않았어요. 그 사람이 왜 그런 말을 하는지 이해를 못 하겠네요."

"공터에 나가신 것은 몇 시쯤이죠?"

"열 시쯤? 노래자랑이 끝날 때쯤이니까. 우리 집 옆방 아줌마가 노래를 부르고 있었어요."

"그런데 그 시각에 부근에서 윤창수를 봤다는 동네 사람들의 증언이 있습니다."

"정말이요? 저는 못 봤어요."

은주는 최형사의 눈을 똑바로 쳐다보며 덧붙였다.

"저는 그 사람을 보지도 못했고, 만나지도 않았어요."

최형사는 수첩에 메모를 했다. 그러고는 은주에게 인사를 한 후 집을 나갔다. 파출소를 향해 천천히 걸으며 이것으로 사건은 끝났다고 최형사는 생각했다. 손님이 없는 가게를 지키며 무료함에 지친 시장 상인들은 오늘도 자기들끼리 모여서 연쇄 살인범에 대한 이야기를 나누고 있었다.

"이러다 이 동네 사람들은 다 용의자로 잡혀가겠어. 농약병? 그게 결정적 증거라며? 나 참, 이 동네에 농약병 하나 굴러다니지 않는 집이 어딨다고?"

"우리나라는 위에서부터 썩었어. 경찰이라는 것들이 수사를 그따

위로 해? 칼도 우리가 찾았지 지들이 찾았나?"

"게다가 젊디젊은 놈이, 그것도 학벌도 빵빵하고, 돈도 잘 버는 논술 선생이 뭐 할 일이 없어 다 늙은 아줌마 하나 때문에 사람을 죽여? 지금 소설 써?"

"난 교복집 며느리가 수상해. 처음 경찰서에 불려 다닐 때부터 수상했어."

"들었어? 풍물 대마당 하던 날, 그 여자가 뒷산 쪽으로 혼자 걸어 가는 걸 본 사람이 있대."

"또 사건이 터질 거야. 분명해. 그럼 그 논술 선생은 풀려나겠지, 전도사 때처럼."

그럴지도 모르지. 최형사가 혼자 중얼거렸다. 은주의 집 마당을 걸어 나오며 문득 고개를 돌렸을 때 그의 눈에는 은주의 마르고 물기 없는 옆얼굴이 들어왔다. 은주는 멍하니 허공을 보며 쓸쓸하게 미소를 짓고 있었다. 그 미소는 너무 공허해 보여, 그 모습을 본 순간 최형사는 모든 것에 자신이 없어졌다. 정말 저 여자는 사건과 아무런 관련이 없는 것일까. 알 수 없었다. 그것은 이미 최형사의 한계를 넘어선 영역이었다. 알 수 없는 일은 알 필요가 없는 것이어야만 한다. 최형사는 단호하게 걸음을 옮겼다. 시멘트를 바른 마당에 차가운 바람이 몰려와 어두운 창문들이 일제히 덜컹거렸다.

밤이 되면 아이들은 쏟아져 나와 숲을 헤매고, 어른들은 확인되지 않은 사실들, 보장할 수 없는 증언을 안주 삼아 그날의 음주를 즐길 것이다. 연쇄 살인범은 폐허가 되어가는 시장 안을 유령처럼 떠돌고, 의혹은 끈질기게 사람들의 입과 입에서 떠나지 않겠지만,

재판에는 긴 시간이 걸린다. 창수가 유죄이든 무죄이든, 결과가 확정될 즈음에는 아무도 그의 이름조차 기억하지 못할 것이다. 최형사는 나태한 파출소장이 졸고 있는 파출소의 문을 밀고 들어갔다.

*

최형사가 다녀간 다음 날 교회에서 사람들이 왔다. 그들은 시아버지를 위해 기도를 올렸다. 시아버지는 은주에게 흰 봉투를 주었고, 은주는 다시 그것을 목사에게 건넸다. 목사는 은주의 손을 꼭 잡고 교회에 와서 기도하는 힘을 얻어 가라, 주님은 어떤 것도 이해하고 힘이 되어주신다고 말했다. 목사의 손은 무척 따뜻하고 힘이 있어서 은주의 가슴속에 뭉클한 울림을 주었다. 그날 밤 은주는 그동안 건성으로 다니던 교회에 열심히 다니기로 마음먹었다. 아버지를 잃은 아이들에게 교회가 힘이 돼줄 수 있을 것 같았다.

기력을 회복한 은주는 이틀에 걸쳐 집 안을 대청소했다. 우선 은주는 싱크대에서 모든 것을 끄집어내 쓰지 않는 것과 쓰는 것으로 분류한 후 쓰지 않는 것들은 모두 내다 버렸다. 남편의 옷가지와 오래된 전공 책들, 남편이 컴퓨터 방에 두고 쓰던 낡은 일인용 침대도 갖다 버렸다. 컴퓨터는 은주가 쓰기 위해 그대로 남겨두었다. 남편의 컴퓨터 안에는 죽은 여자 아나운서의 방송이 녹음된 수백 개의 MP3 파일이 들어 있었다. 그녀의 음성은 감미롭고 또 다정했다. 은주는 그녀의 방송 파일을 포함한 모든 문서들을 몇 차례에 걸쳐 꼼꼼하게 포맷했다. 남편이 즐겨 찾았던 사이트의 흔적도 모두 지왔다. 그러자 남편은 은주가 알던 바로 그 사람이 되었다. 이제 남편은 더럽혀지지 않는 어떤 안전한 곳으로 가 있다는 안도감이 찾아왔다.

은주는 세입자도 정리했다. 말 많은 옆방 아줌마는 전세 기간이 만료되었다는 이유로 내보냈다. 월세가 많이 밀려 돌려줄 보증금도 많지 않았다. 은주는 밀린 월세를 적잖이 깎아주었고, 옆방 여자는 고마워하며 집을 떠났다. 외국인 노동자도 내보냈다. 그러자 은주의 집에는 세입자가 단 한 명도 남지 않게 되었다. 은주는 별채의 모든 문이 단단히 잠긴 것을 확인하고는 열쇠 꾸러미를 쓰레기봉투 안에 던져버렸다. 팔십 년대에 시아버지가 처음 세입자를 들이기 시작한 이래로 항상 열려 있던 대문에도 자물쇠를 달았다. 세입자가 모두 나갔다는 이야기를 들은 시아버지는 아무 말 없이 고개만 끄덕였다. 그러고는 은주에게 흰 봉투에 든 생활비를 조용히 건넸다.

이제 남은 것은 은주 자신을 정리하는 것뿐이었다. 집 정리와 마찬가지로 원칙은 간단했다. 지난 몇 개월 동안의 일들을 모두 삭제하는 것이었다. 여전히 강인학의 얼굴과 물소리 요란하던 개천가의 어둠이 은주의 악몽을 지배했지만 이제는 지울 수 있겠다는 생각이 들었다. 어떻게 그것이 가능할지는 은주가 고려하는 바가 아니었다. 수단보다 더 중요한 것은 언제나 당위였다.

당위에 의해 은주는 시누이에게 다시는 이 집에 오지 말라고 요구했다. 최형사가 돌아가고 난 후 주방에서 뽀르르 달려 나온 시누이가 은주에게 남자가 있었냐고 따져 물었다.

"왜요?"

"조용히 시아버지 모시고 사는 줄 알았더니 할 거 다 하고 다녔네. 그래서 그놈이 우리 호성이를 죽인 거야?"

"상관하지 마세요."

"뭘 상관 마, 뭘? 동생이 그렇게 죽었는데 내가 모른 척하고 있을 것 같아? 우리 아버지는 또 어떻게 할 거야?"

시누이는 아예 결판을 낼 작정을 했는지 거세게 은주를 몰아붙였다. 시누이의 새된 목소리와 억지를 뒤섞은 과장된 감정이 여과 없이 터져 나와 집 안을 울렸다. 은주는 대꾸 없이 듣고만 있었다.

그때 계단이 무너지는 듯한 요란한 소리를 내며 기현이 이 층에서 달려 내려왔다. 기현은 아예 계단 중간쯤에서 점프하듯 펄쩍 뛰어내리며 시누이에게 바로 달려들었다. 기현의 팔에 떠밀린 시누이는 비틀거리며 거실 바닥으로 쓰러졌다. 은주는 너무 놀라 비명을 지를 수도 없었다. 기현은 시누이의 목을 쥐고 당장 두들겨 팰 것처럼 주먹을 흔들어댔다. 아이의 얼굴은 분노를 넘어서서 뭐라고 말할 수 없는 충동과 광기로 번들거렸다.

"꺼져! 우리 집이니까 꺼지라고! 꺼져!"

기현은 닥치는 대로 던지고 발에 걸리는 대로 걷어찼다. 와장창 세간이 넘어지고 깨지는 소리가 집 안을 울렸다. 시아버지 방은 조용했다. 시누이는 거실 구석에서 두 손으로 머리를 감싼 채 두려움에 떨고 있었다. 은주는 기현을 말리기 위해 힘없이 손을 내밀었다. 제발, 제발…… 그러나 목소리는 나오지 않고 눈물만 흘렀다. 기현이 은주를 쳐다보았다. 기현의 검은 눈동자 너머에서 무언가 일렁이고 있었다. 은주는 그 일렁임을 알아보았다. 그것은 살의였다.

 그날 이후로 시누이는 아무런 연락도 하지 않았다. 다음 날 새벽, 은주는 조용히 교회의 문을 열고 들어갔다. 새벽임에도 교회에는 많은 사람들이 찾아와 저마다의 청원을 올리고 있었다. 그들의 기도 소리는 나지막하면서도 간절했고, 십자가에 매달린 예수의 얼굴은 조명을 받아 음영이 도드라진 탓에 더욱 고통스럽게 보였다. 은주는 그 고통을 그대로 느꼈다. 살이 아프고 피가 온몸을 찔렀다. 은주는 이 고통, 이 모든 것이 끝나게 해달라고 빌었다. 진심을 다해 간절히 빌었다. 너무나 기도에 몰두한 나머지 마치 주변에 아무도 없고 오로지 자신과 하나님만 있는 듯 느껴졌다. 그러자 가슴 한쪽이 뭉클해지면서 눈에서 눈물이 마구 솟구쳤다.

 눈물을 닦으며 문득 고개를 돌렸을 때 낯익은 얼굴과 눈이 마주쳤다. 전도사였다. 그도 눈물을 흘렸는지 눈자위가 붉어진 채 은주를 쳐다보고 있었다. 은주는 그에게 고개를 약간 까딱해 보였다. 그도 눈으로 아는 체를 해 보였다. 문득 은주는 그에게 한없이 다정한 마음이 드는 것을 느꼈다. 이제는 정말 모든 것이 다 끝났다는 안도감이 은주를 찾아왔다. 은주는 조용히 일어나 교회를 빠져나왔다.

 교회에서 돌아온 은주는 시아버지 방으로 들어갔다. 시아버지는 여전히 잠들어 있었다. 잠이 든 그의 얼굴은 훨씬 더 죽음에 가깝고 약해 보였다. 그러자 좀 전에 교회에서 울었던 여운이 남아서였는지 여러 감정이 복받쳐 오르며 다시 눈물이 쏟아졌다. 은주의 울음소리가 들렸는지 시아버지가 눈을 떴다.

"왜, 무슨 일이야?"

시아버지는 은주가 우는 것을 보고는 낮은 한숨을 쉬었다.

"죄송해요, 아버님. 정말 죄송해요."

"괜찮다. 어디 다녀오는 길이냐?"

"새벽 기도 다녀왔어요."

"그래, 잘했다. 꼬박꼬박 다니면 생활비도 올려주고, 용돈도 올려주마."

"네."

시아버지의 힘없고 검버섯이 가득한 손이 은주의 손등을 토닥거렸다. 시아버지의 손길은 따뜻했으며, 그 따뜻함 때문에 은주는 다시 눈물이 솟구쳤다. 시아버지는 은주가 울음을 그치도록 가만히 기다려주었다. 은주는 겨우 울음을 그치고 방을 나갔다.

은주는 서둘러 아침 밥상을 차렸다. 기현이 이 층에서 내려왔다. 기현은 요즘 늘 밤늦게 들어왔다.

"돈 줘."

"뭐하게?"

"그냥 쓸 데가 있어. 빨리 줘."

은주는 아무 말 없이 지갑에서 만 원짜리 한 장을 꺼내 주었다. 아이는 돈 액수가 마음에 들지 않는 듯 욕지거리를 구시렁대며 현관을 빠져나갔다. 은주는 아이가 밤마다 연쇄 살인범 놀이를 하러 간다는 것을 알고 있었다. 가방에는 복면과 등산용 칼이 들어 있다는 것도 알고 있었다. 아이는 어둠 속에서 누구를 쫓고, 누구를 향해 칼을 겨누는 것일까. 그러나 은주는 아이에게 아무것도 물을 수도, 아이를 말릴 수도 없다는 것 또한 알고 있었다. 아이는 이제 다 자란 것이다.

기현이 나가는 동시에 조현이 내려왔다. 조현은 뽀르르 은주에게 다가와 뺨에 입술을 맞추고는 후다닥 현관으로 튀어나갔다.

이내 집 안은 물속처럼 조용해졌다. 은주는 주방에서 커피를 끓여서 들고 소파에 가서 앉았다. 집 안에는 시아버지와 은주, 단 둘뿐이고, 늙고 거대한 소파는 어머니의 배 속처럼 은주를 포근하게 감쌌다. 미세한 먼지 같은 평화가 집 안을 가득 메우고 있었다. 은주는 커피를 마시며 오늘 할 일을 생각했다. 시아버지의 죽을 끓여서 드시게 하고, 시간이 나면 뒷산에 한 번 올라갔다가 목욕탕에 다녀올 것이고, 그러면 하루가 잘 갈 것이다. 그 외에 아무것도 없었다. 이제 요리 강좌는 나가지 않는다. 은주의 하루는 더욱 단순해졌고, 때문에 더욱 편안해졌다.

새벽 기도 탓인지 졸음이 몰려왔다. 은주는 커피 잔을 내려놓고 소파에 드러누웠다. 죽을 끓여야 하는데, 생각하면서 은주는 잠으로 빠져들었다. 모든 것이 제자리로 돌아왔다.

당신이 꼭 읽고 싶은 이야기가 있는데 아직 책으로 나오지 않았다면, 당신이 그것을 직접 쓰는 수밖에 없다.

– 토니 모리슨

시작은 용산 참사였다. 추위가 칼날처럼 날카롭던 겨울 아침, 뉴스를 통해 나는 여섯 명의 사람이 불에 타 죽었음을 알게 되었다. 사건만큼이나 충격적이었던 것은 용산 사태를 바라보는 시각이었다. 개발, 효용, 경제적 가치 같은 단어들이 어지럽게 횡행했다. 경제적 가치가 보장된다면, 개발을 위해서라면 사람이 죽어도 되는 것일까. 내 반발심은 이러다 나중에는 사람이 죽을 때마다 박수 치며 즐거워하는 세상이 오지 말라는 법도 없겠다는 상상으로 비약했다. 그러자 죽음에 열광하는, 한 명 한 명 자신과 무관한 사람들이 죽어 나갈 때마다 즐거워 비명을 지르는 동네 사람들이라는 아이디어가 떠올랐다.

내 첫 계획은 시나리오였다. 하지만 이리저리 이야기를 맞춰보니 상투적인 블랙 코미디만 나올 뿐이어서 쉽게 포기했다. 지극히 평범한 사십 대 여성의 묻지마 살인이라는 아이디어가 떠오른 것은 몇 년 후다. 그때 나는 처음으로 소설을 써보겠다고 마음먹고 최첨단의 주상복합 아파트를 배경으로 사람들이 사라지는 이야기를 붙잡고 있었는데 갑자기 동기 없는 살인이라는 아이디어가 나를 사로잡았다. 그러자 몇 년 전에 폐기처분한 '죽음에 열광하는 동네'라는 아이디어가 나 아직 살아 있다며 튀어나와 둘이 제멋대로 붙어버렸다. 나는 영감이니 어쩌니 하는 것을 믿지 않는데 살다 보니 별일이었다. 나는 저녁밥을 먹다 말고 연필을 들고 줄거리를 써나갔고, 앉은 자리에서 한 시간 정도 쓴 그 줄거리가 지금 이 소설에서 크게 벗어나지 않는다.

그러나 모든 것은 반작용을 가지는 법이다. 순식간에 만들어진 이야기이기에 무리하게 이어붙인 자국들이 지금 내 눈에는 보인다. 부끄럽다. 쓰면서 살리고 싶었지만 내 능력 때문에 포기할 수밖에 없었던 몇몇 아이디어들도 아쉽다. 이럴 때는 그저 다음에 더 잘 쓸 수 있기를 바랄 수밖에 없는 것 같다.

나의 지인들은 "너는 왜 그렇게 죽음, 살인, 공포 같은 소재를 좋아하냐"라며 의아해한다. 답은 단지 내가 그렇게 생겨먹었기 때문이라는 것이리라. 나는 연쇄 살인범이나 귀신, 악마, 유혈 낭자한 죽음 등이 왜 무서운지 이해를 못 하겠다. 진짜 공포, 진짜 지옥은 따로 있다. 그곳은 뜨겁지 않고 차갑다. 모든 고통은 디지털로 변환되어 나와는 무관한, 그래서 귀찮고 언짢은 이야기 혹은 짜릿한 소일거리로 정보 처리되고, 급기야 고통은 비명도 없이 하나씩 사라지고 숨어버리는 지점. 침묵과 인내를 내면화한 개인들이 오직 생활의 무게만을 유일한 고통으로 안고 살아가는 곳. 뜨거움이 사라진, 조용하고 질서 정연하고, 지극히 평화로워 보이는 차가운 지옥. 나는 내가 가진 이 공포를 쓰고 싶었다.

자, 감사의 말씀을 올리자. 정말로 하고 싶은 말은 이것이다.

우선 내 소설을 뽑아주신 세계문학상 심사위원, 관계자분들께 진심으로 감사드린다. 책을 만들어주신 나무옆의자의 식구들께도 감사드린다. 특히 편집자 박상미 씨는 정말 꼼꼼한 솜씨로 어이없는 결함들을 지적해주었다. 이 책을 읽고 충고해주신 분들도 많다. 강희진 작가, 임성순 작가, 허운용 선생님, 시나리오 쓰시는 김우제 작가, 이경훈 선생님, 친구 이령희. 모두에게 감사드린다. 나의 절친이기도 한 여동생은 동생이라는 이유만으로 지난 이십여 년간 나의 초고들을 모두 읽어주어야 했다. 고맙다. 언제나 호의적인 무관심으로 나를 편하게 해주는 가족들에게도 감사한다. 사실 글은 핑계이고 전적으로 내 게으름으로 인한 밀린 빨래며 텅 빈 냉장고를 무던히도 참아주었다. 무엇보다 부모님께 이 책을 바치고 싶다. 이런 기회가 생겨서 얼마나 다행인지 모르겠다.

끝으로 용산 참사를 일으켜 나에게 최초의 영감을 주신 책임자분께도 감사드려야 하겠지만 그분이 내 책을 읽을 리가 만무하니 나도 하지 않겠다. 나는 신을 믿지 않는다. 하지만 신의 섭리가 하늘에서와 같이 땅에서도 이루어지기를 나는 바란다.

제9회 세계문학상 우수상

선량한 시민

초판 1쇄 발행 2013년 11월 27일
초판 4쇄 발행 2018년 12월 21일

지은이 김서진
펴낸이 이수철
본부장 신승철
주　간 하지순
편　집 박상미
디자인 오세라
마케팅 정범용
관　리 전수연

펴낸곳 나무옆의자
출판등록 제396-2013-000037호
주소 서울시 마포구 성미산로1길 67 다산빌딩 3층
전화 02) 790-6630 팩스 02) 718-5752

페이스북 www.facebook.com/namubench9
인쇄 제본 현문자현 종이 월드페이퍼

ⓒ 김서진, 2018

ISBN 978-89-97962-15-0 03810